엔딩
크레딧

휴먼앤북스
뉴에이지 문학선 3

엔딩 크레딧

김성하 장편소설

1판 1쇄 발행 | 2008. 11. 10

발행처 | Human & Books
발행인 | 하응백
출판등록 | 2002년 6월 5일 제2002-113호

서울특별시 종로구 경운동 88 수운회관 1009호
기획 홍보부 02-6327-3535, 편집부 02-6327-3537, 팩시밀리 02-6327-5353
이메일 | hbooks@empal.com

값은 뒤표지에 있습니다.

ISBN 978-89-6078-054-5 03810

휴먼앤북스
뉴에이지 문학선 3

엔딩
크레딧

김성하 장편소설

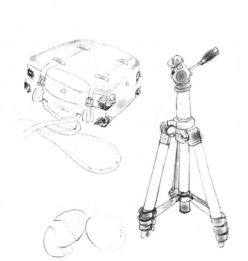

Human & Books

휴먼앤북스 뉴에이지 문학선을 발간하며

한국 문학에 위기가 찾아왔다고들 했다. 2000년대에 진입하면서 한국 소설은 방향성을 잃어버리고 비틀거리고 있다고들 했다. 혹자는 그것이 아니라 독서의 위기라고 말하기도 했다. 좋은 소설과 인문학 도서가 독자들에게 외면당하고 말초적인 외국 소설과 처세를 다루는 자기계발서가 베스트셀러에 포진하고 있는 사실을 두고 하는 말이다.

하지만 여전히 문단에서는 진지한 소설이 생산되고 있고, 기존 작가들의 노력 또한 눈물겹다. 새로운 문학을 꿈꾸는 젊은 작가들의 노력 또한 필사적이다. 작가와 독자 사이에서 그들을 매개해야 할 비평이나 출판과 같은 문학적 제도가 보수화되고 날이 갈수록 아카데미즘에 경도되면서, 한국 소설의 추동력은 그 날갯짓에 힘을 잃어버렸다. 그런 가운데 외국의 삼류소설이 소설이라는 간판을 내걸고, 또한 무신경하게 제작된 일회용 가판 소설에 준하는 소설 아닌 소설들이 소설이라는 이름으로 대중들의 눈을 현혹시키고 있다. 여기에 책을 책으로 보지 않고 단순하게 소비되는 상품으로 보는 출판사까지 가담하여 한국 소설 시장은 더욱더 혼란의 와중에서 좌충우돌하고 있다. 황사에다 안개까지 뒤덮인 형국이다.

21세기에 접어들면서 문학의 사회적 역할에 대한 채무가 줄어들고 대중들의 취향이 급변해가는 가운데, 잠재적 소설가들 혹은 새로운 젊은 작가들은 자신들의 문학의 별빛을 발견하지 못하고 이념의 푯대도 세우지 못한 채, 한 눈으로는 기성 문단의 눈치를 보고 다른 한 눈으로는 대중들에게 구애의 눈짓을 하면서, 문학의 강가에서 어슬렁거리고 있다.

이러한 현실인식 속에서, 휴먼앤북스는 한국 문학의 다양성과 잠재력을 제대로 펼칠 계기를 마련하기 위해 뉴에이지 문학선을 새롭게 세상에 내놓는다. 문학적 기초 소양을 가지면서도 소설의 다양한 모든 하위 장르를 아우를 휴먼앤북스 뉴에이지 문학선은, 작가들의 분방한 상상력으로 무장하여 대중들의 문학적 욕구를 소화하면서 한국 소설의 새로운 지평을 열 것이다.

문학은 모든 문화콘텐츠의 어머니이다. 그 문화콘텐츠의 방대한 영역에 뛰어들어 한국 문학의 다양성과 상상력의 한 걸음 도약을 위해 휴먼앤북스 뉴에이지 문학선은 최선의 노력을 기울일 것이다.

엔딩
크레딧

차례

물까치라켓벌새를 아세요?

페루의 우트쿠밤바라는 강 둔치에 사는 새죠.

자기 몸길이의 세 배나 긴 파란 부채 모양의 치렁치렁한 깃털을 달고 다닌대요.

암컷을 유혹하려는 거죠. 깃털을 들어 올려서 자외선을 반사시키면

부채 같은 깃털이 현란한 무지개 색으로 반짝거린대요.

빛을 이용한 유혹. 하지만 쉴 틈 없이 깃털의 에너지를 보충해야 하는

번거로움을 평생 감수해야 하죠.

우리의 삶도 물까치라켓벌새가 아닐까요?

은유 심취 소녀

"야, 자냐?"

나는 벌떡 일어섰다. 어깨가 얼얼했다. 야자 감독이 나를 보고 있었다. 모니터로 감시하다 뛰어와 죽비로 내리쳤을 것이다. 여기가 무슨 스님들 수행하는 절간이라도 된단 말인가, 죽비를 휘두르게?

"학생은 야자시간만 되면 그냥 엎드리네? 잠자러 학원 오나?"

당연한 일 아닌가. "야, 자!" 하고 명령하는데 어떻게 안 잘 수 있나! 페라리나 할리데이비슨을 몰고 와서 "야, 타!"라고 소리치면 얼떨결에 올라타는 이치와 같다. 잠자는 꼴이 보기 싫다면 '야간자율학습' 이라는 정식 명칭을 써주던가. 야자! 떠올리기만 해도 강력한 수면제 성분이 느껴지는데 어쩌라고!

'야자' 가 지닌 메타포를 터득하지 못하고 '늦은 밤까지 자율적으로 정진하는 학습' 이라는 원관념에만 충실한, 융통성이라고는 도롱뇽 발뒤

꿈치 각질만큼도 없는 야자족의 시선이 내게 꽂혔다. 경멸의 눈빛마저 인색한 족속도 있다. 죽은 듯 죽지 않은 듯, 음침한 구석에 서식하며 시그마와 루트를 먹어치우는 좀비들이 그들이다.

야자 감독은 데스노트를 펼치듯 수첩을 펼쳐 내 이름을 적었다.

"이영린이지? 벌써 몇 번째야? 다섯 번이면 부모님 호출인 건 알고 있지?"

그는 중괄호({ }) 중 하나를 눕혀 놓은 모양의 턱살을 실룩거렸다.

몸은 마른 편인데 볼살은 왜 저렇게 오동포동한 거야? 야자 감독, 오늘부터 그대의 학명을 '중괄호턱'으로 명명한다.

나는 투덜거리며 접지 않고는 가방에 넣을 수 없어서 문제를 풀 때마다 접힌 부분을 펴느라 실랑이해야 하는 모의고사 기출문제집을 폈다. 바지 주머니에서 핸드폰이 드르륵거렸다.

아찔비키니화끈출렁녀항시대기!연락기다릴께옵바!

난 오빠도 아닌데, 난 오빠도 없는데 그녀들은 왜 걸핏하면 이런 문자를 보내는지! 스팸으로 등록하는 순간 또 들어왔다.

헉!속보이는란제리!

또 한 통의 문자가 들어왔다. 이번에는 스팸이 아니라 민정의 문자다.

공부도좋지만건강생각해서띄엄띄엄하게친구

반가운 마음에 답장을 보냈다.

대한민국재수생이띄엄띄엄?있을수있는일이라생각하나친구?

민정의 답장이 왔다.

그럼열공중이라는뜻?고무적인현상이군친구

나는 다시 답장을 보냈다.

고무적아니고지우개적일세친구

드륵. 다시 민정의 답장이 들어왔다.

ㅋㅋㅋ생일추카하고택배선물보냈네친구

미술대학을 졸업한 민정의 언니는 스카프나 가방 따위를 디자인해서 인터넷으로 판매하는, 이를테면 벤처사업가고, 민정은 대학생이면서 언니 사업까지 돕는 기특한 내 친구다. 정신없이 바쁠 민정이가 내 생일을 기억하고 선물까지 보내주었다니! 울컥, 감격이 솟구쳤다. 생각해보니 아침에 미역국도 먹지 못했다.

나도잊고있던생일까지챙겨주다니고맙군친구

전송하려는 순간 누군가의 손이 핸드폰을 낚아챘다.

"뭐 이런 것까지! 고맙군, 친구!"

중괄호턱이 돌아온 것이다.

"아, 안 돼요."

죽비로 내려치는 것도 모자라서 이젠 핸드폰까지 갈취하나?

"거 참 희한하네. 아무리 사양해도 자진헌납하려는 학생들이 꼭 있단 말이야."

헌납은 무슨, 약탈이면서! '빼앗긴 들'만 억울한 게 아니다. '빼앗긴 폰'도 억장 무너지긴 마찬가지다.

"한 달 동안 무료보관해줘, 녹슬지 않게 해줘, 고맙지? 머리나 전자제품이나 쓰지 않으면 녹스는 법이거든."

이죽거리던 중괄호턱이 내 핸드폰을 들고 강의실 밖으로 나갔다. 삘

쭘해진 나는 옆에 앉은 '사탐만이등급'에게 말을 걸었다.

"오늘이 무슨 날인 줄 알아?"

이름은 모른다. S법대에 입학했으나 적성에 맞지 않아 자퇴했다는 것과 학원에서 스카우트하려고 애를 썼다는, 그래서 학원비 공짜에 용돈까지 받고 다닌다는 소문만 들었을 뿐 아직 목소리조차 듣지 못했으며, 상위권만 모아 놓은 반에서 정규수업을 받은 뒤 야간시간에만 내 짝이 되는 애였다. 경우의 수를 세는지 정(正) 자 표시에만 열중할 뿐 내 말은 들리지도 않는 체했다. 아니, 수학이라는 말만 들어도 주눅 드는 사람 염장 지를 일 있나! 사탐만 이 등급이면 사회탐구영역만 보충하면 될 일이지, 얼마나 더 완벽해지려고 수학까지 탐구한단 말인가?

"뭔 날인 줄 아냐니까?"

역시 묵묵부답이다. 공부 잘하는 것들은 공부 못하는 애들과 말을 섞으면 에이즈라도 걸리는 줄 안다. 양보심 충만한 우리들이 기꺼이 양보했기에 상위권에 있는 줄도 모르고.

"내 말을 씹네! 대답하는 데 몇 분 걸린다고."

사탐만이등급은 촘촘한 속눈썹만 깜빡일 뿐이었다.

"퀴즈려니 하고 맞혀봐. 알아맞히면 내가 피자 쏜다."

그때였다. "앗, 씨바!" 하며 책을 내려치는 소리가 들렸다. 내 앞자리에 앉은 애였다. 나는 그 애와 그 애가 내려친 책을 동시에 보았다.

만화책이잖아! 고작 순정만화나 보면서 까칠하게 굴기는.

이 애 이름 또한 모른다. J여고 짱이었으며 여자마사루로 불린다는 소문만 들었을 뿐이다. 합기도 삼 단에 쌍절권 일 단, 태권도 이 단을 보유

했다고도 했다. 무술로 다져져서인지 살집은 없어도 강단 있어 보였다.

"피자가 너무 약해? 좋아, 샐러드도 쏜다."

나는 사탐만이등급에게 점잖게 말했다. 그때 다시 마사루가 뒤를 돌아보며 인상 썼다. 담배 냄새가 끼쳤다.

"아, 이 개념 없는 새끼. 존나 짱나네. 오늘이 만우절이잖아."

만우절? 아, 그랬지!

"만우절, 그게 뭐 대단한 명절이라고 퀴즈까지 내고 지랄이야?"

"아니 그게 아니라 내 생일이라고. 피자 내가 쏜다고."

"생일? 너 지금 개뻥치는 거지? 피자 쏜다고 뻥치고 나서 만우절이라고 오리발 내밀라고 그러지? 유딩이냐, 그런 장난질이나 하고 앉았게?"

"정말로 내 생일이거든!"

"진짜야? 민쯩 까봐. 오늘 니 생일 아니면 너, 니 나이에다 니 생일날짜까지 더한 만큼 맞는다."

"싫은데!"

"뭐?"

여자 마사루의 눈빛이 예사롭지 않았다. 내키지는 않았지만 지갑을 꺼내는 쪽을 택하기로 했다.

"하라는 대로 하는 거 보니까 밥퉁이 아냐!"

마사루가 내 신분증을 잡아채며 비아냥거렸다. 아, 어쩌라고.

"아, 이 새끼 존나 개념 없네. 니가 무슨 고삐리냐, 학생증 갖고 다니게? 민쯩 꺼내라니까."

주민등록증은 부담스럽다. 학생증이 아직은 편하단 말이다. 학교 다닐 때는 어서 지긋지긋한 학교를 벗어나야겠다만 생각했는데, 이제는 그렇게 입기 싫었던 교복마저 그리울 지경이 되었다. 앨빈 토플러는 말했다고 한다.

공공교육은 시간 엄수와 순종, 그리고 기계적인 반복 작업에 유능한 인간을 만들기 위한 커리큘럼이다.

그런 무지막지한 음모가 숨어 있다 하더라도 내게 학교란 다시 돌아가고 싶은 그리운 곳일지도 모르겠다. 그래서 나는 앨빈 토플러보다는 빌 게이츠의 충고를 선호한다.

학교는 승자나 패자를 뚜렷이 가리지 않을지 모른다. 그러나 사회 현실은 이와 다르다는 것을 명심해라!

이건 빌 게이츠가 마운틴휘트니 고등학교 학생들에게 한 인생충고 중 하나다. 그의 말대로 학교는 승자도 패자도 모두 품어주는 곳이었음에 틀림없다. 공부 못한다고 구박은 할지언정 대형사고를 치지 않는 한 쫓아내지는 않으니까. 그래서 나는 촌티 나는 사진의 학생증을 차마 버릴 수 없다.

"학생증에도 내 생년월일은 나와 있거든."

"누가 모르냐, 새꺄? 그래도 민쯩이 더 정확하지. 어, 진짜네. 이 새끼는 무슨 만우절에 태어나고 지랄이야. 구라 까는 거 하나는 체질적으로 타고났겠구만. 그렇다치고, 어쩌라고? 아하! 생일빵 해달라는 거냐? 진작 말을 하지이! 야, 니네들 일루 와서 이 새끼 생일빵 좀 해줘라."

말로만 그랬을 뿐 여자마사루는 나를 기둥에 묶는다거나 린치를 가하지는 않았다. 생일빵을 하겠다고 나서는 애들도 없었다.

"아니, 피자라도 먹으면서 친해지자는 취지에서."

"취지 같은 소리하고 있네. 우리가 그지냐? 피자 못 먹어서 환장한 새끼가 이 동네에 어딨다고. 간만에 공부 좀 하려고 했더니 협조를 안 해주네, 씨바. 학원을 그만두든지 해야지 원!"

대체 어느 행성에서 순정만화 읽는 걸 공부라고 말하더란 말인가?

"존 말로 할 때 조용히 해라잉?"

J여고 짱에, 여자마사루로 불린 살벌한 아이가 이 정도에서 마무리하는 것만도 사실은 다행이다. 하지만 생각할수록 심사가 뒤틀려 왔다. 나는 대한민국 청소년들 대부분이 사용하는 열라, 열라리, 좆나, 존나, 졸라, 조낸, 존내, 졸라리 등의 유사비속어 사용마저도 자제하는 표준어 생활인이다. 성기나 배설물과 관련된 비속어를 특히 경계하며, 은어는 동시대와의 소통을 위해 마지못해 사용한다. 까닭 없이 욕먹는 것은 더욱 싫다. 그 애가 진짜 마사루라 해도 그냥 넘어갈 수는 없었다. 아니, 만화 《멋지다! 마사루》 속 마사루는 욕이나 뱉고 껌이나 씹으며 약자를 위협하는 치졸한 캐릭터가 아니다.

"아니, 왜 욕하고 그래, 좋은 말로 한다면서?"

마사루가 벌떡 일어서며 두 손으로 책상을 때렸다. 그때 만일 "아, 시끄러 죽겠네. 나가서 싸우든지."라는 익명의 항의에 마사루가 주춤하지 않았다면 나는 옥상으로 끌려가 '수업 후의 캠퍼스'나 '엘리제의 우울' 같은 섹시 코만도 필살기에 초죽음 당했을지도 모른다. 이마에 유성매직으로 '고기'라고 낙서 당한 채로 귀가하거나.

"야, 누가 이 개념 없는 새끼 입에다 개념원리 책이라도 확 물려 줘라. 내 오늘 니 생일이라니까 참는다, 씨바."

일이 커지게 만든 장본인인 사탐만이등급은 역시 제 할 일만 하고 있었다. 여기서의 제 할 일이란 당연히 수리탐구다. 다른 의도는 없다. 학원 끝나고 가는 길에 피자라도 먹으며 친해져 보자는 뜻이었다. 머리를 맞대고 앉아 재수생으로 살아가는 데 있어서의 애환 따위를 토론하고 위로하다 보면 평생 친구도 되고 의형제도 될 수 있는 것 아닌가.

허탈한 심정으로 강의실을 둘러보았다. 책장 넘기는 소리와 의자 당기는 소리, 기침소리 외에는 아무런 소리도 들리지 않았다. 다들 미친 듯이 공부만 하고 있었다. 나는 사탐만이등급에게 다시 말했다.

"핸드폰 좀 빌려줘. 친구한테 답장 한 번 날리고 줄게."

*

편의점에 들렀다. 빤짝이 달린 고깔모자와 인스턴트 미역국을 사 가지고 집으로 돌아왔다. 고깔모자를 쓰고 식탁에 앉았다. 툭하면 자신은 물론 식구들 생일마저 까먹곤 하는 곽여사 앞에서 전자레인지에 데운 미역국을 개봉했다.

"그런 건 왜 사와? 먹고 싶으면 끓여 달라고 하지. 미끈거려서 먹기 싫다 할 땐 언제고."

나는 불퉁스럽게 대답했다.

"기념할 게 있어서."

"뭔 기념? 만우절 기념?"

만우절만 알지, 만우절에 자기 딸 낳은 건 기억도 하지 못하시는군.

"참! 어느 만우절엔가 장국영이 자살했는데, 그거 기념한다는 거야? 어이, 재수생, 단어 좀 제대로 쓰지. 기념이 아니라 추모잖아."

"난 그딴 사람 몰라."

기분 나쁘게 왜 남의 생일날 자살하고 난리냔 말이다! 그녀가 진의를 파악하고 피식 웃기까지 그리 오래 걸리지는 않았다. 결정적인 역할을 한 물건은 물론 고깔모자였다.

"옴마가 생일 안 챙겨줘서 화났쪄, 우리 딸? 미안해서 오쪄나!"

평소답지 않은 그녀의 말투에 닭살이 오소소 돋았지만 뭐 반성의 자세를 보이고 있으므로 이쯤에서 노여움을 풀기로 했다.

"이럴 줄 알았지? 어이, 밴댕이! 생일 한 번 안 챙겨줬다고 골 부리는 거냐? 잊어버릴 수도 있는 거지 그런 걸로 시위를 하냐, 쪼잔하게?"

"작년에도 그냥 넘어갔잖아."

"너도 내 나이 되어봐라, 그런 거 기억하기가 쉬운 일인가!"

그녀는 학원에서 발송한 성적표를 식탁에 던지며 한숨지었다.

"그럴 에너지 있으면 공부에 쏟아봐라, 올해 또 미역국 먹지 말고!"

나는 프랑켄슈타인과 슈렉이 샤워한 것 같은 푸르딩딩한 색깔의 미역국에 밥을 말아 꾸역꾸역 먹었다. 고깔모자 고무줄이 목을 조여 왔다.

엄마 친구 아들

"좌측통행해야지, 이영린!"

지하 서점을 나와 계단을 올라가고 있을 때였다. 걸음을 멈추고 뒤돌아서서 청바지를 내려다보았다. 귓불에 박힌 큐빅 귀고리가 빛났다. 귓바퀴를 관통한 또 하나의 큐빅도 빛났다. 큐빅 박히지 않은 구멍이 하나 더 있었다. 왁스로 스타일 잡은 머리, 가슴 근육이 드러나도록 달라붙은 셔츠, 빈티지 후드 재킷, 무릎이 쏟아져 나올 만큼 찢어진 청바지. 착한 몸매 착한 얼굴. 누구더라?

"나야 나, 희수. 선우희수 몰라?"

선우희수라면 바로 그, 모의고사 전국 삼십 위, 풍만한 역포아이? 말도 안 된다.

"오랜만에 보니까 알아보지 못하겠나 보지?"

목소리는 귀에 익은 것 같기도 했다. 하지만 내가 알고 있는 희수와는 달라도 너무 달랐다. 희수는 영 점 일 톤이나 되는 하중을 지탱하느라 뒤뚱거리기까지 하던 애였다. 희수에게 쌍꺼풀이 있었나? 눈두덩은 꺼지고, 콧날은 조각 같고, 살짝 미소 짓자 보조개가 깊이 파였다. 치아교정기는 고등학교 때도 했다. 그가 진짜 선우희수라면 말이다.

"네, 네가 정말 희수, 라, 고?"

희수가 역포아이로 불리게 된 건 국사시간부터였다. 평양시 역포구역에서 발굴된 유골을 바탕으로 십만 년 전에 살았던 아이 모습을 복원한 게 '역포아이' 다.

"희수랑 닮지 않았냐?"

누군가 한 말에 다들 킥킥거렸다.

"너, 정말 희수 맞아?"

"그렇다니까."

"믿을 수가 없어. 너, 고쳤니?"

"솔직히 조금."

'솔직히' 를 붙이는 습관과 음색은 영락없는 희수였다.

"조금이 아닌 것 같은데? 아는 척하지 않았으면 못 알아볼 뻔 했어."

"그래? 조금밖에 고치지 않았는데. 그렇지 않아도 영린이 잘 있나 궁금했는데, 반갑다. 우리 어디 가서 커피나 한 잔 할까?"

나는 연예인에 홀린 민간인처럼 희수를 쫓아갔다. 역포아이 이전의 별명은 '안데르센' 이었다. '네안데르탈' 과 '기운센' 의 합성어. 그런데 그랬던 희수가 완전 튜닝이 되어 내 앞에 서 있었다. 영화에서나 가능한 일이 이제는 내 주변에서도 공공연히 일어나고 있는 것이다. 이제 영화는 우리들에게 볼거리 이상의 그 무엇이다. 《내가 정말 알아야 할 모든 것은 유치원에서 배웠다》. 세계적인 베스트셀러였다. 이렇게 바뀌어야 한다.

《내가 정말 알아야 할 모든 것은 영화에서 배웠다》

우리는 이제 〈미녀는 괴로워〉를 보고 성형을 단행하고, 〈웰컴 투 동막골〉을 보며 수류탄으로 팝콘 만들어 먹는 방법을 배운다. 〈거북이는 의외로 빨리 달린다〉는 일본 지폐다발을 냉장고 탈취제로 사용해보라고 권장한다. 냄새 빨아들인 퀴퀴한 엔화는 어떻게 하지? 버리나? 이럴 때 옴니버스 독립영화 〈보물섬〉은 가르쳐준다. 제주도 가서 환전하면 되잖아! 단, 은행보다 많이 쳐준다면서 다가오는 사기꾼한테는 낚이지 말고.

도넛 전문점으로 들어갔다. 알바생이 공짜 도넛을 한 개씩 주었다. 나는 도넛을 베어 먹으며, 커피 쟁반을 든 희수를 따라갔다. 영혼이라도 팔아 하나 더 사 먹고 싶을 만큼 도넛은 달콤했다. 희수가 자기 몫의 도넛을 내게 내밀며 자리에 앉았다. 영혼을 팔지 않고도 먹을 수 있어 다행이었다.

"다이어트중이야. 찌는 건 순식간이라 사실 방심해선 안 되거든."

희수가 '사실'이라 말한 뒤 강조 방점을 찍듯 볼우물을 팠다.

"방심하면 안 된다는 건 사실이라고 강조하지 않아도 사실이거든!"

내 빈정거림에도 희수는 환한 미소를 지었다. 나는 희수 도넛까지 먹기 시작했다.

"영린이, 너 좀 찐 것 같다?"

"그러게."

"요즘도 살찐 종족이 지구상에 존재하네!"

"약 올려?"

"나 놀림 받던 거에 비하면 아무것도 아니지 않겠어!"

찔렸다. 안데르센이나 골격만 역포아이라는 별명을 제작, 유포한 자가 나였기 때문이다. 내가 바로 "회수랑 닮지 않았냐?"라고 말한 의인이었다는 말이다.

"너, 지방흡입이라는 것도 했지?"

"트리밍 차원으로 조금. 하지만 운동과 다이어트로 뺀 살이 더 많아."

"아프지 않냐?"

"직접 해봐."

"나한테 흡입할 지방이 어디 있다고, 뼈만 앙상한데."

"앙상?"

말도 안 된다는 듯 웃어대는 희수의 애프터 앞에서 나는 희수의 비포를 되살려보려 애썼다. 비포와 애프터 사이의 &를 쓸 때만큼이나 성가셨다. &를 쓰려 해도 자꾸만 필기체 에스가 써져서, 나중에는 어느 것이 앤드고 어느 것이 필기체 에스였는지 헷갈리고 마는 것처럼 말이다. 볼살이 출렁대던 옛 모습이 생각나기는 하는데 희수인 것 같기도 하고 아닌 것 같기도 했다. '천하장사 소시지' 같은 저 희고 날렵한 손가락들. 작년에는 살라미 소시지 묶음이었다.

"영린이, 공부는 잘 돼?"

"그냥 하는 거지, 공부가 잘 돼 하는 사람도 있나?"

"난 잘 되던데, 이상하네! 대학 가지 못한 거 너무 창피해하지 마. 일

넌 늦는 게 뭐 대순가!"

위로인지 조롱인지 알 수 없는 희수의 큰 소리에 바로 옆자리 사람들
의 시선이 내게 쏠렸다. 나는 고개 숙이고 말았다.

"그런 넌 학교 잘 다니냐?"

"글쎄, 그렇다고 해야 할지……."

대답이 어째 시큰둥했다. 희수는 유효기간 지난 여권을 재발급 받고
오는 길이라고 했다.

"해외여행 가려고?"

"응. 이번 여름방학에 유타 주 쪽을 둘러볼까 하고. 그동안은 공부하
느라 다니지 못했거든."

"유타 주? 아는 사람 있어?"

"있지, 로버트 레드포드라고!"

"걔가 네 친구야?"

"같은 영화인이잖아."

학교에서 영화 동아리 활동이나 좀 하고 영화광이라 불리는 정도를
도대체 어느 은하계에서 영화인이라 정의하더란 말인가!

"선댄스영화제, 로버트 레드포드가 만든 거잖아. 〈내일을 향해 쏴라〉
에서 그가 선댄스라는 총잡이로 나왔거든. 유타 주에서 열리는 선댄스
독립영화제 몰라?"

"알거든. 〈원스〉가 선댄스에서 관객상 받았잖아."

나는 〈원스〉의 오리지널사운드트랙 중에서 'Falling Slowly'를 흥얼거
렸다. I don't know you But I want you All the more~. 곧바로 후회

했다. 다음 가사를 모르기 때문이다.

"앞으로 이 몸께서 선댄스영화제에 노미네이트될 날도 있을 거니까, 사전답사 차원으로 간다고나 할까. 초청받았는데 미국 지리 몰라서 지각하면 낭패지 않겠어!"

"쳇! 할리우드는 일정에 없고?"

"엘에이에 이모가 사니까 가는 길에 둘러봐야지. 영화인이라면 할리우드는 기본 아니겠어! 로스엔젤리스 인디영화제도 볼 만하고."

"요즘 압구정 산업단지 기술력이 떨어지나, 할리우드까지 가게?"

"뭐?"

"내가 보기엔 잘 고쳐진 것 같은데 손댈 부분이 남았냐고?"

조금 전 당한 것에 대한 응징이었다.

"아, 그래! 베벌리힐즈에 성형외과 모여 있다고 들은 것 같다. 꼭 가볼게. 진화는 계속 되어야 하니까."

수술 사실을 순순히 인정하는 걸로 봐서 심리상태는 안정적인 것 같았다. 오십 번도 넘는 수술 이력을 갖고도 한 번도 한 적 없다고 말하는 마이클 잭슨에 비한다면 말이다. '문 워크'만으로도 마이클 잭슨은 지구인의 우상이다. 얼마나 흠모했으면 '내가 좋아했던 마이클잭슨'이라는 노래를 미국인도 아닌 대한민국 가수 장우혁이 불렀겠는가. 그런 아우라를 가지고도 마이클 잭슨은 성형중독에 시달리느라 누려야 할 많은 것을 누리지 못하고 살아간다.

"커피 잘 마셨어."

밖으로 나와서 걸었다.

"며칠 뒤에 신촌에서 여성영화제 열리거든. 내가 나오는 영화도 오를 텐데, 보러 올래?"

순간 마음속에서 폭죽 하나가 피어올랐다.

"아냐, 넌 공부해야 되지."

하마터면 가겠다고 대답할 찰나 찬물을 끼얹어 내 폭죽을 꺼버렸다.

"희수 너, 방금 내가 나오는 영화라고 했어?"

"어. 독립영화 배우로 데뷔했거든."

"진짜? 좋겠다! 무슨 역인데?"

"골목에서 초등학생들 돈 뺏는 재수생 옆에, 뻘쭘하게 서 있는 친구. 제법 비중 있는 역할이었지."

"돈 뺏는 역도 아니고, 뺏는 역 옆에 서 있는 역할?"

"영린이 너 뭘 모르는구나. 처녀출연인데 그 정도면 솔직히 대단한 거야. 대사도 쳤다는 거 아니겠어!"

"뭐라고 쳤는데?"

"야, 짭새 떴다, 발르자!"

"엄청나게 비중 있는 대사군!"

명문 의대생 영화배우. 희수 모자를 라이벌로 여기는 곽여사는 앞으로 또 어떤 식으로 나를 볶아댈까? 그야말로 희수는 명실상부한 내 엄친아가 되었다. 그동안은 공부만 비교대상이었다. 하지만 이제는 외모까지 출중해진데다 배우까지 되었다고 하니, 정말이지 앞날이 캄캄했다. 추운 이월에도 졸음 방지를 위해 에어컨을 돌려대는 재수학원 구석에 앉아 신도림역 비둘기처럼 꾸벅꾸벅 졸다 이름이나 적히고, 핸드폰이나 빼앗기고, 마사루 같은 부류와 말싸움이나 하는 나는 뭐란 말인가!

"희수야, 이쯤에서 헤어지자."

"아쉬운데. 또 보자."

희수는 내게 악수를 청하고 문 워크로 멀어져 갔다. 영화배우는 개뿔! 저건 희수의 실체가 아니야. 가짜라니까!

자야 한다

데스노트를 펼쳐 든 라이토가 요란하게 웃고 서 있다.

왔왔왔! 아나따노 오나마에와 이욘린데스까?

안 돼! 내 이름 쓰지 마, 제발!

라이토, 아니, 중괄호턱이 볼펜으로 가르마를 가르며 왔왔댄다.

어어, 저, 저게 뭐야? 류크잖아?

사신 류크가 달려든다. 나는 도망친다. 허우적대지만 벚꽃 떨어지는 속도 '초속 오 센티미터'로도 달아나지 못한다. 딱! 류크가 내 등짝을 내리친다.

난 이제 죽을 거야. 데스노트에 이름이 적혔으니까!

나는 흐느꼈다.

"으이구, 자면서 별짓을 다 해요! 이번엔 슬픈 영화 찍냐?"

내 방 안이었고, 곽여사가 내 옆에 서 있었다. 곽여사는 손가락으로 송화구를 막은 무선전화기를 들고 있었다.

"너, 혹시 희수 만난 적 있어?"

"어? 어. 어? 아니."

"만났다는 거야 만나지 않았다는 거야? 받아봐, 희수 엄마야."

곽여사가 내게 전화기를 건넸다.

"희수 엄마가 왜 내게 전화를 해?"

짐짓 긴장되었다.

"우리 예쁜 영린이, 재수하느라 힘들지?"

나긋나긋한 목소리가 수화기에서 흘러나왔다.

"아, 예."

희수는 좋겠다, 이렇게 다정하고 여성스러운 엄마의 아들이어서.

"영린아, 최근에 우리 아들 본 적 있니?"

"최, 근요? 네, 며칠 전에 지하철역 있는 데서……."

"우연히 아니면 약속하고?"

"우연히요."

"그랬구나. 그때 우리 아들과 대화 중에서 특별히 감명 깊었던 것은
없었니?"

"글쎄요."

"잘 생각해보려무나. 예를 들어 어디를 가겠다든지……."

어디 가겠다는 말이 감명 깊은 말인가?

"희수 어디 갔나요?"

"아니, 아니. 집 나간 건 아니고. 절대로 오해하면 안 된다."

어디 갔냐고 했지 집 나갔냐고 한 건 아닌데 아줌마가 왜 이렇게 오버 하지? 희수가 진짜로 집이라도 나간 건가?

"우리 아들이 뭐가 아쉬워서 가출 따위를 하겠니. 그렇지 않니, 영린 아?"

"예, 그렇겠, 죠!"

나는 영문을 모르는 채 맞장구치는 수밖에 없었다.

"아, 참! 그날요."

"그날?"

"미국 간다고, 여권 만들고 오는 길이라고 하던데요."

한숨소리가 수화기에서 흘러나왔다.

"여권은 집에 있는걸."

"그럼 어디 갔을까요?"

"어디 간 게 아니라니까! 요즘 희수한테 무슨 고민이 있나, 우리 예쁜 영린이 유치원부터 친구 사이니까 혹시 알까 해서."

"네에."

"아빠와 아들 사이에 약간의 대립이 있었거든. 그 길로 나갔는데 아직 돌아오지 않는구나."

뭐야? 집 나간 거 맞잖아.

"내가 지금 무슨 말을 하고 있는 건지 모르겠다. 대한민국 대표 건실 청년, 선우희수 아니겠니?"

"그, 렇죠."

나는 떨떠름하게 인정했다.

"가출은 타당치 않아. 잠시 출타했을 뿐이지. 이만 끊어야겠다. 우리 예쁜 영린이, 공부 열심히 해서 인서울은 해야지, 이번엔? 스카이는 터무니없겠지만 말이야. 삼수하면 되겠니?"

희수는 별로 좋을 것도 없겠다. 교양 있는 척하며 남의 염장이나 지르는 엄마의 아들이어서. 이 순간만큼은 무뚝뚝하긴 해도 가식적이지 않은 곽여사의 딸인 게 백 번 나은 것 같았다. 뭔가 집히는 구석이 있었다. 희수 엄마가 좀 더 솔직하게 도움을 청했다면 도움 될 만한 단서를 제공했을지도 모른다.

"왜? 희수가 없어졌대?"

곽여사가 호기심 가득한 눈동자를 희번덕였다.

"몰라."

"희수 엄마, 걔 기세가 등등하더니 웬일이지? 웬만큼 다급하지 않으면 너한테 전화할 위인이 아닌데? 아 참, 희수 성형수술했다던데, 어떻디?"

"몰라아."

곽여사는 이것저것 묻다가 별 소득이 없자 내 방을 나갔다. 녀석, 유치하게 가출 같은 걸 해가지고 내 단잠을 깨운단 말인가! 데스노트의 사신들과 한판 승부를 벌이려는 흥미진진한 시점에서.

*

야자를 끝내고 집으로 가고 있었다. 어둠 속에서 누군가 나를 불렀다.

"웬일?"

희수였다. 일단 그의 가출 사실은 아는 척하지 않기로 했다.

"영린이 보고 싶어서 왔지!"

보고 싶다는 말에 머쓱해져서 말없이 걸었다. 희수의 옆모습을 올려다보았다. 역포아이의 잔영이 또 어른거렸다.

"미국여행 갈 거라며?"

"여름방학에 간다니까."

"그래? 남들은 들어가지 못해서 안달하는 명문 의대에 들어갔으면 시체 해부 같은 데 주력해야지 무슨 해외여행씩이나!"

"시체 해부가 부러운 거야? 내 자리로 들어와, 비껴줄게."

"영화관 좌석이니 비껴주게? 의대는 관심 없거든."

"솔직히 꿈도 못 꾸는 거 아니고?"

발끈했지만 참았다. 사실이니까.

"영린이, 삐졌지?"

삐지게 만들어놓고 삐졌냐고 묻는 태도가 더 언짢다. 내가 대답하지 않자 희수가 슬그머니 내 손을 잡았다. 이상한, 정말 야릇한 느낌이 손을 타고 온몸으로 번졌다. 이 녀석이 대체 내게 무슨 짓을 하는 거지? 희수는 내 손을 잡은 채 걸어가며, 어느 학교 무슨 과를 지망했다 떨어졌느냐고 물었다. 내게로 전해지는 희수의 온기에 신경이 쏠려 대답조차 할 수 없었다. 이번에는 과를 정했느냐고 다시 물었다.

"아직도 전공을 정하지 못했어?"

내 손을 잡은 희수의 손에서도 흔들림을 감지할 수 있었다. 태연한 척하고 있지만 녀석도 떨고 있는 거다. 어색하기 그지없어서 손이 잡힌 채로는 한 걸음도 옮기기 어려웠다.

"재수생이 감히 전공을 어떻게 정해?"

나는 참았던 숨을 토해내며 소리침과 동시에 희수의 손을 뿌리쳤다.

"수능 점수나 나와야지."

손을 잡지나 말든가, 잡았으면 로맨틱한 분위기를 유지하려고 노력을 하든가. 왜 재수생 염장을 지르느냐고, 눈치 없게!

"점수에 맞춰서 아무데나 가겠다고? 그러니까 공부 좀 열심히 하지 그랬어! 나중에 후회하지 말고 신중하게 결정해라."

"너나 잘 하시던가! 재수생이나 찾아다니면서 공부는 언제 해? 의대 공부 장난 아니잖아?"

"공부? 걱정하지 마. 솔직히 내 주특기가 공부잖냐. 의대 공부 복잡할 것 같지? 단순해. 첫째도 암기, 둘째도 암기거든. 주구장창 외워주고, 과부하 걸리면 머리 흔들어서 털어내고, 또 외워서 쑤셔 넣고 또 털고."

하긴 "전국 모의고사 삼십 등을 하고도 내 앞의 스물아홉 명 껌이지 뭐."라며 미소 짓던 녀석 아닌가. 하지만 지금 녀석은 가출한 상태일 테니, 학업에 전념하고 있을 것 같지는 않았다.

"학교는 다니고 있는 거야?"

"학교? 물론 다, 니고 있지. 당연한 걸 왜 물어봐?"

당황한 표정이었다. 아름다운 녹색가게를 지나고 재활용센터를 지나고 건널목에서 신호가 바뀌기를 기다렸다. 희수의 손을 뿌리칠 때는 언제고, 혹시 다시 잡아줄까 하는 희망이 스멀거렸다.

"영린아, 다음주 화요일에 시간 있어?"

"왜?"

"영화 보러 가자고. 지난번에 말한, 나 나오는 영화."

유혹이 또 시작되었다. 사람 마음 달뜨게 해놓고 찬물 끼얹을 거면서.

"영화 전공할 거라며? 그럼 올해 나온 인디영화 정도는 봐둬야지."

"내가 언제 영화 전공한다고 했는데?"

"말 안 하면 모를 줄 알았냐? 그게 뭐 창피한 일이라고 숨기고 그러냐?"

"누가 창피하대?"

영화 전공하는 게 창피한 게 아니라 영화과에 지원했다 떨어진 게 창피한 일이다.

"영린이 너, 이 오빠가 출연한 영화가 여성영화제 본선까지 진출했는데, 보고 싶지 않아? 영화 끝나고 나면 감독과 대화시간도 있는데."

지난번에 말한, 기계공학을 전공하고 다시 영화과에 들어간 희수의 고종사촌이 만든 작품에 희수가 단역으로 출연한다는 것이었고, 이번 영화제에 그 영화가 상영된다는 것이었다.

"오빠는 무슨! 보고 싶긴 한데 조퇴증 끊으려면 힘들어서……."

그날이 하필이면 모의고사가 있는 날이다. 녹색 신호로 바뀌었다. 건널목을 건넜다.

"학원 자체 모의고사지? 안 봐도 돼. 사실 너한텐 독립영화 보는 게 더 필요한 공부 아니겠어? 다음주 화요일 신촌 아트레온 앞으로 열두시까지 와. 내가 점심에 저녁까지 확실하게 쏜다."

가고 싶지만 망설여졌다. 곽여사에게 말해봤자 소용없을 테고, 학원에서도 집으로 확인전화를 걸고 나서야 조퇴증을 끊어주기 때문이다. 나는 생각해보겠다고 말했다.

"넌 좋겠다, 영화배우도 되고!"

"영린아, 솔직히 난 네가 부러운걸."

대체 뭐가 부럽단 말인가?

"수능, 막 엉터리로 봤는데도 올 일 등급이 나왔으니 가지 않겠다고 버틸 수도 없었거든. 정말 가기 싫었어."

염장 지르는 방법도 가지가지군. 혹시 시체 해부 같은 것에 적응하지 못하는 건가? 희수가 목 없는 시체 앞에서 떨고 있는 그림이 그려졌다.

"그래서 집 나온 거야?"

희수가 자리에 섰다.

"어떻게 알았어?"

"니네 엄마가 전화하셨더라. 유치하게 가출을 하냐?"

"엄마가 뭐라서?"

"뭐, 그냥 너 만난 적 있느냐고."

"이영린, 부탁인데 당분간은……."

"너 만났다는 말 하지 말라고? 그런데 지금 어디 있는데?"

"누나 다음 작품 도와주느라 스탭들하고 있어."

"그러니까 너, 배우하려고 얼굴도 뜯어고친 거야?"

희수는 대답하지 않고 보도블록만 보며 걸었다.

"안 고치고 할 순 없었니?"

"주연은 못 하지."

나는 성큼성큼 앞장서서 걸었다.

"이영린, 나 고친 거 그렇게 맘에 안 들어?"

뒤돌아보지도 않고, 대답도 하지 않았다.

"너한테 보여주려고 고친 건데……."

나는 그 자리에 멈춰 섰다.

"나한테? 왜?"

"왜인지 모르겠어?"

당황스러웠다. 그냥 마구 걸어서 희수와 멀어졌다. 한참을 걷다 뒤돌아보았다. 다행히 희수가 멀리 가지는 않았다. 나는 되돌아 뛰기 시작했다.

"야, 인조인간!"

내가 불렀지만 희수는 뒤돌아보지 않았다.

"야, 모조인간!"

그래도 돌아보지 않았다.

"야, 역포아이!"

그제야 돌아보았다. 외모는 최첨단이면서 과거의 별명에만 반응하는 저 모순덩어리. 앨범 뒤에 실린 이메일 주소가 지금도 유효하냐고 물었다. 희수는 수첩을 꺼내 글씨를 쓰며 다가왔다.

"네 것도 알려주라."

"싫어."

"그럼 핸드폰 번호라도……."

"그런 거 안 키워."

"어휴, 요즘 세상에 핸드폰 안 키우는 비문명인도 있나?"

"야, 요즘 세상에 핸드폰 갖고 다니지 않는다는 건 나름 철학적인 행위야. 묵언수행과 맞먹는! 알지도 못하면서."

"뭔 수행? 반항은 아니고?"

"내가 너냐, 반항이나 하게? 야, 됐다. 필요 없어. 나, 간다."

희수는 이메일 주소와 핸드폰 번호를 적은 종이를 쥐어주며 한참동안 내 손을 잡았다 놓았다.

마우스 몇 번 움직여 뽀샵질할 수 있는 인화지 같은 존재가 인간이라니! 미처 지우지 못한 연필 자국이 그대로 남아 있는 스케치북처럼 희수의 변한 모습 뒤로 풍만한 예전 모습이 자꾸만 따라붙었다. 메모지를 쓰레기통 속으로 던졌다. 너한테 보여주려고 고친 건데……. 손바닥에는 희수의 지문이 남긴 끈적거림 같은 게 남아 있었다.

방과 후 야자실

"도시락 자랑하러 학원 오냐?"

마사루가 돌아앉아 시비를 걸었다.

"이 새끼 푸르지온가, 반찬이 장난 아니네."

푸르지요? 그건 요즘 잘나가는 아파트 브랜드의 짝퉁이다. 내 반찬이 전부 야채였던가? 아마도 반찬에 정성이 담겼다는 뜻일 것이다. 내 눈에는 배달 도시락도 먹을 만해 보였다. 게다가 오늘의 메뉴는 돈가스에 깍두기, 키위 요구르트 소스를 곁들인 양배추 샐러드였다. 크림스프까지 별도용기에 담겨 있었다.

"아 씨바, 사천 원씩이나 받아먹으면서 늦게 가져오지를 않나, 오늘 반찬 왜 이렇게 허접한 거야? 나 양배추 존나 싫어하는데."

마사루가 내 도시락과 자기 도시락을 바꾸었다.

"뭐하는 거야? 이리 내놔!"

"이 몸이 양배추 샐러드 앨러지가 있거든. 오늘만 바꿔 먹자."

"됐거든! 나도 양배추 싫어하거든!"

"저 새긴 복도 많지. 소고기 장조림에 메추리알도 들었네. 나물도 두 가지에, 이건 또 뭐야?"

마사루는 쿠킹호일을 펼쳤다.

"오호, 얼마 만에 보는 명란젓이냐! 보기만 해도 흐뭇해지는데!"

마사루는 감탄하며 반찬을 맛보기 시작했다. 나는 벌떡 일어서서 마사루의 책상으로 다가갔다. 그리고 스티로폼 용기의 도시락을 마사루 책상에 놓고, 내 도시락을 향해 손을 뻗었다. 학교도 아닌 재수학원에서까지 짱 노릇을 하려 드는 건 용납할 수 없었다.

그때 마사루가 내 도시락 반찬에 침을 뱉었다. 그리고 나를 향해 씨익 웃었다. 내 어쩌다 이런 저급한 애를 상대하게 되었단 말인가! 이에는 이, 눈에는 눈, 소화효소에는 소화효소. 나도 이 순간만큼은 저급하게 되갚기로 했다. 마사루의 침이 분사된 도시락에 내 침도 섞었다. 이렇게 되면 격돌은 피할 수 없다. 두려움의 맥박이 뛰었다.

"앗, 드으러! 아, 성격 한번 졸라 까칠하네. 가져가라, 가져가."

마사루는 내게 더 이상의 질타나 폭력을 행사하지 않았다. 효소가 첨가된 도시락을 돌려주었을 뿐이었다. 그리고는 돈가스를 먹기 시작했다. 나는 도시락 뚜껑을 닫아 가방 속에 넣어버렸다.

*

〈동갑내기 과외하기〉의 치킨집 주인 김자옥은 아르바이트를 그만두고 온 딸 김하늘에게 치킨 건지는 집게를 던진다. 김하늘은 절묘한 시차로 집게를 피한다. 하지만 김하늘과 비슷한 상황이 닥쳤을 때 나는 순발력 있게 대응하지 못했다. 현관문으로 들어가 잠금버튼을 누르려 할 때였다. 곽여사가 들고 있던 뭔가가 뒤통수에 날아와 꽂혔다. 〈토니 타키타니〉 디브이디 케이스였다. 아차, 어젯밤 노트북으로 보고 난 뒤 꺼내질 않았다.

디브이디 케이스 모서리는 여간 딱딱한 게 아니었다. 정준호가 김상중의 머리를 내려친 〈투사부일체〉 출석부 모서리만큼은 아니었지만. 두 번째 물건이 곽여사의 분노를 탑재하고 날아왔다. 이번에는 얄팍한 디브이디여서 위협적이지는 않았다. 토니 타키타니가 내 어깨를 맞추고 떨어졌다. 나는 가엾은 토니 타키타니를 주웠다.

"아이 씨. 내가 얼마나 아끼는 건데!"

"공부하는 줄 알았더니 밤새 일본영화나 보고, 뭐, 조퇴를 신청해?"

치사하게 내가 학원에 있는 동안 학원 담임이 집에 전화했던 모양이다. 더럭 겁이 났다. 문을 열고 계단을 튀어 내려갔다. 양손에 토니 타키타니와 케이스를 들고서.

"야, 너 빨랑 안 들어와?"

열 받은 그녀가 쫓아 내려왔다.

"엄마, 말하지 않은 건 미안한데 영화 보는 것도 내겐 공부인 거 알잖아!"

"영화 소리 꺼내지도 말라고 했지!"

나는 사력을 다해 뛰어 내려갔다. 배낭이 출렁거렸다.

"어딜 도망가? 말로 할 때 빨랑 들어와! 그렇지 않으면 죽는다!"

곽여사는 언성을 낮추려고 입을 앙다무는 눈치였다.

"말로 하지 않을 거잖아!"

계속 뛰어 내려갔다. 내가 삼 층 계단참을 돌아설 때 〈추격자〉는 추격을 포기했다. 그녀가 오 층과 사 층 사이 계단을 막 돌려는 찰나 오 층 문 중 하나가 열린 탓이었다.

"어, 안녕하세요?"

오백삼 호 아저씨 목소리였다.

"아, 네!"

그녀의 목소리가 한껏 부드러워졌다. 다행히 우리 아파트는 복도식이 아니어서 아파트 문에 부딪쳐 나동그라지는 일은 일어나지 않았다. 나는 멈추지 않고 뛰어 내려가 아파트를 빠져나왔다. 건널목을 건너고 또 건널목을 건넜다. 떠나고 싶다는 생각이 들었다, 어디로든.

수능 준비도 해야 하지만 단편영화 보는 것도 필요하다. 희수가 제안한 기회를 놓치기는 싫은데 곽여사는 무조건 안 된다고 할 것 같아서 말을 하지 않은 것뿐이다. 뭐 그리 대단한 잘못을 했다고 모서리 있는 물건을 연약한 내게 던지느냐고요!

배는 고프고 배낭이 버거웠다. 점심에 먹은 빈 도시락과, 마사루 때문에 먹지 못한 저녁 도시락이 든 배낭을 메고 하염없이 걸었다.

곽여사는 학원을 믿고 있다. 입학설명회 때 유창하게 풀어낸 원장의 공약(公約)이 공약(空約)이 되어가고 있다는 사실을 그녀가 알 리 없었다. 과연 곽여사가 나를 맡기도록 내버려두어도 되는 걸까?

맡김을 당하는 당사자인 내 견해로는 단연코 아니었다. 내가 공부는 좀 못할지 모르지만 공부의 질이 좋은지 나쁜지를 구별하는 안목까지 없는 건 아니라는 말이다. 오늘만 해도 그렇다. 잦은 결강을 하던 세 번째 수열선생이 술이 덜 깬 상태로 들어와 횡설수설하다 잘렸다. 선생이 바뀔 때마다 맥이 끊기는 바람에 수학만은 정복해보자는 계획이 지지부진해진 것이다.

학생들은 또 무슨 유행처럼 짝짓기에 혈안이 되고 있었다. 이성교제가 발각되는 즉시 제적처리하겠다는 규칙은 유명무실이고, 남학생 어깨에 기대고 강의 듣는 여자애들을 봐도 선생들은 고작 "니네, 사귀냐?"라고 하면 그만이다. 학생들은 면죄부라도 받은 듯 드러내놓고 행동하기에 이른다. 끝나기가 무섭게 샴쌍둥이처럼 얽혀 학원을 벗어나는 커플들이 나날이 늘어가고 있었다.

야자시간, 내 옆자리는 비어 있다. 사탐만이등급이 학원을 그만두었다. 괜히 귀찮게 했나? 곁을 주지 않던 애였지만 공부에만 몰두해서 보기 좋았는데. 왔던 길을 되짚어 터덜터덜 걸었다. 무음으로, 무자막으로, 소리로만, 화면을 거꾸로, 화면을 옆으로, 스무 번도 넘게 본 토니 타키타니 타이틀을 들고서.

희수와의 약속은 지키지 못했다. 꼼짝없이 붙들려 모의고사를 봐야 했기 때문이다.

"이영린, 어머니께서 감시 잘 하라고 엄명을 내리셨다. 학원 빠져나갈 궁리하지 말고 시험 잘 봐."

조회시간에 담임이 창피를 준 탓에 언어영역부터 집중되지 않았다. 지문은 왜 이리 긴지, 읽지도 못하고 찍은 답이 태반이었다. 수학이야 당연히 죽 썼고, 영어는 그럭저럭, 사탐은 뭐 앞으로 잘하면 되니까.

야간자율학습 시간에 학생들은 모의고사 채점을 하고 의견을 주고받았다. 나는 그럴 기분이 아니었다. 채점해봤자 빤할 테니까. 마사루는 쌓아 올린 만화책 위에 엎드려 있었다. 고개를 꺾고 한쪽 볼을 만화책에 밀착시키고 있어서, 옆에서 보는 마사루의 실루엣은 리을 자였다. 거기다 중력에 순응해 늘어뜨린 긴팔원숭이의 두 팔을 생각해보라.

혹시 희수가 와 있지 않나 해서 야자를 끝내고 나오면서 기웃거렸다. 학원 앞에 서 있었다. 십 분이 지나고 삼십 분이 흘렀다. 학원 셔틀버스도 모두 떠나고 픽업용 자가용도 뜸했다. 나는 미적미적 집으로 향했다.

가출했다고 해도 희수는 어엿한 대학생이다. 지금 시간이면 대학 친구들이나 영화 만드는 사람들과 신촌 어딘가에서 뒤풀이를 하고 있을 것이다. 땍땍거리기나 하는 재수생을 다시 찾아와 줄 리 없다. 희수가 볼품없을 때는 거들떠보지 않다가 조건이 좋아지니 은근히 기다리는 이율배반. 이래서는 안 돼! 나는 희수가 운동장을 달릴 때 아우성치던 살들을 기억해내고 고개를 세차게 흔들었다.

학원 모퉁이를 도는데 등 뒤에서 인기척이 느껴졌다. 기쁜 마음으로 돌아보았다. 희수였으면 좋겠지만 아니었다. 다시 집을 향해 걸었다. 그 인기척이 내게 말을 걸어왔다.

"저, 삼 반이지예?"

"그런데요?"

"지는 일 반이라예."

일 반이라 함은 공부 좀 한다는 걸 과시하려는? 어쩌라고!

"그래서요?"

키 백칠십 센티미터, 지저분한 고수머리, 보리알이 도드라진 뻥튀기 같은 피부, 숏다리에 약간 오다리, 엉클 룩 패션. 오우, 노! 내 이성은 내게 첫인상과 선입견으로 사람을 판단하지 말라 타이르지만 내 감성은 도무지 그 타이름에 귀 기울이려 하지 않는다.

"모, 모의고사는 잘 봤으요?"

억양으로 보아 경상도에서 상경한 유학파인 듯했다.

"그건 알아서 뭐하게요?"

"아니, 난 그저, 그러니께네, 이럴 땐 뭐라꼬 설명해야 하는가?"

보폭을 늘려 빨리 걸었다.

"지는 천사백이 동에 살그등예. 이 동네 학원이 좋다 카길래 부산에서 왔다 아잉교. 해운대 알아요?"

알다 뿐인가, 부산영화제 개막식과 폐막식이 열리곤 하는 수영만 옆인데! 녀석은 좋겠다, 숙박비 한푼 들이지 않고 부산영화제에 참여할 수 있어서. 외모 따지지 말고 녀석과 친해져서 숙박비라도 절약해봐?

"고모 집에 일 년 동안 빌붙기로 했심더."

학원의 좋고 나쁨을 가르는 기준이 입학률이라면 보리뺑튀기는 강남에 있는 학원을 선택했어야 했다. 나몇 나는 집 가까운 곳을 골랐을 뿐이다. 아니다. 솔직히 강남에 가고 싶었으나 성적이 안 되어 가지 못했다. 강남의 D나 J학원 입학시험에 응시할 자격도 갖지 못할 만큼 공부 못하는 애였느냐는 곽여사의 잔소리를 들으면서. 보리뺑튀기, 이 녀석도 필시 성적 때문에 강남에 가지 못했을 것이다.

"그래서요?"

"동네에서 몇 분 본 거 같아스요."

"몇 분이라뇨? 누구누구를?"

"그기 아니라, 몇, 번, 봤다꼬요."

같은 나라 사람끼리 이렇게나 의사소통이 힘들어서야.

"뭘요?"

"그대를."

그대라니! 대패가 간절할 만큼 닭살이 돋았다.

"천사백오 동 살지예?"

이건 또 무슨? 원하지 않는 신상정보 노출에 불쾌해졌다.

"그래서요?"

"그래서요밖에 할 줄 모르능교?"

"어쩌라고요?"

"아하, 어쩌라고요도 하는구나! 참, 뭘요도 했지."

유치하기 짝이 없는 녀석이군.

"누구 만나기로 했나 보지예?"

걸음을 멈췄다. 내가 학원 앞에 서 있던 동안 내 일거수일투족을 살폈다는 얘기다. 스토킹을 할 인물로는 보이지 않았다. 하긴 어디 그런 걸 외모로 판단할 수 있을까마는, 녀석이 구사하는 어눌한 사투리 때문인지 무장해제되는 기분이 들었기 때문이다. 하지만 감시당했다는 사실에 얼굴은 홧홧해져 왔다. 기다린 사람이 희수였다는 것까지 들켜버린 느낌이었다.

"누굴 기다리든 말든 상관할 거 없잖아? 그렇게 할 일 없나, 염탐이나 하게?"

나는 기분이 나빠졌다는 걸 녀석에게 알리기 위해 말을 놓았다.

"염탐은 무슨! 그냥 우연히, 바람맞은 것 같아서. 아하, 기다린 거 맞구나."

은근슬쩍 녀석도 말을 놓았다.

"뭐?"

나는 자리에 우뚝 서서 녀석을 쏘아봤다.

"아따, 승질 파닥파닥하네. 뭐, 그런 거 갖꼬 파르르하는데요?"

비아냥대던 녀석은 사태의 심각성을 눈치 챘는지 말을 다시 높였다.

"친구하자꼬요."

나를 바투 쫓아오며 녀석이 소리쳤다.

"나는 팽소에 서울 말씨 쓰는 여자친구 맹그는 기 소원이었그등예."

"고작 그 따위가 소원이라니, 한심하네. 연애질이나 하면서 시간 낭비하는 거 부모님도 아시나?"

　나는 철딱서니 없는 유학생을 바른길로 인도하기 위해서는 다소 위압적인 말투가 도움 되리라는 판단으로 끝까지 반말을 고수했다.

　"옌애질이라꼬? 캬. 거울 비주까? 그대가 내 옌애상대가 된다고 생각카나? 꿈 깨라. 그냥 순수하게 친구 카자는 기다."

　녀석도 반말로 전환했다.

　"됐거든!"

　"됐다고? 머시 됐단 말인가? 아하, 친구는 됐고 옌애하능기 낫다는 뜻이가?"

　나는 뛰어서, 막 출발하는 버스에 올라탔다.

　"어어. 엎들면 코 다뿌는 데를, 얼매나 된다고 버스를 타노?"

젠장, 닭둘기!

불고기 시스터즈. 학원 화장실 쪽창으로 내려다보이는, 민간인 에어리어에 속하는 그곳. 새벽에 입소하여 밤 열 시가 넘어 퇴소하는 우리들에게 그곳은 바다 너머 육지 같은 곳이다. 〈빠삐용〉의 죄수들이 나비처럼 날아서 가고 싶어하는 곳 말이다. 눈 뜨자마자 달려온 탓에 일 교시밖에 지나지 않았는데 허기가 졌다. 화장실 차례를 기다리며 길 건너 음식점, 펄럭이는 현수막을 본 순간 침이 고였다. 어제 점심식사를 하고 돌아온 비문학 담당 간수의 말이 기억났기 때문이다.

오늘 점심은 불고기 시스터즈에서 먹었는데 비싸기만 하지 맛대가리는 진짜 없더라.

맛대가리 진짜 없다고? 누가 믿을 줄 알고! 내 이곳을 완전 출소하여 민간인으로 복귀하는 날에는 배 터지게 불고기를 사 먹어주리라. 불고기 브라더스도 아닌 불고기 시스터즈에서.

저녁식사 뒤, 야간자율학습 교실로 이동했다. 다들 어제 본 모의고사에 대해 이야기하고 있었다. 나는 영어를 뺀 나머지 과목 모두가 지난 수능점수에도 미치지 못해 맥이 빠졌다. 대각선 방향에서 느껴지는 기운이 왠지 개운하지 못했다. 보리뺑튀기가 그 음습한 늪지에 있었다.

"야, 부르지요!"

보리뺑튀기가 같은 야자교실에 있다는 사실을 알고 한숨 쉬고 있는 나를 부른 건 마사루였다. 부르지요? 지난번에는 푸르지요라더니. 마사루의 차림은 가관도 아니었다. 떡 진 샤기 컷 머리에, 겨울도 아닌데 국방색 니트 모자를 쓰고 있었다. 빨지도 않은 채 작년부터 써왔던 모자일 것이다. 그 위에는 이십 세기 비행기 조종사들이나 썼을 법한 커다란 헤드셋이 얹혀 있었다. 코일 식 전선이 달린 둔탁한 헤드셋 말이다. 그런데 그 헤드셋에 연결된 것은 코딱지만 한 엠피쓰리였다. 다 떨어진 진 점퍼에 개구리무늬 전투복 바지, 그리고 삼선슬리퍼. 중학교와 고등학교를 거쳐 재수생이 되기까지, 집에서부터 교실, 학원, 화장실까지 저 슬리퍼 하나로 누비고 다녔음에 틀림없다.

"너 꼴에 연애질도 하더라."

연애질이라니! 희수를 보았을 리는 없고 혹시 어젯밤에 쫓아왔던 보리뺑튀기를 본 건 아닐까? 절망적이었다. 내가 보리뺑튀기랑 사귄다고 소문이라도 내면 어쩌나 싶어서.

"걔 의대생이라며?"

다행히 보리뺑튀기는 아니었다. 절망에서 헤어났다.

"공부 잘하는데다가 잘생기기까지. 오, 완전 소중!"

성형수술 전 모습을 보고도 그런 말을 할 수 있을까나? 의대생인 건 알면서 수술한 사실은 모르다니.

"재수생이 의대생을 사귄다니 말이 되냐? 웃기지 않냐?"

내가 생각해도 말도 안 되고, 웃기는 일이긴 하다. 아니, 말이 안 될 건 뭐고, 웃기는 건 뭐란 말인가? 인격모독이다.

"아, 저 새낀 집도 잘사는지 푸르지요에다가 재수생인데 의대생이 따라다니고, 세상 존나 불공평해."

이번에는 다시 푸르지요? 나는 푸르지요가 아닌 그냥 목동아파트에 사는데? 야자시간 시작 벨이 울렸다.

"혹시 네가 따라다니는 거 아니냐?"

그건 아니거든! 대꾸할 가치도 없었다.

"꼴에 의대생씩이나. 의대생이 계속 사귀어준대? 주제파악 좀 하지!"

"네 주제나 생각하지!"

"나? 연애질은 안 하지."

"단어 좀 가려 써라. 연애질이 뭐냐? 저급하게."

"너 나한테 지금 저질이라고 그랬냐?"

"질이라고 안 그랬거든. 급이라고 했거든."

"그거 같은 말이잖아, 쌕까."

"그러고 보니 그런 것 같기도 하네. 저질, 저급, 동의어인 것 같기는 해. 학식 저럼한 너 같은 애가 그런 건 또 어떻게 알았을까나?"

"뭐, 학식 저럼?"

"심사숙고해서 고른 사자성언데 맘에 안 들어? 그럼 무식 충만은 어때?"

"이 새끼가 겁대가리를 상실했나? 아주 피반죽 되고 싶어서 환장했군!"

"피반죽? 네가 쓰는 바로 그런 단어가 너의 지적 퀄리티를 떨어뜨리는 거라는 걸 알기나 하니?"

"피반죽을 피반죽이라고 하지, 그럼 존대해서 혈액반죽이라 하리?"

딴은 그렇다. 나는 잠시 주춤했다가 다시 대거리했다.

"푸르지요는 뭐고 부르지요는 뭐니? 내가 무슨 아파트냐? 아니면 누가 날 부르나?"

가속 붙은 대거리는 멈춰지지 않았다.

"부르주아라고 말해야 되는 거거든! 프롤레타리아의 반대 개념."

그때 앞쪽 어딘가에서 "으으, 또 시작이다.", "쟤들 왜 저러냐?" 등등의 항의가 쏟아져 나왔다. "으흐흐, 부르지요!"라며 낄낄대는 애들도 있었다. 마사루가 벌떡 일어섰다.

"어쭈, 존나 똑똑해. 나 다른 건 참아도 저질이라는 소리, 무식하다는 소린 못 참는다. 이 새끼 너, 오늘 나한테 진짜로 죽어줘야겠다."

"내가 너한테 왜 진짜로 죽어줘야 하는데? 내가 하는 게 연애질이면 네가 하고 다니는 건 깡패질이냐?"

될 대로 되라는 심정으로 소리쳤다. 도시락 사건으로 앙금이 있던 터였다.

"뭐, 깡패질? 이년이 맛이 갔나? 너 오늘 제대로 낚였다. 그렇지 않아도 앉아 있자니 근질근질하던 판인데, 잘 됐다. 나한테 한번 맞아봐라."

"내가 너한테 왜 맞아야 하는 거냐니까?"

두려웠으나 어쩔 수 없었다. 여기서 물러나고 싶지는 않았다.

"존나 똑똑한 년이 왜 맞아야 하는지도 모른단 말야? 그럼 왜 맞아야 하는지 모르는 채로 한번 맞아봐. 재밌잖아!"

마사루가 나를 강의실 뒤쪽으로 끌고 나갔다. 나는 끌려가지 않으려고 필사적으로 버티며 마사루를 향해 발길과 주먹을 날렸다. 내 저항은 보잘것없었고, 결국 내게로 마사루의 정권이 향했고, 나는 눈을 질끈 감았다.

기다려도 소식이 없었다. 누군가가 마사루의 팔뚝을 잡았기 때문이다.

"뭐야 넌?"

"와 우리 옝넌씨 괴롭히는데?"

"뭐? 와하하하! 우리 옝넌씨? 저 싸가지가 중국년이었나? 야, 왕싸가지! 저 어리버리 촌놈하고 사귀냐? 어쭈리, 꼴에 양다리?"

위급한 상황에서도 나는 인류 연애사의 심오한 법칙을 터득한다. 흑기사에게도 외모는 중요하다는 것을. 외모가 딸리는 자가 흑기사를 자청할 경우, 복면은 아니더라도 최소한 가면이라도 준비하는 게 에티켓이라는 사실을! 트로트 부르는 걸 쪽팔려 하는, 〈복면달호〉 속의 달호만 복면하라는 법은 없다. 〈김관장 대 김관장 대 김관장〉 속 무림의 고수들도 악의 무리를 물리칠 때 꼭 탈바가지를 쓰고 젓가락을 날렸으며, 〈배트맨〉에서도 박쥐 모양 가면을 썼다. 〈스파이더맨〉은 말할 것도 없고!(예외는 있게 마련이다. 〈슈퍼맨〉에서는 평소에 민간인 모드로 썼던

뿔테안경을 오히려 벗었다. 네거티브필름과 포지티브필름의 관계라고
나 할까.) 무릇 선행이란 선행을 베푸는 자의 정체를 숨겨야 멋있는 법
이거늘.

　복면하지 않은 맨 얼굴의 보리뺑튀기가 마사루의 팔을 잡았을 때, 나
는 차라리 얻어맞는 편이 낫겠다고 생각할 정도였다. 도덕 교과서에 왜
외모지상주의를 경계하는 경구들이 가득 찼는지 이해할 수 있는 시점이
었다. 교과서에서라도 내면의 아름다움이 중요하다고 강조해주지 않았
다면 이 땅의 쾌지모도들은 살아남지 못하고 도태되었을 테니까. 그리
하여 지구라는 땅덩어리는 생물의 다양성을 확보하지 못해 벌써 종말을
맞았을지도 모를 테니까. 희수가 왜 그렇게 필사적으로 온몸을 뜯어고
쳐야 했는지 한순간에 이해되었다.

　"뭣들 하는 거야?"

　교실 문이 열리면서 중괄호턱이 들어왔다. 보리뺑튀기 흑기사는 잽싸
게 자기 자리로 돌아갔다. 잽싸도 너무 잽쌌다. 적어도 흑기사는 퇴장도
여유 있게, 거들먹거리며 해야 멋지게 보이는 법이거늘.

　교무실로 불려가서 부원장 앞에 섰다.

　"여학생들이 무슨 육탄전이야? 그렇지 않아도 너희들 떠든다고 투서
가 들어오고, 학부모 전화 받느라 난린데 이젠 폭력까지 사용하나? 늬
들이 불량청소년이냐? 늬들은 이제 성인이야, 성인."

　"쳇, 이럴 때만 성인이래지. 야동 볼 때 성인 인증도 안 해주면서."

　마사루가 구시렁거렸다.

　"그렇다고 못 볼 나도 아니지만."

"여학생이 벌써부터 야동도 보나?"

"그거 여성차별 발언 아닌가요? 여학생은 인격체 아닌가요, 뭐?"

"뭣 땜에 싸웠는지 이야기나 들어보자. 순정이 말해봐."

"아, 됐어요."

마사루의 이름이 순정이라니! 이름과 실물이 이렇게나 겉돌 수가. 나는 피식 웃었다.

"씨바, 너 지금 웃었냐?"

"야, 야. 너희들은 여기서도 싸우나?"

부원장은 일주일 간 정학처분을 내리겠다고 했다. 학교도 아닌 학원을 정학처분까지 받고 다녀야 하나? 난감했다.

"앗싸, 가오리! 잘됐네. 늦잠도 잘 수 있고."

마사루는 신나 했다.

"꿈 깨라. 우리 학원에서의 정학은 학원에 나오면서 해야 하는 거거든."

"이런 젠장, 닭둘기! 그런 게 어디 있어요?"

젠장, 닭둘기? '젠장, 비둘기!' 아니었나? 평화의 상징이라 일컬으며 귀염 받던 호시절은 이제 비둘기들에게 과거가 되고, 뒤룩뒤룩 살찐 몸으로 돌아다니는 비둘기를, 사람들은 더 이상 비둘기라고 부르고 싶지 않나 보다. 닭둘기라고 부르나 보다.

"앗, 씨바. 학교도 아니고 돈 내고 다니는 학원에 무슨 정학이 있냐고요? 다니지 않으면 그만이지."

정학을 당하느니 그만두겠다고 마사루가 먼저 말했다. 정학에 대한 의견은 나도 마사루와 같았다.

"아니, 뭐 정학이 뭣하면 한두 강의만 듣지 못하는 정도로 선처해 달라고 원장님께 말씀드려 보지 뭐. 지금 그만두면 니들 대학은 어떻게 갈 거야? 대학 못 가면 인생 막장이야. 이영린, 백순정, 그렇지 않아?"

푸헐! 순정이라는 이름도 웃기는데 백순정이라니. 차라리 마사루가 낫겠네! 나는 또 웃었다. 정학시키겠다고 하다가 이제는 근신처분이라니. 흥정당하는 기분이 들었다. 미련이 남을 리 없다. 누가 먼저랄 것도 없이 우리는 일어섰다.

"야야, 얘들아, 흥분하지 말고 앉아. 니들 심정 내가 백분 이해하지. 나는 뭐 재수 안 해본 줄 알아?"

부원장은 한결 누그러진 목소리로 우리를 달래기 시작했다. 그러나 회유책에 넘어갈 정도로 내가 순진할 리 없고, 마사루 역시 그럴 것이다. 떠들고 싸우다 쫓겨났다는 오명을 남기고 떠나기는 싫었지만, 그렇다고 다시 강의실로 돌아가기도 싫었다.

"너희들 때문에 우리 학원 손해가 이만저만이 아니야."

"우리가 뭘 어쨌게요? 그까짓 싸움 한 번 한 거 가지고."

"너희들이 시끄럽게 하는 바람에 서울대 떼놓은 당상인 학생 하나 놓쳤잖아. 너희들까지 그만두면 어쩌자는 거야?"

사탐만이등급이 그만둔 걸 말하는 것 같았다.

"최소라요? 쳇, 그 지지배 아침 일찍 일어나서 도서관 가던데. 그 지지배는 이 학원에서 공부 안 해도 서울대 가거덩요."

사탐만이등급의 이름이 최소라라는 것과, 도서관에 간 사실도 아는 걸로 보아 같은 동네에 사는 것 같았다. 중괄호턱에게 핸드폰을 빼앗기고 나서 민정에게 답장을 보내려고 핸드폰을 빌려 달라고 했다. 사탐만 이등급은 그때 역시 눈 깜짝도 하지 않았다. 그 정도로 지독하다면 학원에 다니지 않아도 자신의 목표를 성취하고 말 애였다.

부원장의 회유와 협박은 만만치 않았다. 학원을 나가려면 학부모 동의가 있어야 한다는 것이다. 나와 마사루는 각각의 집에 전화했다. 아니, 나는 아빠 사업장으로 전화했다. 곽여사보다는 녹록할 것 같아서.

"학원 그만두려고요."

"왜?"

"그냥, 다니기 싫어서요."

"싫으면 할 수 없지. 내가 어떻게 조치하면 되지?"

"부원장님한테 허락한다고 한 마디만 하시면 돼요."

"바꿔봐."

부원장이 아빠를 설득하려 했으나 아빠는 깔끔하게 처리해주었다. "정신상태가 안 된 아이 붙잡고 있으면 선생님들도 힘드실 거 아닙니까? 고생하지 마시고 내보내십시오." 이런 단호한 목소리가 수화기에서 들려왔다. 어째 바람직한 아빠의 태도가 아닌 것 같아 찜찜했다. 아무리 내가 다니기 싫다고 말한 거지만.

문제는 아빠보다 담임이었다. 조금 있으면 국어 클리닉이 끝날 것이다. 진료를 끝낸 담임이 교무실로 돌아오면 나는 또 시달릴 것이다. 그 전에 나가기 위해 사물함을 정리했다. 복도 끝 계단을 지키고 있던 중괄호턱과 실랑이를 벌인 끝에 겨우 학원을 벗어날 수 있었다.

삼선슬리퍼 네트워크에 낚이다

봄비답지 않은 세찬 비가 내리고 있었다. 학원 현관 앞에서 하염없이 비를 바라보았다. 곽여사의 성난 얼굴이 어른거렸다. 그녀에게 전화를 해야 할지, 아니면 택시를 타고 집에 가야 할지, 집에 가서는 또 뭐라 해야 할지…… 마사루는 사물함에 있던 물건을 보조가방에 넣지도 않은 채 양손에 들고 나왔다. 졸지에 우리는 이제는 정말 '우리'가 되어 처량하게 서 있었다.

"우산 있냐?"

빗물에 침을 섞던 마사루가 내게 물었다. 나는 고개를 저었다.

"가자."

"어딜?"

"어디든."

"젖잖아."

나는 마사루가 양 옆구리에 든 책들을 가리키며 말했다. 입학 때 일괄 구입하여 대부분 들춰보지도 않은, 기십만 원어치 교재들이다.

"어차피 뭔 말인지 봐도 모르는데 뭐."

마사루는 쏟아지는 빗속으로 나가서 성큼성큼 걸었다.

"야, 비 맞으면 헤드셋 망가지잖아."

"망가지거나 말거나!"

마사루의 배낭에 걸린 보라색 긴팔원숭이가 마사루의 걸음걸이에 흔들렸다. 긴팔원숭이털이 젖어 들어갔다. 나도 빗속으로 들어가 마사루를 따라갔다. 내 배낭 옆구리에서 검정 털 긴팔원숭이도 젖고 있을 것이다.

"너, 집에 갈 거냐?"

"글쎄."

"영화관이나 갈래?"

"영화관? 이 책들은 어쩌고?"

"버리지 뭐."

마사루는 걸으면서 두리번거렸다.

"앗 씨바. 문화인이 질서 좀 지키려고 했더니 휴지통 같은 것도 없냐? 그냥 버려야겠다."

마사루는 양쪽 옆구리에 끼었던 책을 보도블록 가로수 밑에 차곡차곡 쌓았다. 그리고는 손바닥을 탁탁 치면서, 털어낸 뒤의 개운함에 겨운 듯 미소 지었다. 빗줄기가 책 위에 떨어져 내렸다. 비를 맞으며 서 있는 그 애의 미소가 해맑다고 해서 나까지 그 미소를 흉내 낼 수는 없었다. 나는 그 애처럼 선뜻 책을 버릴 용기가 없었다. 비에 젖어 알을 낳으려는 종이 쇼핑백을 옆구리에 끼었다. 비는 줄기차게 내렸고, 이러면 안 되는데 하면서 그 애를 쫓아갔다.

"너 나 땜에 학원에서 쫓겨나고, 어쩌냐?"

돌이켜보니 그렇게 흥분할 일도 아니었다.

"지랄!"

"?"

"야, 부르주오. 너 아직도 개념파악이 안 되냐? 내가 너 같은 새끼 땜에 학원이나 그만두는 쪼잔한 애로 보이냐고? 원래 나는 공부 같은 거 열심히 할 타입이 아닌데, 죽을 맛으로 다니고 있었던 거잖아. 그렇지 않아도 다음달부터는 끊으려고 했다니까. 앗, 씨바. 왜 비까지 내리고 지랄이야. 야, 뛰자!"

졸지에 의기투합한 우리는 지하철과 연결된 무빙워크로 영화관에 갔다. 이동하는 동안 몸에 붙었던 빗물이 많이 흘러내렸지만 머리와 옷은 척척할 대로 척척했다. "웃, 존나 발 시려"라는 십 초에 한 번꼴인 구시렁거림과 무빙워크의 덜그럭거림이 어울려 묘한 리듬감을 만들었다.

"그러니까 왜 슬리퍼를 신고 다녀?"

왜 그렇게도 큰 사이즈를 신고 다니는지, 슬리퍼 앞쪽으로 빠져나온 맨발의 발가락들이 무빙워크 바닥에 닿을 때마다 움찔거렸다. 바짓가랑이로 가려서 보이지 않지만 슬리퍼 뒤축은 또 한참 남아 있을 것이다. 앞에서는 발가락이, 뒤에서는 올 풀린 바짓단이 바닥을 쓸고 있었다. 갑자기 마사루가 전진하는 무빙워크에서 돌아서 눈을 치떴다.

"야, 너 지금 간섭하냐? 내가 너 같은 거랑 놀아주니까 만만해 보이나 본데, 착각하지 마라."

나는 움찔했다.

"이거 짝퉁 아니거덩."

마음이 누그러졌는지 슬리퍼 자랑을 하고 나섰다.

"베컴이 신고 다니는 쓰렙빠랑 같은 명품이란다, 아그야."

명품이라 하면 아 사 제품이라는 걸 뜻할 것이다. 때가 꼬질꼬질해서 명품 같아 보이지도 않는데, 문방구에서 파는 삼천 원짜리와 뭐가 다르다는 말인가? 명품이든 짝퉁이든 그저 슬리퍼일 뿐인데 그게 학원을 뛰쳐나온 재수생들에게 무슨 의미를 갖는단 말인가?

"베컴 몰라, 축구선수?"

"베컴이 신었는지는 잘 모르겠고, 〈김관장 대 김관장 대 김관장〉에서 검도장 김관장 최성국이 신고 나왔던데."

"그건 삼디다스지."

어떤 미술평론가는 칼럼에서 삼선슬리퍼에 대해 이렇게 말했다.

전국 일선 학교, 고시원, 거기에 오만 가지 사무실의 개별 구성원의 발바닥을 하나로 엮어주는 것이 있으니, 가히 실내화의 천하통일이라 이를 법한 삼선슬리퍼 네트워크입니다. 본디 다국적 유명 스포츠 브랜드 '아' 사의 고유 로고인 삼선을 로열티 없이 무단 사용하고도 생존한 무서운 슬리퍼입니다.

나는 학교 다닐 때 삼선슬리퍼를 실내화로 신지 않았다. 흰색 실내화를 고집했다. 곽여사가 귀찮아하지 않고 아니, 귀찮아하면서도 빨아준 덕분이다. 삼선슬리퍼나 흰색 실내화나 제도권 학생들을 획일화하는 데 매한가지인 물건들이지만, 내 눈에는 운동화 실내화가 삼디다스 슬리퍼보다는 품격 있어 보였기 때문이다. 나, 아직까지는 격조, 품격, 품위, 기품 따위의 단어를 포기하지 못하는 속물이며, 스노비즘 그거, 내가 무지 좋아하는 이즘이다.

"근데 삼선짜장, 삼선짬뽕은 알겠는데 왜 쓰렙빠가 삼선쓰렙빤 거냐? 삼선짜장이랑 무슨 관계 있는 건가? 너 혹시 아냐?"

선이 세 줄이라서 삼선슬리퍼인 단순한 이치도 모르다니!

"삼선교 가서 물어봐!"

"삼선교? 사이비 종교냐?"

"아니, 혜화동 옆 동네. 대학로 근처!"

"삼선교가 동네 이름이냐?"

나는 마지못해 고개를 끄덕였다.

"왜? 쓰렙빠 공장 삼선교에 있냐?"

아, 짜증난다.

영화관 직원들은 생쥐 꼴인 우리를 마땅찮게 바라보았다. 흠뻑 젖은 몸으로 영화를 보겠다고 들어왔으니 그럴 수밖에. 내 눈에는 마사루가 한심해 보이고, 그들에게는 마사루와 나, 둘 다 한심해 보일 것이다.

"〈극락도 살인사건〉, 이거 보자. 박해일 예는 완전 살인 전문배우네. 〈살인의 추억〉에서 뜬 거 아냐!"

"〈살인의 추억〉에서 박해일이 살인자라는 결론은 없었거든. 실제로도 화성 연쇄살인범은 잡히지 않았어."

"꼭 찝어서 말해야 아냐? 영화 속에선 박해일이 살인범이야, 새꺄."

전단지를 훑어보던 마사루가 곧장 티켓박스로 향했다.

"너 정말 이거 보려고 그래?"

"어. 날씨도 으스스한 게 딱이잖아."

나는 윌 스미스 주연에 그의 진짜 아들이 아들로 나온다는 〈행복을 찾아서〉를 보고 싶다고 주장했다.

"앗씨, 할리우드영화 나 좋아하지 않아. 그 뭣이냐, 백인우월주의, 영웅주의 그런 것만 부각시키잖아. 그리고 한국 사람이 한국영화 보지 않으면 누가 보냐? 이 새긴 애국심도 없다니까."

부르주아와 부르지요 구분도 하지 못하는 마사루에게 이런 기특한 사유가 있을 수가!

"글로벌시대에 웬 어설픈 민족주의?"

"글로벌 같은 소리하고 있네! 프랑스라는 나라는 무슨 양요 때였나, 우리나라 고서도 왕창 강탈해 가서 주지 않는데 우리만 글로벌 외치면 뭐하냐? 야, 쓸 데 없는 소리 그만하고, 오 분 남았다, 빨리 표 사야지."

마사루는 〈극락도 살인사건〉 표를 사려 했다. 나는 끝까지 우겼다.

"알았어, 알았어. 아, 이 새끼한테 완전 낚였네. 내가 영화표 살 테니까 넌 팝콘이나 사와. 영화 재미없으면 너 팝콘 개수만큼 맞는다."

도대체 몇 대를 맞아야 하나?

"콜라는 무슨, 추운데 커피 마시지?"

"팝콘 먹으면서 무슨 커피냐, 간지 안 나게? 콤보로 사 와라, 다 먹고 우산 대신 쓰게."

쓰레기통만한 팝콘 통과 콜라를 사들고 영화관으로 들어갔다. 영화관 직원이 했을 법한 우려대로 우리는 푹신한 영화관 의자에 우리의 빗물을 흠씬 남겨 놓았다.

가난한 외판원이 고생 끝에 주식중개인으로 성공하는 스토리로, 실제로 존재하는 인물을 모델로 한 영화였다. 생활고에 찌든 부인이 떠나고, 윌 스미스는 월세 아파트에서도 쫓겨난다. 윌 스미스는 아들의 손을 잡고, 골밀도 스캐너와 여행용 가방을 들고, 양복 가방까지 매고 하룻밤 잠잘 곳을 찾아 헤맨다. 나는 사람의 두 손으로 그 많은 걸 동시에 들 수 있다는 사실이 신기하기만 했다. 기차역 화장실 바닥에 앉아 아들을 재운다. 누군가 화장실 문을 밀고 들어오려 한다. 윌 스미스는 한쪽 발로 문을 버팅기면서 흐느낀다. 이 장면에서 마사루는 코를 훌쩍거리며 팝콘을 씹어 먹었다. "아이 씨바, 존나 불쌍하네."라며 눈물도 흘렸다.

어두운 거리, 비는 그쳐 있었다. 우리는 덜덜 떨며 걸었다.

"앗 씨, 조낸 안습이다. 해피엔딩인데 왜 이케 꿀꿀하냐?"

비도 오지 않는데 팝콘 찌꺼기 달라붙은 팝콘통을 헤드셋 위에 쓰고 걷던 마사루가 말했다. 팝콘 개수만큼 때리지 않는 걸로 보아 재미는 있었나 보다. 그녀의 말대로 영화는 해피엔딩이었지만 내 마음 역시 해피하지 않았다. 왜일까?

그건 성공을 향한 하루하루가 너무 남루했기 때문일 것이다. 감독이, 또는 시나리오 작가가 말하고자 하는 건 '고생 끝에 낙이 온다'가 아니라 '꼭 그렇게 성공하려고 발버둥 쳐야 했는가?'는 아닌지. 과정이 그렇게 비루해야 한다면 행복, 웬만하면 포기하고 대충 살아! 그냥 노숙자로 살라니까! 이렇게 관객들을 선동하는 것 같았다.

"봐, 대학 안 간 사람도 저렇게 성공할 수 있잖아."

마사루는 윌 스미스가 연기한 실제의 인물 크리스 가드너에게 고무된 것 같았다. 분명 크리스 가드너는 대학을 졸업하지 않고도 성공했다. 그렇지만 나는 두려웠다. 대학을 졸업했다면 그렇게 에돌지 않고 쉽게 성공의 길로 진입했을 거라는 생각이 들었기 때문이다.

"이제 어떻게 하지?"

내가 물었다.

"어떡하긴, 심야영화 한 편 때리지 뭐."

"너도 어지간히 영화 좋아하는구나. 지금 전주에서 영화제 하는데, 개막식이 어제였던가? 거기 가면 영화는 원 없이 볼 텐데."

"그래? 그런 좋은 정보가 있으면 진작 말했어야지. 가자."

"뭐?"

"가자고, 전주에."

영화를 보는 동안 잊었던 곽여사의 얼굴이 어른거렸다. 나는 집에 가야겠다고 말했다.

"존나 쫀쫀하군."

"오늘은 집에 들어가고, 우리 모레쯤 만나서 전주 가기로 하자."

"됐다. 설마 오겠냐, 너 같은 소심녀가?"

"그렇지 않아! 꼭 갈 거야."

"너 핸드폰도 없잖아. 어떻게 연락해?"

그러고 보니 경황없이 나오는 바람에 핸드폰 되찾는 일을 깜빡했다. 다시 학원에 가기는 죽어도 싫었다. 하긴 전주에 가더라도 핸드폰은 무용지물일 것이다. 위치추적이나 당하지 않으면 다행이다.

"야, 범생이. 무리하지 마라. 전주엔 나 혼자 가지 뭐. 아니면 노는 애들 불러내서 가든가."

헉, 공부도 딸리는 내게 범생이라니! 마사루의 황송한 평가에 약속을 꼭 지키겠다고, 꼭 가고야 말겠다고 다짐했다. 내일모레 새벽 다섯 시 반에 전철역 앞에서 만나자고 했다.

가훈 추천 기능

영화나 드라마에서 비 맞고 돌아다닌 주인공은 꼭 독감이 걸려 사경을 헤맨다. 예를 들라면? 〈피아노〉에서 에이다가 비를 맞고 감기에 걸렸나? 〈연애소설〉에서 손예진과 이은주도 비를 맞은 것 같기는 한데……. 소설 제목은 자신 있게 댈 수 있다. 《소나기》가 그랬다. 심할 경우에는 폐렴에 걸리게 해 죽이기도 한다. 한물 간 컨셉이다.

비 맞고 걸었더니 머리카락 속에 숨었던 풀씨가 싹을 틔웠다거나, 그 싹이 자라 숲을 이루더니 페루의 우트쿠밤바 강에서 물까치라켓벌새가 날아와 둥지 틀고 알을 낳았다거나, 뭐 이 정도 기발한 서사는 되어야 요즘 시대에는 그나마 먹힌다.

숲을 머리에 인 주인공은 전 세계 네트워크에 노출되면서 광고 섭외가 빗발쳐 졸지에 갑부가 되었는데, 결국은 새똥이 유발한 부스럼으로 생을 마감했다. 물까치라켓벌새는 날아가버리고, 부화되지 않은 새알이 재산을 상속했다. 이 정도는 되어야 한다는 말이다.

그런데 그렇게나 식상한 상황이 실제로 내게 벌어지고 말았다. 집으로 돌아오자 온몸이 으슬으슬 떨려 왔기 때문이다. 대가는 진정성을 확보하기 위해 얄팍한 상상보다는 진부한 설정을 채택한다는 사실을 깨달았다. 무릇 진리란 시대를 초월해서, 예나 지금이나 비 맞으면 감기 걸리고 폐렴으로도 진행될 수 있다. 떨리는 몸을 가누며 곽여사에게 잔소리를 들어야 했다.

다음날은 종일 아팠다. 비몽사몽간에 약을 먹고 자다 밤 열 시가 되어서야 잠깐 깨어났다. 그 사이 학원 담임의 전화가 왔다는 소리를 들은 것 같기도 했다. 나는 일어나지 못하고 내쳐 잤다. 꿈속에서는 담임에게 끌려가 상담을 받았다. 복면한 보리뺑튀기와 비포 희수가 나를 차지하기 위해서 멱살잡이를 하기도 했다.

폐렴이라는 작위적인 상황으로 전개되지 않은 게 유감스러울 따름이다. 아픈 딸을 학원으로 내몰 어머니는 없을 테니까. 이게 다 곽여사가 먹인 보약 때문이다. 폐렴 걸려보는 게 내게는 판타지인데 그놈의 보약 때문에 내 판타지는 쪽 나고 말았다.

뒤척이면서 마사루와의 약속을 생각했다. 학원을 다시 다녀야 하는지, 여행을 떠나야 하는지를 고민하며 머리를 쥐어뜯었다. 내 대신 공부 열심히 해주는 복제인간을 앉혀 놓고 나갈 수 있었으면 좋겠다고 생각했다. 〈멀티플리시티〉의 마이클 키튼처럼.

다음날 새벽, 여행 좀 다녀오겠다는, 학원에서 핸드폰을 찾아 달라고 쓴 포스트잇을 책상에 붙여 놓고 밤새 꾸린 배낭을 들고 집을 나왔다.

택시에서 내려 배낭을 추스르는데 누군가 내 어깨를 쳤다.

"야, 너!"

"왜?"

나는 할 말을 잊은 채 서 있었다. 그 애의 별명이 왜 마사루인지 깨닫는 순간이었다. 여행을 떠나는 만화 속 마사루의 번잡함이 너무나 닮아 있었다. 커다란 헤드셋은 마찬가지였으나 지금 헤드셋에 연결된 물건은 엠피쓰리가 아니라 라디오였다. 스피커가 양쪽으로 달린 카세트 라디오를 개구리바지 건빵 주머니에 세워 넣어가지고 나타난 것이다. 헤드셋의 코일 전선은 종아리까지 늘어졌고, 라디오 무게 때문에 왼쪽 바짓가랑이는 처질 대로 처져 있었다.

등에는 배낭, 오른손에는 바퀴 달린 특대형 여행용 가방. 그 가방 위에 다시 손으로 드는 여행용 가방. 그 위에 테니스 라켓 케이스가 얹어 있었다. 〈행복을 찾아서〉의 윌 스미스 짐보다 더 커 보였다. 기차로 서너 시간 거리의 영화제에 가기 위해 꾸린 짐이 아니라 히말라야 등정에 나서는 산악인의 짐, 그 크기였다.

"집 나왔냐?"

노란색 렌즈의 우스꽝스러운 고글 옵션 하나가 더 따라붙었다는 걸 뒤늦게 깨달은 나는 불퉁스럽게 물었다.

"그걸 말이라고 묻냐?"

하긴 우린 둘 다 집 나온 거 맞다.

"아니. 내 말은, 완전히 나온 거냐고?"

"당근 완전 나왔지, 아니면 몸 반띵해서 집에다 두고 나왔겠냐?"

"테니스 라켓은 왜 가지고 온 거야?"

"아, 이거? 내가 모기 한 마리만 있어도 잠을 못 자는 체질이거든."

허리에는 벨트지갑을 차고, 이번에는 삼선슬리퍼 대신 조리를 신고 있었다. 조리 역시 삼촌들이나 신는 큰 사이즈여서 벗겨질 듯 위태로웠다. 시옷 자로 갈라진 헐렁한 고무끈에 온몸을 의지하고 있어서, 팔랑팔랑 걸으면 당장이라도 날아오르다 곤두박질칠 것 같았다.

"가자!"

마사루는 육교를 향해 걸어갔다. 걸음을 뗄 때마다 때에 절은 조리 뒤축이 보도블록을 갈겨댔다. 찰딱 찰딱! 보도블록이 뭘 잘못했다고! 마사루는 그 많은 짐을 끌고 육교 계단을 경쾌하게 오르기 시작했다. 나는 절대로 그 애가 시키는 대로 하지 않는 자주적인 인간이 되겠다고, 아무리 가방 들어 달라고 협박해도 굴하지 않겠다고, 자랑스러운 태극기 앞 아닌 가파른 육교 앞에 굳게 다짐했다. 의지를 관철하기 위해 그 애와 일곱 계단의 간격을 유지했다. 마사루는 그저 들떠서 무거운 가방들을 철커덕대며 한 계단 한 계단 끌어올리고 있었다.

"뭐 그렇게 느려? 빨리 와."

영등포역 대합실. 편의점에 갔던 마사루는 삼각김밥과 훈제치킨, 핫바, 음료수, 초콜릿에 껌까지 넣은 봉투를 들고 나타났다.

"먼 길 떠날 때는 든든하게 먹어둬야 하는 거거든."

무슨 과거시험 보러 가나. 마사루의 특대형 여행용 가방은 무궁화호 열차 선반에 올릴 수 없어서 복도에 세워두어야 했다. 마사루가 차창 쪽 자리를 차지하는 바람에 짐 때문에 전전긍긍하는 일은 내 몫이 되었다.

승객이 지날 때마다 미안하고 불안했다. 홍익회 수레가 다가오면 나는 더 이상 여유가 없음에도 자꾸만 좌석 안으로 바투 잡아당기며 옹색하게 앉았다. 장애물에 부딪친 홍익회 직원은 바구니에 몇 가지 물건을 덜어내어 다음 열차 칸으로 갔다.

마사루는 자리에 앉자마자 먹기 시작했다. 나는 내 배낭을 그냥 허벅지 위에 올려놓았다. 게걸스레 먹어대던 마사루가 "먹을래."라고 물었고 나는 고개를 저었다. 새벽부터 무슨 치킨에 핫바란 말인가.

"너, 돈 얼마나 있어?"

"벌써부터 무슨 돈 걱정하고 지랄야, 체하게? 이거나 먹어둬."

"됐어. 너나 실컷 먹어."

한바탕 먹어치운 마사루는 화장실 칸으로 나가 한참만에 돌아와, 니코틴 품은 하품을 내뿜고 잠을 자기 시작했다. 잠에서 깨어난 마사루가 각종 먹을거리를 담은 수레를 불러 세웠다.

"컵라면 주세요."

"컵라면은 없는데."

"햄버거는요?"

"없어."

"뭐가 없는 게 그렇게 많아요?"

"그 두 가지만 빼고 다 있어."

"없는 거 많구만. 찹쌀떡도 없잖아요."

"그러고 보니 세 가지네! 왜 없는 것만 찾아?"

"계란하고 캔커피나 두 개 줘요."

마사루는 뻗정다리로 바지 오른쪽 건빵 주머니에서 돈뭉치를 꺼냈다. 그 중 한 장을 손에 잡히는 대로 빼내 값을 치렀다. 왼쪽 무릎 카세트 라디오는 용케도 빠져나오지 않고 있었다. 내게 캔커피를 내밀었다. 받아들자 따끈한 기운이 손바닥에 퍼졌다.

"나 그거 꼭 한 번 하고 싶었는데."

마사루는 계란이 든 주황색 그물주머니를 잡아 뜯었다. 하고 싶다는 게 혹시? 위기를 감지한 내 양미간에 힘이 모이면서 눈썹이 움찔거렸다. 〈방과 후 옥상〉에서 왕따 극복 캠프에 참여한 남궁달은 자기 머리로 삶은 계란을 깠다. 당연히 그 애는 왕따였으니까. 하지만 마사루는 자기 머리를 도구로 쓰지는 않을 것이다. 짱이었다니까. 나는 마사루의 행동 반경에서 벗어나기 위해 상체를 복도 쪽으로 피신시켰다. 탁!

"너 혹시 '라면 된다' 라는 영화 봤냐?"

마사루는 창턱에 계란을 치며 물었다.

"거 왜, 이범수가 시골 양아치로 나오는 영화 있었잖아. 이범수가 왜 죽었는지 아냐? 기차간에서 찹쌀떡 던져서 받아먹기 하다가 숨 막혀 죽었다는 거 아니냐."

거액의 보험금을 노렸던 엽기적인 가족이 '하면 된다' 라는 기치 아래 갖은 방법으로 친척 이범수를 죽이려 했다. 그때마다 이범수는 살아났다. 〈하면 된다〉는 전반부에서 '해봤자 안 된다' 를 말하려는 것 같았다. 그런데 반전이 이루어졌다. '저절로 된다' 가 된 것이다.

"라면 된다 식구들이 난리부르스 생지랄을 떨어도 살아남았던 이범수였는데 알아서 죽어준 거야. 기차 타면 나 그거 한 번 꼭 하고 싶었는데.

찹쌀떡이 없네."

"왜, 계란으로 해보지?"

"계란으로? 그것도 괜찮지!"

실수를 저지르고 말았다. "그것도 괜찮지."라고 말한 동시에 알몸 드러낸 계란을 던져 올렸다. 그녀의 실천의지를 과소평가한 결과였다. 계란은 천장까지 올라갔다가 떨어져 마사루와 내 어깨 사이 기차 시트에 처박혔다. 나는 꼬질꼬질해진 계란을 꺼냈다. 마사루에게 내밀었다.

"내가 비둘기냐? 땅에 떨어진 음식은 절대 먹지 않거든. 너나 먹어."

"나도 비둘기는 아니거든!"

아깝지만 비닐봉투에 넣었다. 젠장, 비둘기! 여행 초장부터 얼마를 날린 거야? 마사루는 나머지 하나를 또 던졌다. 이번에는 아예 뒷자리로 넘어갔다. 탈수증으로 죽어가는 아프간 어린이를 살릴 수 있는 링거액 한 병 값이 날아가버린 셈이다. "뭐야?" 뒷자리에서 나는 소리였다.

"인생이라는 게 그런 거 아니냐? 내가 아는 백모씨, 조강지처 사별하고 재혼해서 오 년 만에 죽어줬잖아, 이범수처럼. 백모씨 두 번째 부인이 재산을 몽땅 물려받았지. 완전 대박! 지금은 사업한다고 설치다 개털됐지만 말이지."

백모씨? 마사루의 성이 백씨니까, 삼촌?

"초등학교 육 학년 때였나? 〈라면 된다〉 그거 보면서 얼마나 울었는지 아냐? 그렇게 감명 깊은 영화는 난생처음이었거덩."

호들갑스럽기는! 〈하면 된다〉 제작진에게는 미안한 말이지만 솔직히 울 정도로 감명 깊은 영화는 아니었다. 노력과 고민이 깃들지 않은 영화가 이 세상 어디에 있을까마는.

"백모씨가 인절미 먹다 죽었거든."

실연당한 사람이 평소에는 유치하게 여겼던 노랫말에 찌질거리듯, 진짜로 가족이 영화 속과 비슷한 상황을 당했다면 절절히 와 닿을 수도 있을 것이다. 하면 된다며 무조건 밀어붙이던 구정권의 몰상식한 개발논리를 비판하기 위해 만들었던 〈하면 된다〉. 적어도 인절미 같은 걸 허겁지겁 먹으면 죽을 수도 있음을 환기시켰다는 점에서 충분히 완성도 높은 영화라 할 수 있겠다.

"그 영화 제목 '라면 된다'가 아니라 '하면 된다' 아니었나?"

라면집 벽에 걸려 있던 점훈 '하면 된다'가 붓글씨로 '하'자를 흘려 쓰는 바람에 '라면 된다'라고 보인 것이다.

이제 영화는 교훈이나 가훈마저 추천해주는 기능이 업그레이드되었다. 〈그놈 목소리〉는 '폼 나게 살자. 아니면 말고!'라는 가훈을 제시한다. 〈올드 보이〉의 감독네 가훈 '아니면 말고!'에서 힌트를 얻었을 것이다. 사소한 아이디어 하나도 아쉬운 마당에, 자기 집 가훈을 자신의 영화에 써먹지 못한 박찬욱 감독이 속상했을 것이다.

초등학교 일 학년 때였다. 담임이 가훈을 써오라고 했다. '가훈 콘테스트'라는 행사 때문이었다. 가훈도 없는 우리 집이 어찌나 몰락한 가문 같던지. 부모님을 닦달했다. 아빠는 요즘도 가훈 같은 걸 만들게 하는 학교가 있느냐며 화를 냈다.

"표어 공화국에 포스터 공화국. 이제는 가훈 공화국이군."

그렇게 말하고 만들어준 가훈이 '한 번을 닦더라도 제대로 닦자'였다.

"도대체 뭘 제대로 닦자는 말이니? 학문이니, 학문이니?"

담임이 내게 물었다. 한때 운동권이었던 아빠가 나름 구태의연한 공교육에 반감을 표명한 것이었지만, 어렸던 나는 깊은 뜻을 이해했을 리 없다. 집에 와서 울었다. 다음날, 엄마가 급조해준 '착하고 성실하게'를 화선지에 써 가지고 등교했다.

교내 최우수상을 받은 작품은 '양아치'였다. 거지를 속되게 이르는 말이 아니라, 좋은 아이가 되자는 뜻의 '良兒致'였다. 교장은 월요조회에서 거품을 물고 칭찬했다. 아빠는 이런 반응을 보였다.

"음, 괜찮은걸. 우리 구멍가게에다 써 붙여야겠어. 좋을 량, 어금니 아, 이 치."

초등학교 일 학년 담임의 '학문이니, 학문이니?'라는 이상한 물음은 '학문이니, 항문이니?'였음을 나중에야 이해할 수 있었다.

"그랬나? 제목 아는 거 보니까 너도 그 영화 본 거네? 아 새끼, 음흉하기는! 넌 색갸, 그게 안 돼. 보고도 보지 않은 척 내숭이나 떨고. 인간성 좋은 나니까 놀아주지, 누가 겉과 속 완전 다른 너랑 놀아주겠냐? 그런 의미에서 계란 니 돈으로 사. 아저씨!"

마사루는 바구니를 들고 되돌아오는 홍익회 직원을 다시 불렀다. 나는 할 수 없이 아프간 어린이 한 명을 살릴 수 있는 링거액 한 병을 사고도 이백 원을 거슬러 받을 수 있는 거금을 꺼내야 했다.

"또 던지려고?"

"이번엔 먹을 거야. 찐 계란을 먹어줘야 참다운 기차여행을 했다고 할 수 있거든. 삶은 계란이잖냐. 더 라이프 이즈 에그!"

삶이 계란이든 감자든 그 삶을 이어나가려면 돈이 필요하다. 계란도 감자도 돈을 주어야 살 수 있으니까. 내 통장에는 명절이나 집안행사에서 어른들에게 받아낸 돈이 제법 들어 있다. 하지만 이번 여행에서 어떤 일이 벌어질지 모르는 일이니 가능한 한 아껴 써야겠다고 다짐했다.

마사루는 이번에는 보기 좋게 성공하여 계란을 입 안 가득 물고 있었다. 스미골을 꼬드겨 자기편으로 만든 골룸의 표정으로 우적우적 씹어 먹었다.

화장실에 다녀온 그녀는 곧장 잠이 들었다. 나는 잠을 청해도 오지 않았다.《남쪽으로 튀어!》두 권 중 상권을 꺼냈다. 칠십 년대 교복을 입은 험악한 인상의 사내 캐리커처가 표지에 그려 있는 책이었다. 마사루가 깨어나서 기지개를 켰다.

"남쪽으로 튀어? 딱 니 얘기네. 재미있냐?"

마사루는 책을 빼앗아 뒤적거렸다.

"신간인가? 이게 뭐야? 책이잖아!"

책이지 그럼 뭔지 알았단 말인가?

"야, 됐다. 너나 실컷 읽어라."

빼앗았던 책을 내동댕이쳤다.

"하여간 요즘 청소년소설들은 무조건 애들을 가출시켜요. 요즘 애들이 얼마나 현실적인데. 고생스러워서 가출 같은 거 하려고 들지를 않는데 말이지. 혹시 잘생긴 의대생이나 법대생은 나오지 않냐? 쉽게 쓰려고만 들지, 작가적 고뇌라곤 도대체가 찾아볼 수가 없다니까. 건실하게 살아가는 나 같은 청소년은 소설책 보기가 싫어요."

"이 소설에서는 아버지가 오키나와로 튀는 이야기가 주거든. 알지도 못하면서."

"어쨌든 남쪽으로 튄다며? 따지냐?"

그리고는 나를 밀치고 통로로 나가 바퀴 달린 가방을 눕히더니, 자물쇠 비밀번호를 맞추었다. 가방이 열렸다. 나는 아연실색했다. 그 속에 들어 있는 건 옷이나 세면도구가 아니었다. 만화책이 한 가득이었다.

"상당히 격조 있는 컬렉션 아니냐? 부럽지?"

마사루는 씨익 웃으며 《에지》라는 만화책을 시리즈로 꺼냈다.

"저기 들어 있는 것도, 설마?"

나는 선반에 있는 또 하나의 가방을 가리키며 물었다.

"애장본들만 따로 모았지. 무거워서 죽는 줄 알았다."

"그럼 배낭엔?"

"신간."

도대체 몇 백 권을 가지고 왔단 말인가?

"만화대여 알바할 작정이야?"

"누굴 빌려줘? 내가 얼마나 아끼는 건데! 너만 특별히 빌려주는 거야."

마사루는 기분이 상했다는 듯 눈을 희번덕였다.

"만화방에서 빌려 보면 되잖아. 왜 무겁게 가져가?"

"빌린 걸 어떻게 보냐? 코딱지 묻어 있고 라면 국물 튀고, 드러워."

"세면도구랑 옷은 안 가져왔어?"

"칫솔은 가져왔지. 치약하고 샴푸는 니 꺼 쓰면 되고. 내가 그런 면에는 열려 있는 편이거든. 옷은 니 꺼 빌려 입든가 현지조달하면 되잖아."

"말이 되냐?"

"뭐가 말이 안 돼?"

"만화는 빌려 보지 못하는 애가 어떻게 내 물건을 빌려 쓰겠다는 말이니? 나도 빌려주기 싫거든."

"여행 가서는 그런 거 공유하는 거 일반상식이잖아. 까다롭게 굴래?"

도대체 일관성이라고는 없는 애였다. 마사루는 '에지'라는 제목의 만화 세 권을 내게 읽으라고 주었다.

"싸이코 매트러 추리물이야. 옛날 만환데, 읽을 만해."

나는 받지 않았다.

"아하, 너 순정만화 좋아하는구나."

그런 뜻이 아니다. 내가 만화를 보지 않는 대신 나도 내 물건을 빌려 주지 않겠다는 단호한 의지를 표한 것이다. 다시 가방을 뒤져 《노다메 칸타빌레》무더기를 찾아 주었다. 내가 또 받지 않자 내 배낭 위에 수북이 얹었다. 만화책들이 바닥으로 쏟아져 내렸다.

"떨어뜨리면 어떡해? 드러운 거 묻잖아! 아, 이 새끼, 청결 개념이 없다니까."

마사루는 떨어진 책을 주워 털고 불어대다가 벨트지갑에서 물티슈를 꺼내 닦기 시작했다.

"딴 거 찾아 줘?"

싫다고 하면 또 가방을 내리느라 소란 피울 것이다.

"영화는 한국영화 봐야 한다고 우기더니 넌 어떻게 일본만화만 봐?"

"한국만화 좋아해? 그건 작은 가방에 있는데. 사이즈 별로 분류해야 되거덩."

마사루는 선반 위에 있는 가방을 내리려고 했다.

"아, 됐어. 이거 볼 거야."

"그럴래? 진작 그럴 것이지."

《노다메 칸타빌레》는 음대생들 이야기를 그린 순정만화였다. 지휘자를 꿈꾸는 남학생 치아키와 피아노 전공 후배 노다메와의 로망으로 전개될 것 같았다. 쓰레기통 같은 노다메의 방을 치워주며 치아키는 이렇게 독백한다. "난 바보다, 나도 모르게 흥분해서 남의 방을 청소해버리다니!" 냄새 나는 머리를 감겨주며 이렇게도 말한다. "어째서 스트레스가 쌓이면 이런 까닭 모를 자원봉사를 하게 되는 걸까?" 치아키처럼 나역시 이번 여행이 봉사의 성격을 띠게 될지도 모른다는 불안감이 들기시작했다. 순식간에 몇 권의 만화를 읽어치운 마사루는 헤드셋으로 음악을 들었다.

"너에 목소리가 들려어! 너에 목소리가 들려어!"

맞지도 않는 음정으로 뻑사리 치는 목소리에 나는 귀를 막았다.

"행진, 행진, 행진, 하는 거야아!"

귀를 막아도 들렸다. 노래를 불러도 어떻게 똑같은 가사만 반복해대는 것만 부르는지.

졸음이 오기 시작했다. 차창 밖에서 〈해리포터〉의 디멘터들이 기분 나쁘게 돌아다닌 것 같기도 하고, 〈데스노트〉의 사신들이 복도를 철컹철컹 뛰어다니며 나를 위협한 것 같기도 했다. 〈사일런트 힐〉에 나오는 크리

처들이 떼로 몰려들어 바닥에 엎어져 도망치는 내 다리를 질질 끌고 가기도 했다. 깨어나려고 애쓸 때 마사루의 목소리가 들려왔다.

"아저씨, 호두과자 주세요."

영화의 거리, 어기적 할아버지

전주역에 도착했다.

"드라마 같은 데서 보면 기찻길 옆에 코스모스가 좌악 펴서 분위기 죽여주던데 전주역엔 그런 것도 없냐! 낭만이 없잖아."

마사루는 개찰구를 향해 나가며 투덜거렸다.

"코스모스가 봄에 피나? 가을이 피지."

"그런가? 우리 동네에선 봄에 폈는데 언제 바뀌었냐? 앗 씨바, 지구 온난환가 한미에프티에인가 뭔가 때문에 꽃도 지 꼴리는 대로 아무 때나 피고. 이느무 세상이 어떻게 돌아가려는지."

역사 밖으로 나갔다.

"전주는 무슨 음식이 유명하지?"

내가 마사루에게 별 기대 없이 물었다.

"전주비빔밥, 콩나물국밥, 옴시롱감시롱 떡볶이, 그리고 모주."

"모주가 뭔데?"

"막걸리에다 생강이랑 계피랑 흑설탕 넣고 끓인 거야."

"막걸리? 너 술도 먹어?"

"그럼, 넌 안 먹어봤냐? 그 나이 먹도록 뭐했냐?"

틈을 주지 말았어야 했는데, 또 실없는 소리를 해댔다.

"나는 콩나물국밥 먹으려고 하는데, 넌?"

"먹어주지 뭐."

"배 안 불러?"

"나? 먹은 게 뭐가 있어서? 길 건너로 가보자."

마사루가 앞장섰다. 광장을 가로지르는데, '전주국제영화제' 현수막이 붙은 셔틀버스가 눈에 띄었다. 나는 버스로 다가갔다.

"저거 타자."

"저 새끼는 밥 먹자고 해놓고. 배고파 죽겠는데."

음료수는 빼더라도 치킨에 삼각김밥, 핫바, 초콜릿, 호두과자까지 먹고 배가 고프다니! 빼먹을 뻔했다. 찐 계란도 아귀아귀 먹지 않았는가.

"야!"

화가 치밀어 나는 소리쳤다.

"내가 어째서 네 새끼냐? 내 이름 있잖아. 나랑 다니려면 욕하지 마."

행색은 거지꼴에 말할 때마다 욕을 섞으니 사람들의 시선을 피할 수 없었다. 조용히 살고 싶은 소박한 소망 하나 간직한 나로서는 여간 부담스러운 게 아니었다. 마사루를 향했던 시선이 내게로 옮겨와 훑을 때마다 머리털이 곤두섰다. "저 애와는 차원이 달라요, 천박한 재랑은 원래는 친하지 않거든요." 일일이 변명할 수도 없는 일이다.

"아, 새끼. 새끼가 무슨 욕이라고……."

"새끼 새끼 하지 말라니까! 듣는 새끼 기분 나쁘다고!"

"왜 소리는 치고 지랄이야? 새끼가 뭐가 어때서? 애정을 듬뿍 담은 애칭이잖아. 컴 온 베이베! 넌 그런 생활영어도 들어보지 못했냐?"

"그게 같냐?"

"베이비나 새끼나 뭐가 달라? 그럼 새끼손가락도 욕이냐, 새꺄? 어이구, 갑자기 새끼손가락들한테 무쟈게 죄송해질라고 그러네. 새끼발가락님들께도 반성문 써서 바치리?"

마사루의 궤변에 휘말리면 당하는 건 늘 내 쪽이다. 논리적으로 생각해볼 여유만 있다면 반박하지 못할 나도 아니지만 지금은 버스를 놓치지 않는 게 급선무다. 폭죽 터지는 그림의 검은 티셔츠를 입은 여자가 버스 앞에 서 있었다. 전주영화제에서 봉사활동을 하는 지프(JIFF)지기였다. 아니, 검은 티셔츠를 입었으니 정식 스텝인가? 어쨌든…….

나는 지프지기에게 이 차를 타면 영화의 거리에 갈 수 있느냐고 물었다. 그렇다고 대답했다. 영화제를 찾아오는 사람들을 위해 셔틀버스가 무료로 운영된다는 사실은 인터넷을 통해 알고 있었다. 넙죽 공짜로 타기가 멋쩍어서 버스삯이 얼마냐고 물었다. 지프지기는 그냥 타도 된다며 밝게 웃어주었다. 사실은 나도 알고 있걸랑요. 속으로는 쾌재를 부르며 전혀 몰랐던 것처럼 "아, 그래요?"라고 조금 격앙된 소리를 내며 버스에 올랐다. 몇 백 원의 횡재에 마사루와 다투느라 치민 화가 풀렸다. 왜 아니겠는가, 아프간의 두 아이에게 치료용 영양죽을 먹일 수 있는 돈

만큼을 절약하는 건데.

"할아버지, 할아버지도 영화 마니아?"

마사루는 건너편에 앉은 빛바랜 점퍼에 민방위모자 쓴 할아버지에게 언죽번죽 말을 걸었다. 할아버지가 마니아일 것 같지는 않았다. 영화의 거리로 갈 일이 있거나 집이 그 근처여서 셔틀버스를 탔을 것이다.

"이잉. 공짜여."

"앗 씨, 할아버지 사오정인가?"

"잉?"

"할아버지, 혹시 추천해줄 만한 영화 있슈?"

"잉?"

"됐슈. 날씨가 겁나게 좋다고요오!"

마사루는 버스 복도로 몸을 빼고 할아버지를 향해 소리쳤다.

"사알살 말허드라고. 귀 안 먹었응께."

"아, 예에! 근데 할아버지, 그 책 어디서 났슈?"

마사루가 다시 물었다.

"쩌어짝에 꽂혀 있는디."

할아버지는 차창 밖을 가리켰다.

"그거 공짜유?"

"암만, 공짜제."

할아버지가 삭아서 건들거리는 앞니 두 개로 헤벌쭉 웃었다.

"와! 뭐, 공짜가 이렇게 많아. 나 전주에 말뚝 박고 살아야겠다. 말리지 마라."

일종의 환경오염일 텐데, 과연 전주시민이 환영할까? 마사루가 버스에서 뛰어내렸다. 헤드셋과 카세트 라디오가 출렁거렸다. 다리를 구부릴 때마다 불편할 법도 한데 마사루는 라디오가 몸의 일부라도 된 것처럼 잽싸게 움직였다. 전주 관광 안내서 등 여러 가지 안내책자를 들고 버스로 돌아왔다. 필사적으로 획득한 책들은 들춰보지도 않고 내게 건네주었다. 책자들을 뒤적거리다 보니 영화의 거리에 도착했다. 달 착륙하듯 첫 발짝을 내디뎠다. 선우희수가 있을지도 모르는 거리에. 이번에는 노란 티셔츠의 지프지기들이 눈에 띄었다. 드디어 왔다!

"학상덜!"

감격해하며 전진하는데 버스 쪽에서 우리를 부르는 소리가 들렸다. 민방위모자 할아버지가 휜 다리로 다가오고 있었다. 상체가 메트로놈처럼 흔들리며 어기적거리는, 코믹한 걸음이었다. 이럴 때 등장하는 할머니나 할아버지는 백 퍼센트 민박 알선 전문이다, 영화나 소설에서는!

"추천해달라믄서?"

"뭘요?"

"〈칠드런 오브 맨〉은 꼭 봐! 나가 봤는디, 영상이 쪼까 우울하긴 허지만서도 영화가 원체 잘 되아버졌어. 〈위대헌 유산〉 제작헌 감독 알제? 알폰스 쿠아론. 그늠 작품이여."

"오오오!"

우리는 동시에 감탄사를 길게 뽑았다.

"할아버지, 진짜 마니아네! 무슨 내용인데?"

"나헌티 시방 스포일러허라고?"

"스포일러? 뭔 소리야? 아, 됐고. 그럼 재미없는 영화도 알려줘유."

"됐당께!"

"아, 왜에?"

"일러줘 뻔지면 돈 내고 영화 본 나만 억울헌게로."

오후에 볼 영화들을 예매하기 위해 영화제 본부로 향했다. 아쉽게도 할아버지가 추천한 영화는 오늘 상영목록에 없었다. 마사루와는 처음부터 의견일치가 되지 않았다. 나는 〈한국 단편의 선택 3〉을, 마사루는 〈마우리시오의 일기〉를 선택했다.

"그 영화에 대해서 뭘 좀 알아서 보겠다는 거야?"

혹시 마우리시오와 마사루의 어감이 비슷해서 끌린 건 아닐까?

"아니. 마우리시오의 일기, 왠지 재미있을 것 같지 않냐? 일기가 들어가는 영화치고 심각한 영화는 없거든."

마사루는 〈브리짓존스의 일기〉나 〈올드미스 다이어리〉, 〈S다이어리〉를 근거로 들었다.

"《안네의 일기》랑 《난중일기》는 어쩌고?"

"따지지 좀 마. 단편영화는 어설프고 지겹잖아. 식상한 반항이나 일삼고! 너나 많이 보고 나와."

홍콩영화 〈천공의 눈〉에 대해서는 군말 없었다. 대부분의 영화가 매진되어 구석자리를 겨우 얻었기 때문이다.

"야, 이영린. 나도 내년엔 지프지기 할 건데, 같이 하자."

경쟁이 만만치 않다는 말을 해주려는 찰나, 미소가 예쁜 지프지기가 다가와 바나나를 주었다.

"우리가 무슨 긴팔원숭이예요? 원숭이영화제도 아니고⋯⋯. 이왕 줄 거면 김밥을 주지."

그렇게 투덜거리면서도 당장 껍질을 까서 긴팔원숭이처럼 먹었다.

"김밥은 심야영화 보실 때 드리거든요."

바나나 다발을 든 지프지기가 상냥하게 대꾸했다. 김밥을 주었다 해도 마사루는 분명 "햄 들어간 거 안 먹는다고요."라며 까탈을 부렸을 것이다.

"심야까지 어떻게 기다리냐고요? 줄라면 하나 더 달라고요."

덜 예쁜 미소를 지으며 지프지기가 바나나를 하나 더 마사루에게 건넸다. 나는 내 몫의 바나나를 빼앗길까봐 얼른 까서 입에 넣었다. 다시 안내책자에 몰두했다. 설명이 모두 그럴듯해서 고르는 데는 도움이 되지 않았다.

"프로그래머들이 권하는 영화를 보는 게 좋은데⋯⋯."

"그분들이 영화도 추천해주셔? 게임하느라 졸라리 바쁘실 텐데."

"프로게이머가 아니라 프로그래머라니까."

"프로 글래머? 글래머에도 프로가 있고 아마가 있냐?"

아이 씨. 나는 인상을 썼다.

"알어, 알어! 그냥 나으 조크일 뿐야. 프로게이머나 프로그래머나 그게 그거지. 어쨌든 게임에만 열라 신경 써야 되는 사람들이잖아."

"게임 프로그래머 말고 영화제 프로그래머라니까. 그들이 이번 영화제에 상영될 영화를 선정하거든."

"그래? 난, 또⋯⋯. 그거 어디서 알아내는 건데?"

"검색해봐야지."

"피씨방 가면 되겠네. 네이버 형아들 대따 친절하게 갈켜주잖아."

내가 영화를 고르지 못하고 머뭇거리자 마사루가 피씨방에 가자고 했다. 형아? 형아라는 어감이 어찌나 천연덕스러운지 여장한 남자는 아닌지 정체성이 의심 가는 순간이었다.

"돈 들잖아."

"아, 이 짜식은 뻑하면 돈타령이야. 얼마 들지도 않는데 말야."

"삼천 원이면 말라리아로 죽어가는 짐바브웨 어린이 열 명에게 말라리아 예방용 비누를 사서 나누어줄 수 있는 돈이야!"

"짐바브웨 같은 소리하고 있네. 여기가 전주지 짐바브웨냐? 메가박스에 피씨 있던데 거기서 검색해보든가."

영화관 일 층에 있는 피씨 앞에는 줄 선 사람이 없었다. 이유를 금방 알았다. 인터넷 속도가 조랑말도 없이 죽어라 뛰어서 역참을 오가던 파발꾼 수준이었기 때문이다. 화면 아래 뜨는 연두색 막대기의 느긋한 움직임에 조바심 내며 주변을 둘러보았다. 희수는 보이지 않았다.

"야, 배고파 죽겠어. 피씨방 갔으면 금방 검색했을 거 아냐?"

"왜 그렇게 돈을 물 쓰듯이 쓰는 거니? 너 그렇게 부자야?"

"부자가 아니니까 물 쓰듯 쓰지. 요즘 물값이 얼마나 비싼데! 나름 물 쓰듯 아껴 쓰고 있다니까!"

말이나 못하면. 마사루의 재촉에 검색을 포기하고 식당을 찾아 나서기로 했다. 짐이 문제였다. 지프 본부에 맡기는 게 어떠냐고 권했으나 고개를 저었다.

"그까짓 만화가 뭐 대단하다고."

"그까짓 만화라고 했냐, 지금?"

"그러니까, 너 힘들 거 같아서 그러는 거지."

"됐다니까. 내가 내 짐 끌고 다닌다는데 웬 참견이야?"

마사루는 택시를 잡아 짐을 실었다.

"무슨 택시야?"

"시간이 없잖아. 모르는 데서 헤매다 영화 못 보면 그게 더 손해야."

"멀리 가지 않고 근처에서 먹으면 되잖아."

"맛있는 거 먹어야 할 거 아냐. 이 새긴 말끝마다 돈, 돈이야."

마사루는 택시기사에게 한옥마을로 가자고 했다. 한옥마을을 알다니!
사전조사를 해왔나? 택시 트렁크에서 가방을 꺼내며 낑낑대는 마사루
를 거들어주지 않았다. 그러다 모든 짐을 떠맡게 될 것 같아서였다. 한
옥을 개조한 울도 담도 없는 음식점 툇마루에 앉아서 자리가 나기를 기
다렸다. 음식점 안을 들여다보니 반찬 가짓수가 장난이 아니었다.

"다른 집에 가보는 게 어때?"

비쌀 것 같다는 말 대신 너무 오래 기다릴 것 같다고 에둘러 말했다.

"기다려. 가격 착하고 맛도 착하다고 소문난 집이야. 모주도 팔고."

밥 먹는 동안 경비 분담에 대해 짚고 넘어가겠다고 다짐하며 차례를
기다렸다. 자리가 났다. 싼 값에 반찬은 큰상 가득이었다. 백제문화권에
들어와 있음을 실감하는 순간이었다. 〈황산벌〉에서 이문식이 "우덜은
밥 한 끼를 먹어도 반찬이 사십 가지여, 이 쓰빌 늠들아!"라고 했던 대사
가 신라인들을 기죽이기 위해 쳤던 뻥만은 아니었나 보다.

"존나 맛있다. 음식의 고장이란 이름이 괜히 붙은 게 아니라니까."

음식이 맛있다고, 땀이 난다고, 마사루는 계속해서 '존'을 연발했다.

머릿속 갈피갈피에 끼어 있다 어느 순간 튀어나오는 건 아닐까? 마사루를 능가하는 욕설공주가 되어버릴지도 몰라.

"아줌마, 모주 잔으로 안 팔아요?"

마사루가 소리치자 잔으로도 판매한다는 대답이 돌아왔다.

"한 잔 먹어서는 기별도 가지 않겠지? 그냥 주전자로 시켜야겠다."

누런색 양재기 술잔 두 개와 모주 한 주전자가 마사루 앞에 놓였다. 마사루는 양재기에 술을 따르지 않고 물컵에 따랐다. 그러더니 물컵을 높이 올려 양재기에 흘려 내렸다.

"사람들 쳐다본다, 장난하지 마라."

"네 눈엔 장난으로 보이냐? 디켄딩하는 거잖아. 이렇게 해야 역한 계피 냄새가 빠져나가면서 풍요로운 모주 맛을 풍미할 수 있는 거거든. 뭐랄까, 어린 술의 단단했던 성분이 비로소 열리면서 명주실처럼 부드러워진다고나 할까? 이 술을 빚기 위해 알곡을 심고 가꾸던 농부의 채취, 전원의 내음, 그 전원에 핀 허브 향의 은은함, 그런 것들이 피어나는 거지. 캬! 너, 〈신의 물방울〉에서 보지 못했냐, 칸자키 시즈쿠가 디켄딩하는 거?"

무슨 농부의 채취, 허브 향, 그딴 것들이 피어난단 말인가, 막걸리 한 사발 디켄딩에. 만화광들, 대책 없이 호들갑스럽다.

졸라맨 되다

달짝지근한 모주 맛에 홀려 홀짝대다 보니 다리가 풀려 걸음을 뗄 때마다 운동화 옆구리가 꺾였다. 기분은 알딸딸한 것이 괜찮았다. 턱걸이로 영화의 거리에 돌아온 마사루와 나는 각자의 영화관으로 뛰었다. 희수가 출현한 영화가 들어 있는 〈한국 단편의 선택 2〉는 놓쳤고, 전주영화제에서 내가 처음 보게 될 영화는 〈한국 단편의 선택 3〉이었다.

〈강변북로〉, 〈성북항〉, 〈자야 한다〉, 〈피는 멈추지 않는다〉 이렇게 단편 네 개를 묶어 상영했다. 그 중 김주리 감독의 〈자야 한다〉라는 제목에 필이 꽂혔다. 내 재수생활을 대변해주는 듯해서, 내 주제가인 것 같아서 말이다. 영화관은 만원이었다. 객석 중간 가장 좋은 자리에 앉은 관객이 눈에 익었다. 체크무늬 점퍼에 민방위모자 쓴 어기적 할아버지가 그림책 《윌리를 찾아라》의 윌리처럼 숨어 있었다.

내 자리는 앞쪽 열 가운데쯤이어서 이미 자리잡고 앉은 사람들의 다리를 헤치고 들어가야 했다. 난생처음 음주에다 달리기까지 했더니 얼굴은 홧홧해지고 심장이 쿵쾅거렸다. 앉은 사람 앞에 고꾸라질 뻔한 고비를 겨우 넘기고 자리에 도착했다.

내 양쪽에는 영화과 학생으로 보이는 남자들이 앉아 있었다. 땀냄새가 물큰 끼쳐 왔다. 얼핏 본 오른쪽 옆자리 학생. 어디선가 본 것 같은 얼굴이었다. 동창인가? 네 편 중 마지막 단편의 엔딩 크레딧이 올라갈 때 그가 뒤를 돌아보았다. 그리고 누군가에게 자랑스레 말했다.

"저기 내 이름 나온다."

단편영화는 영화과나 영상아카데미에 재학중인 학생들이 만들어 출품하는 경우가 많다고 들었다. 그는 아마도 〈피는 멈추지 않는다〉라는 영화를 찍을 때 스탭으로 참가한 모양이다. 곁눈질로 그를 살폈다. 'J대학 영화과 1학년'이라는 이름표를 걸고 있었다.

나도 J대학에 응시했다. 떨어지지만 않았다면 나와 그는 같은 수업을 듣고 밤새워 작업하는 동급생이 되었을 것이다. 일탈소녀가 아닌 어엿한 스탭 자격으로 이 자리에 왔을지도 모른다. 자기 이름이 엔딩 크레딧에 나온다고 뿌듯해하는데, 나는 그의 몸에서 풍기는 쉬지근한 땀냄새마저 부러워하며 앉아 있었다. 아무래도 낯이 익었다. 다시 한 번 검정 모자 쓴 얼굴을 훑어보다가 그의 시선과 마주치고 말았다.

"잘 지냈니?"

엔딩 크레딧이 멈추고 암전 속에서 그가 내게 인사했다.

"누구?"

"누군지도 기억이 안 나니?"

도무지 기억나지 않아 머릿속 회로들을 가닥가닥 잡아당기고 있을 때 불이 켜졌다.

혹시 희수? 그 사이 또 성형수술을 했나? 설마! 어, 이것 참 큰일이네. 무의식중에도 희수만 생각하고 있다는 거잖아. 탈선한 어린 양의 무사귀향을 도모하러 왔지, 탈선한 양과의 썸씽을 기대하고 온 게 아닌데.

관객과 감독의 대화시간이 시작되자, 내게 알은척을 했던 녀석은 신분은 밝히지 않은 채 무대 쪽을 바라보았다. 이상용 영화평론가가 사회를 보았다. 객석에서 파란 웃옷의 남학생이 첫 번째 질문을 했다.

문 : 영화 잘 봤고요. 먼저 〈성북항〉 감독님께 질문을 드리겠는데요. 저는 제목이 〈성북항〉이라는 게 의아했거든요. 물론 맨 앞 장면과 맨 끝 장면을 연결시키면 이해가 될 법하긴 한데, 왜 〈성북항〉이라는 이름을 지었는지 궁금합니다.

나 역시 의아했던 점이다. 성북항이 어디에 있는 건가 머릿속으로 우리나라 지도 해안선을 더듬어보기도 했다. 새로 생겼나? 아니면 북한에 있는 항군가? 〈성북항〉의 감독은 다른 영화 제작에 참여하느라 참석하지 못했다고 했다. 주인공을 맡았던 남자배우가 대신 답변했다.

답 : 제목에 큰 의미를 두지 않았어요. 시멘트공장이나 지하실, 지하철, 국철 성북역 등 성북역 근처에서 주로 촬영이 이루어졌어요. 항이라고 하는 건 떠난다는 느낌이 들잖아요. 그래서 성북역의

성북에 항을 붙여서 제목을 만든 겁니다.

사회자 : 왠지 알고 나면 답답할 때가 있죠.

사회자의 한 마디에 관객들이 왁자하게 웃었다. 나 역시 답답했다. 취기가 올라와서이기도 했고, 옆자리에 앉은 남자애가 누구인지 알 수 없어서이기도 했다. 그의 가슴에 걸린 이름표를 다시 보았다. 피제왕. 아하! 피씨라는 흔하지 않은 성에 거창한 이름 때문에 기억해낼 수 있었다. 수능 끝나고 다닌 영화학원에서 만난 녀석이다.

영화수업 첫날 강사가 출석을 불렀다.

"피제왕 학생?"

녀석이 손을 번쩍 들었다.

"피씨가 희성이라 좀처럼 만나기 힘든데……."

"그렇지도 않아요."

"그래요? 나는 피씨라고는 피천득님밖에 모르는데."

피천득이 누구야? 만득이 동생이야? 이건 〈내 여자 친구를 소개합니다〉에서 전지현이 날린 대사다. 나 역시 피씨를 라이브로 만나는 게 생전 처음이었다.

"우리 집에 엄청 많아요."

그렇게 해서 녀석의 이름을 기억했다. 자리를 박차고 나가고 싶었지만 분위기가 너무나 진지해서 그럴 수도 없었다.

"그런데 신콤, 너 낮술했니?"

당황한 나머지 그나마 몸속에 분산해서 돌고 있던 혈류가 얼굴로 집중되는 느낌이었다. 두 번째 질문이 진행되었다.

문 : 아아, 마이크 테스트! 〈강변북로〉를 만든 감독헌티 묻겄는디요. 영화 속 야경이 마이클 만 감독으 〈콜래트럴〉 보는 느낌이 들었는디, 그걸 염두에 두고 찍었는지 말해주면 감사하겄어요.

뒤를 돌아보았다. 어기적 할아버지가 마이크를 들고 있었다.

사회자 : 올해도 참석하셨군요. 저 어르신은 전주 토박이이신데, 영화에 대한 애정이 깊고 해박하시지요. 어르신께 박수 좀 드릴까요?

객석이 술렁거리더니 박수소리와 휘파람소리로 뒤덮였다.

어기적 할아버지 : 나가 농사꾼치고는 쪼까 해박한 편이제! 그리고 말요, 공지사항 한 가지를 공지허겄어요. 민박헐 분덜은 이따가 끝나고 나헌티 직접 신청해주시요. 따신 물도 펑펑 나오게 고쳐 부렀응게, 겁나게 좋아부러요. 잉?

객석은 웃음바다가 되었다.

답 : 예리하신 시각을 가지셨네요. 말씀 맞으시고요. 제가 개인적으로

마이클 만의 콜래트럴을 굉장히 좋아하고요.

마이클 만? 마이클 만 감독이 만든 영화가 뭐였지? 그때 피제왕이 내쪽으로 고개를 돌렸다. 그리고 이렇게 물었다.

"마이클 만 감독의 콜래트럴 봤겠지?"

"어? 어."

콜래트럴. 제목은 낯설지 않았다. 텔레비전에서 본 것 같기도 하고 아닌 것 같기도 한 것이, 사실은 자신 없었다.

"어째 표정이 안 본 것 같군. 왜 있잖니, 제이미 폭스가 택시 운전기사로 나오고 톰 크루즈가 살인청부업자로 나오는 영화."

그가 내 귀에 대고 속삭였다.

"콜래트럴의 뜻은 알고 있는 거니?"

"알거든!"

나는 녀석의 입김으로 귓바퀴가 습해진 탓에 조금 신경질적으로 대꾸했다. 나란한, 평행한. 뭐 그런 뜻이잖아! 또 날 개무시하네.

"그래? 음, 마이클 만, 그는 소니 HDW-F 구공공 시네 알파 카메라와 칼 짜이쯔에서 나온 디지프라임 렌즈를 장착한 톰슨 바이퍼 필름스트림 카메라를 사용해서 영화를 찍곤 했지."

뭐야? 듣도 보도 못한 카메라를 들먹이는 바람에 감독들의 말에 집중할 수가 없었다.

"두 카메라 모두 테입 없이 하드디스크에 데이터를 저장하는 방식이거든. 지금은 단종된 기종이지."

머리가 지끈거렸다. 나는 피제왕같이 암기에 목숨 거는 기종은 지구상에서 영원히 단종되었으면 좋겠다는 소망 하나가 문득 생겨났다.

"하긴, 영화 한 번 찍어보지 않은 네게 말해봤자 소용없는 일이지."

내 말초신경은 극도로 예민해졌다.

"감독들 이야기 좀 듣게, 좀 조용히 해주지 않으런?"

나는 피제왕인지 피구왕 통키인지 암기왕인지에게 점잖게 경고했다. 그때까지는 정말 나는 점잖았다. 주춤하다가 녀석은 또 떠들어대기 시작했다.

"음, 달랑 렉카차 하나로 저런 미학적 영상을 만들어냈다는 건 기적이라 할 수 있지."

나는 문득 이 영화 전반부에서는 고분고분하던 여자 대리운전자가 갑자기 돌변하는 장면이 기억났다.

시원하냐? 꼴에 남자라고 아주 영화를 찍어라! 가지가지한다.

차창 밖을 향해 고래고래 소리 지르는 남자에게 여자 대리운전자가 뱉은 말이다. 이 세상 모든 짐을 혼자 진 양 허세부리고 푸념하던 남자는 단박에 기가 죽는다. 나는 모든 영화에 달통한 양 떠들어대는 피제왕에게 외치고 싶었다. 그렇게 잘난 척을 하고 싶냐, 꼴에 영화과 다닌답시고. 아주 네가 영화 찍지 그랬냐?

녀석의 타액 분사로 내 귓바퀴는 늪지가 되어버릴 지경이었다. 자신의 말에 도취되어서인지 녀석의 목소리는 커져만 갔다.

"마이클 만, 그의 영화는 뭐랄까, 한 편의 시라 할 수 있지. 음, 너 부감법이라는 용어, 들어는 봤니?"

〈강변북로〉에는 여자가 남자에게 담뱃불을 빌리는 장면이 있었다. 담배를 피며 그녀는 이렇게 말한다. 졸라 춥네!

"마이클만, 그는……."

녀석이 분사하는 타액의, 아밀라아제와 말타아제 같은 소화효소가 내 귓바퀴를 소화시켜버릴 것 같아서 더 이상은 참고 들어줄 수 없었다. 오른쪽 귀가 녹아 없어진 이영린을 상상해보라. 참을 수 있었겠는지!

"콜래트럴에서 말이지, 택시에 탄 인물들을 클로즈업으로 잡았다가, 탁 트인 부감쇼트로……."

"거 참, 졸라 말 많네!"

나는 〈강변북로〉 속 여자 대리운전사처럼 불량하게 소리치고 말았다. 정말이지 나는 졸라맨이 되고 싶지는 않았다. 나도 모르게 튀어나와버린 것이다. 아세트알데히드로 변한 알코올이 뇌신경 일부를 마비시키는 바람에 좀 과감해졌다고나 할까, 마사루와 영화가 내게 베푼 학습에 알코올이 가미되어 상승작용을 일으켰다고나 할까. 어쨌든 이 모든 조건이 통합되면서 발군의 효과를 보이는 순간이었다.

왼쪽에 앉은 대학생이 날 얼마나 저질로 생각했을까 하는 자각이 그때서야 생겨났다. 정해진 시간이 끝나자마자 나는 화장실로 튀었다. 달아오른 얼굴을 식히기 위해 찬물로 세수했다.

"신콤, 또 만나네! 무슨 여자애 입이 그렇게 거치니?"

영화관 앞에서 마사루를 기다리고 있는데 피제왕이 다시 나타났다.

"나, 신데렐라 콤플렉스 아니거든!"

바로 옆에서는 어기적 할아버지가 〈강변북로〉 감독과 사회를 본 영화 평론가와 사진을 찍고 있었다. 백육십 센티미터도 되지 않아 보이는 할아버지가 자신보다 큰 두 사람 어깨에 손을 올린 포즈라니! 할아버지의 오다리 사이로 영화의 거리를 배회하던 밤바람이 통과하고 있었다.

"넌 어느 학교 들어갔지? 너도 이번 영화제 출품작에 참여한 거니?"

"아니, 난 영화과 안 갔거든."

"그래? 그럼 무슨 과?"

재수하고 있다고 말하기는 죽기보다 싫었다.

"뭐가 그렇게 궁금해? 그냥 평범한 과 갔거든."

"그래? 그럼 영화에 대한 열정은 식은 거니?"

"열정씩이나! 즐기는 정도지, 영화 전공하고 싶은 생각은 없거든."

마음에도 없는 말을 하려니 가슴이 찢어지는 것 같았다.

"그럼 영화학원은 왜 다닌 거지?"

"그건, 그러니까, 그땐 하고 싶었거든."

"넌 매사가 그런 식이니? 그건 영화와 영화인에 대한 모독이지. 너 같은 몰지각한 애들 때문에 경쟁률만 높아지는 거 아니겠니?"

피제왕의 오만방자한 태도는 작년 겨울에 만났을 때와 변한 게 없었다. 수능 끝나고 나는 곽여사를 어렵게 설득해서 영화학원에 등록했다. 과제물로 시놉시스라는 걸 써서 제출했고, 드디어 합평하는 시간이었다. 난생처음 쓴 내 시놉시스를 맨 먼저 비평한 녀석이 피제왕이었다. 그는 "지극히 상투적인 설정이더군요."라는 말로 혹평의 포문을 열었다.

"작가 내면에 자리 잡고 있는 신데렐라 콤플렉스가 그대로 노출되고 있어요. 삼류 드라마를 너무 많이 본 탓이죠."

나는 그때 얼굴이 벌겋게 달아올라 아무런 대꾸도 하지 못했다. 토론을 지켜보던 강사의 '무조건 비판하려 들지 말고, 장점도 찾아보려고 노력하라.'는 충고도 녀석에게는 소용없었다.

"누군들 찾으려고 노력하지 않았겠습니까? 나름 애썼지만 없는 걸 어쩌겠어요."

그렇다면 피제왕, 자신의 시놉시스는? 내 것보다 나아 보이는 무엇도 없었다. 나는 상처받은 나머지 녀석의 작품을 평하는 시간에는 한 마디 반박도 하지 못하고 앉아 있었다. 그 후로도 내가 콘티를 짜 오거나 시나리오를 써올 때마다 무조건 물고 늘어졌다. 하필이면 왜 설레는 마음으로 찾아온 전주에서 이 무례한 녀석을 대면하게 되는가? 게다가 술 취한 모습까지 들키다니. 어디선가 마사루의 가방 끄는 소리가 들렸다. 나는 바퀴소리 나는 쪽으로 내달렸다.

피는 멈추지 않는다

마사루의 짐 때문에 가까운 찜질방에 갈 때도 택시를 타야 했다. 택시비야 아직 마사루가 내고 있지만, 돈 떨어졌다고 발 뻗어버릴 날이 다가오고 있는 것 같아 조마조마했다. 껌 좀 씹고 침께나 뱉는 애들의 의존적인 행동패턴을 학교에서 익히 보아왔기 때문이다.

행복한 세상! 네온사인이 빛났다. 서울 우리 동네에 있는 백화점과 전주 찜질방의 이름이 같아서 반가웠다. 사우나 로커룸에는 마사루의 바퀴 달린 특대형 가방이 들어갈 만한 옷장이 없었다. 계란과 식혜, 마사루의 팬티, 때수건을 사고 나서야 아주머니에게 가방들을 맡길 수 있었다.

"시골 찜방 치고는 괜찮은데! 식혜는 서울보다 천 원 싸면서 양도 많네. 나, 저거 한 번도 안 해봤는데, 해보자."

만화책이 가득 든 비닐 봉투를 들고 누비고 다니던 마사루가 다가간

곳은 안마 의자였다. 검정 소파의자에는 아저씨들이 온몸에 팽창, 분산된 실핏줄을 자랑하며 누워 있었다. 분주한 손놀림의 아저씨가 유독 눈에 띄었다. 대머리 아저씨는 길게 키운 왼쪽 주변머리 몇 십 올을 끌어 반대편으로 넘겨 광채 나는 알살 위에 널어놓는 데 여념 없었다. 손에 숨긴 작은 빗 꽁무니가 언뜻 보였다. 그가 짊어진 유전의 비애에 마음 짠한 순간이었다. 낮에 본 〈피는 멈추지 않는다〉가 생각났다. 아버지의 폭력성이 아들과 외손자에게도 유전되고 순환된다는 것을 주장하고 싶어하는 단편영화였다. 안된 일이지만 대머리 아저씨의 현실은 영화 속과 마찬가지로 전망이 부재했다.

나는 영화관에서 마음속으로 했던 내 비평이 어쭙잖았다고 반성했다. 〈피는 멈추지 않는다〉가 김동리의 소설 《역마》에서 한 발짝의 진보도 없었다고 과소평가했던 점. 감독에게 미안한 마음이 들었다. 설사 피를 속이지 못한다 할지라도 속이려는 시도는 해보는 것이 젊은이들이 찍는 영화가 가져야 할 패기이며 미덕 아니냐며 영화를 씹었던 것이다. 현대 의술의 충만한 은총으로 변신에 성공한 선우희수. 그도 물려받은 피를, 유전자를 속이고 있지 않은가라고 말이다. 절대 속이지 못한다는 피를 속여내고 있는 대단한 희수는 어디에 숨어 있는 걸까?

소파 두 개가 비어 있었다. 바닥에 누워 텔레비전을 보기 싫었는데 다행이었다. 마사루가 왼쪽을 차지하는 바람에 나는 브릿지로 흰머리를 커버한 오십대 후반의 아저씨와 마사루 사이에 눕게 되었다.

갑자기 마사루가 내 앞에 내려와 앉더니 내 기계에 천 원짜리를 넣었다.

"나 안 할 거야. 넣지 마!"

"앗 씨, 돈을 주겠다는데도 싫대냐?"

반복해서 넣었지만 기계는 지폐를 토해냈다. 하지 않겠다는 내 말은 아랑곳하지 않고 마사루는 지폐 투입구를 향해 노크했다.

"계세요? 청렴결백한 거 다 알거든요. 이거 촌지 아니니까 안심하고 받아도 되거든요."

사이보그라도 된단 말인가, 기계와 대화를 시도하게? 마사루는 누가 이기는지 한번 해보자는 태세로 돈을 집어넣고, 기계는 계속 거부했다. 기계마저도 마사루 같은 부류는 가리는 것 같았다.

"꾸겨지지 않은 돈을 넣어야지."

그때 내 옆에 앉은 브릿지 아저씨가 말했다.

"진작 말해주지."

마사루는 있는 지폐를 모두 꺼내 바닥에 부려놓고 골라 펴가며 집어넣었다.

"구형 기계라서 신권은 먹지 않는다네."

브릿지 아저씨의 두 번째 조언에도 불구하고 마사루가 돈을 골라 넣으면 기계는 뱉어내기를 반복했다. 브릿지 아저씨가 바닥으로 내려앉으며 주머니에서 자기 돈을 꺼냈다.

"오빠가 깨끗한 돈으로 바꿔 줄게."

브릿지 아저씨가 자기 돈을 잘 펴서 집어넣으니 드디어 먹었다. 그는 자신이 행한 선행에 뿌듯해하며 의자로 돌아갔다. 아무리 기다려도 내 의자는 움직이지 않았다. 마사루는 지폐 투입구를 다시 두드렸다.

"여보세요, 돈만 꿀꺽하시고 오리발 내미시면 어쩌겠다는 겁니까?"

"으허, 뭔 일이래? 어어어어!"

브릿지 아저씨의 기계가 움직이고 있었다.

"얘들아, 나한테 돈을 넣으면 어쩌냐?"

"앗 씨. 아저씨가 넣었잖아?"

"그거야 너희들이 그쪽에 넣고 있었으니까 맞으려니 했지."

기계는 의자에 앉은 자세에서 오른손으로 돈을 넣게 만들어져 있었다. 그러니까 오른손잡이 손님 위주로 만든 거였다. 마사루가 내 의자를 마주보고 돈을 넣는 바람에 옆자리 아저씨의 기계가 작동된 것이다.

"자주 사용하는 아저씨가 알지, 우리가 이쪽에 넣어야 하는지 어떻게 알아요?"

"이 처자들, 적반하장이네! 으으으 시원헌거!"

기계의 진동에 아저씨의 늘어진 볼살이 흔들렸다.

"아저씨, 빨리 내려!"

"얘들아, 무지하게 고맙다. 오빠 삭신 쑤시는 거 어떻게 알고 안마까지 시켜주냐?"

마사루는 아저씨의 멱살을 잡다시피 하여 기계 밖으로 끌어냈다.

"처자들 손이 왜 이렇게 우악스러워? 장난 좀 친 걸 가지고."

아저씨가 마사루와 내 볼기를 살짝 때렸다. 께름칙했지만 뭐 나이 든 사람이니까. 마사루는 아저씨가 있던 자리에 나더러 누우라고 했다. 기계는 울룩불룩 모드에서 두드리는 모드로 바뀌었다. 내가 사양하자 마사루가 누웠다. 대신 마사루가 있던 자리에는 아저씨가 가서 누웠다.

"어, 어, 아이고 졸라리 아파. 이 기계 사람 죽이네! 살려줘!"

마사루는 각종 비명과 신음을 토하면서도 끝까지 버티고 누워 있었다. 양손으로는 만화 《가면 속의 사랑》 책장을 연신 넘겼다.

"이 동네 사니?"

브릿지 아저씨가 물었다. 대답을 해야 할지 망설여졌다.

"아뇨."

"그럼 서울서 왔어?"

"네."

"가출소녀들인가?"

"네?"

가슴이 철렁했다.

"아뇨. 영화제에 왔어요."

"그래? 영화제가 뭐 볼 거나 있나?"

저 무지몽매한 발언. 줄기차게 영화 보는 게 영화제인데 볼 거나 있나라니!

"며칠이나 있을 건데?"

대답하지 않았다. 방어기제의 작동으로 내 몸은 어느새 경직되고 있었다. 혹시 나를 체포하여 압송하기 위해 곽여사가 보낸 사설탐정? 이렇게 늙수그레한 아저씨가? 사설탐정이 늙수그레하면 안 된다는 법도 없지만 곽여사가 그렇게 민첩하게 사태에 대응할 리는 없지. 게다가 내가 여기 와 있는지 어떻게 그녀가 안단 말인가. 나는 얼른 비닐 봉투에서 《가면 속의 사랑》 일 권을 꺼냈다.

마사루의 만화 보는 속도는 가히 마하급이었다. 내가 일 권 중간쯤에서 허우적거리고 있는데 벌써 사 권의 마지막 페이지를 넘기고 있었다. 만화에 빠져 있는데 아저씨의 손이 내 팔로 다가왔다.

"무지하게 재미있네! 이 오빠도 좀 보게 좀 천천히 넘겨."

아저씨는 내가 책장을 넘기려고 하면 내 어깨를 건드리거나 손을 내밀어 내 손의 움직임을 제지했다.

"좀 기다려 봐. 그 애가 그 애 같고 다 비슷비슷해서 당최 누가 누군지 모르겠네. 여기, 화장실에서 피 흘리고 있는 애는 여자야, 남자야?"

"남자요."

"그래? 계집애같이 생겼잖아, 머리도 길고."

"남자 화장실에 쓰러져 있으니까 남자겠죠."

"니들은 척 보면 아냐?"

"네."

"내가 보기엔 생긴 게 똑같은데?"

"안 똑같아요. 골격이 달라요. 자세히 보면 헤어스타일이랑 눈썹도 달라요. 옷 입은 것도 다르고."

"그래? 그렇다치고, 계집애처럼 생긴 녀석은 왜 화장실에 쓰러져 있는 거야, 드럽게?"

"뒷장을 봐야 알죠."

"그런가? 이름이 뭔데?"

"뒷장을 넘겨봐야 안다니까요!"

아저씨가 나를 건드릴 때마다 온몸이 스멀거렸다. 이제는 아예 책장을 아저씨가 넘기는 꼴이 되어, 내 손이 아저씨 손 밑에 포개졌다.

"아, 여기 나오는구나. 이 녀석 이름이 천비락이군."

처음 몇 번은 슬쩍 손을 빼내며 참았다.

"내가 넘길 거예요."

계속 반복되자 참을 수 없어졌다.

"이 권 먼저 보실래요?"

"이 권 먼저 보면 스토리 파악이 잘 안 되잖아. 신경 쓰지 마. 방해하지 않고 옆에서 볼 테니까."

방해하니까 문제 아닌가!

"그럼 제가 일 권 빨리 보고 드릴 테니까 좀 기다리시던가요."

"아냐, 아냐. 그렇게 애쓸 필요 없어. 그냥 옆에서 좀 보지 뭐. 근데 이 만화 제목이 뭐지?"

이제는 표지를 본답시고 만화와 내 손을 함께 뒤집었다.

"가면 속의 사랑? 서현빈이라는 여자애가 피치 못한 사정으로 남장을 하고, 또 어쩌다 보니 재벌집 아들과 사랑하는 사이가 된다는 뭐 그런 이야기군."

"하지 말라니까요."

"하지 말라니? 내가 뭘 했다고? 간만에 오빠가 만화 보면서 지적 자산의 확장을 하려는 거니까 좀 천천히 넘기라니까."

잠시 뒤 브릿지의 손이 또 다가오고 있었다. 인류 출현 이래 남성들은 종족보존을 위한 크고 작은 몸짓을 호시탐탐 행사해왔다. 여성들은? 몸짓을 받아들이기에 앞서 꼼꼼하게 탐색작전을 벌이게 마련이다. 우량종을 선별해 대대손손 이어나가야 하니까. 열악한 외모 때문에 간택되기 힘든 남성들은 폭력까지 불사한다. 하여 인류 역사에는 많은 비극이 존재해왔다. 독립영화 〈상어〉에서, 여자를 윤간하는 자들은 혈기 방장한 녀석들이기나 하지, 이제 종족보존의 꿈은 접고 자리보전을 준비할 나이에 왜 자꾸 어린 내게…….

"아이 씨!"

"뭣이라? 아이, 씨, 발?"

"내가 언제 그랬어요? 발은 안 붙였잖아요."

내가 질색하며 대거리하자 아저씨가 손을 거둬들였다. 그런데 얼마쯤 지나 또 다가왔다. 나는 벌떡 일어났다.

"이러지 말라니까요!"

그때 마사루도 일어섰다. 천원어치의 작동이 끝난 시점이었다.

"이봐, 아저씨, 지금 내 친구 성추행한 거 맞지?"

"그런 거 아냐. 신경 쓰지 마."

나는 마사루를 제지했다.

"뭣이라? 그렇게 말하면 섭하지. 윽!"

순간이었다. 엉거주춤 상체를 일으키는 브릿지의 급소로 발차기가 딱 한 번 들어갔다. 만화 《멋지다! 마사루》에서처럼 애교 코만도 같은 필살기를 쓸 줄 알았지만, 내 옆에 있던 마사루는 그냥 한 방의 클린 옆차기를 날렸을 뿐이다.

"낯살이나 먹어서 그런 짓 하면 안 되지."

주변에서 텔레비전을 보던 사람들이 우리를 쳐다보았다. 정작 급소를 맞은 브릿지는 비명도 지르지 못했다.

"경찰에 신고할까, 알아서 사라질래, 더 맞을래?"

마사루는 바닥에 침을 뱉으며 을렀다. 브릿지는 붉으락푸르락한 얼굴로, 양손으로 만든 철창으로 가격당한 돌출급소 보호하기에 급급해하며 이 층으로 내려갔다.

"알지도 못하면서 왜 사람을 패고 그래?"

"저런 허접한 인간은 초장에 아작을 내야 하는 거야. 아, 이 새긴 악의 구렁텅이에서 구해줬더니 고마운 것도 모르고 되레 큰소리야?"

뒷일이 걱정되었다. 브릿지가 심복을 데리고 돌아와 보복을 하면 어쩌지? 저녁에 본 〈천공의 눈〉에서처럼 양가휘의 칼날이 내 목을 헤집고 들어와 숨통을 끊어놓을 것 같았다. 이게 다 영화에 심하게 몰입한 나머지 겪는 일명 시네마 홀릭 증후군 덕분이다.

어쨌든 든든한 보디가드 덕에 찜질방 문화를 실컷 즐길 수 있었다. 거적때기를 끌고 한증막에 들어가 몸을 벌겋게 굽기도 하고, 얼음방에서 엉덩이가 시릴 때까지 버티다 나오기도 했다. 보석방에 벌러덩 누워 《가면 속의 사랑》을 보기도 했고, 땀을 뻘뻘 흘린 뒤 팥빙수를 사 먹기도 했다. 가장 신나는 건 수건으로 양머리를 하는 거였다. 핸드폰이 있었다면 셀카라도 찍었을 것이다. 마사루의 핸드폰을 빌려볼까? 계면쩍어 그만두었다.

마사루는 이미 본 만화를 또 보고 또 보는 집중력을 보였다. 지겹지 않느냐고 물었다.

"지겹긴. 볼 때마다 새로운 뭔가를 발견하는 재미가 있거든."

그녀가 골룸처럼 웃었다. 이를테면 왕남 폐인들이 〈왕의 남자〉를 스무 번 이상 보는 것과 같은 취미일 것이다. 공길, 장생, 연산, 녹수, 처선, 등장인물 각각의 시선으로 보고 또 보는 것. 화면 요소요소에 배치된 미장센의 발견. 그런 재미가 만화에도 있는가 보다.

수면실에 들어갔다. 피곤했지만 잠은 깊이 들지 않았다. 수시로 깨어났다 잠들기를 반복했다. 우리와 똑같은 찜복을 입은 아줌마들은 좋은 자리를 선점하고 담요도 두 개씩이나 차지하여 깔고 덮고 코를 골았다. 마사루는 굴러다니며 잠을 잤다. 꿈속에서도 싸움질을 하는지 발을 걷어차기도 했다. 맨바닥에 누워 자려니 등이 배겼다. 담요도 없어서 으슬으슬 추웠다. 설핏 잠이 들었는데 누군가 슬며시 들어왔다. 소스라치게 놀라 일어났다. 할머니 직원이 우리에게 담요를 덮어주고 나갔다.

잠은 좀처럼 다시 들지 않았다. 피제왕. 녀석의 비평은 영화학원에서 나를 버티지 못하게 했다. 타인의 비판을 받아들여 단점을 고쳐야 했다는 건 알지만, 문제는 녀석의 촌철살인이 내 폐부를 너무 깊숙이 찔렀다는 데 있었다. 영화가 좋아서 무작정 달려들었던 내 투지를 '상투적'이라는 단어 하나로 꺾어버린 것이다.

녀석이 살벌한 평을 했다 해도 누군가가 내 장점을 하나라도 말해주었다면 위로가 되었을 것이다. 학생들은 물론 강사까지도 내 작품에 대해 어떤 말도 하지 않고 넘어갔다. 그건 곧 녀석의 말을 인정하는 뜻이 된다. 그 순간부터 나는 나락으로 떨어져버린 것이다. 녀석을 무시하고 한 달만 더 다녔으면, 그랬다면 내가 재수를 하지 않았을지도 모른다는 후회에 가슴이 터져버릴 것 같았다.

생각은 또 브릿지와의 일로 옮겨갔다. 그의 주장대로 만화 보는 재미에 빠져 무의식중에 손이 나왔을지도 모른다. 지하철에서 그럴 때 있지 않은가. 옆 사람이 보고 있는 책에 웬 호기심이 동하는지. 본격적으로 보지도 못하고 흘긋거리는데 책 주인이 책장을 넘기는 바람에 내용파악이 안 되는 경우 말이다. 브릿지 역시 정독하던 습관 때문에 시간을 확보하려고 손을 움직였고, 그러다 내 손을 스쳤을지도 모른다. 과잉대응으로 졸지에 치한으로 몰아붙인 것 같아서 마음이 여간 불편한 게 아니었다. 여자애 발차기 한 방에 맥을 못 추고 도망가는 사람을 공연한 피해의식으로 불쾌하게 만든 건 아닌지.

노루잠을 자면서 언제 사람들이 기상하는지 살폈다. 일곱 시가 지나고 여덟 시가 가까워도 실내는 깜깜했다. 수면실은 물론 대형 텔레비전이 있는 중앙 거실에서도 모두들 잠을 자고 있었다. 참다못해 직원을 찾아 언제 일어나는 거냐고 물었다.

"그건 자기 맘이제. 여그 손님덜은 열두 시나 되아야 일어난당께."

허걱! 그것도 모르고 이곳만의 기상시간이 있는 줄 알고 불이 켜지기만을 기다리다니 마사루를 흔들어 깨웠다.

샤워를 하고 로커룸으로 나왔다. 마사루는 벌써 옷을 다 입고 있었다. 그 애의 차림이 낯설지 않았다. 점퍼와 개구리무늬 바지는 그대로인데 점퍼 안의 티셔츠가 내 것과 같은 디자인이었다. 나는 커플룩이 되는 불상사를 피하기 위해, 누군가에게 "쟤네들 사귀는 거 아냐?"라는 의심을 받지 않기 위해서 다른 티셔츠를 입기로 했다.

꼭 집어낼 수는 없지만 마사루에게서 풍기는 석연치 않은 뭔가가 계

속 나를 찜찜하게 했다. 머리에 쓴 두건이 낯익었기 때문이다. 구김 가
게 가공한 것 하며 파스텔 톤 색상, 페이즐리 문양……. 그것은 만우절
인 동시에 내 생일이던 날 민정이가 소포로 붙여준 선물과 흡사했다. 아
까워서 한 번도 쓰지 않다가 어제 새벽 가방을 꾸리며 부적 챙기듯 넣어
온 스카프였다. 가방을 뒤졌다. 없었다. 마사루가 허락도 없이 머리에
뒤집어 쓴 것이다. 내 티셔츠까지.

"빨리 벗어."

"너 은근히 야하게 군다. 도대체 뭘 벗으라는 거야? 아아, 이거? 짜
샤, 우린 이제 가족이야. 위 아 패밀리. 유 노? 가족끼리 이런 것도 공유
못 하냐?"

"너랑 내가 왜 가족이야?"

"함께 자고 함께 식사하면 가족이지 가족이 뭐 별 거냐? 영린이 너,
〈가족의 탄생〉이라는 영화 안 봤어? 이제 가족은 꼭 피를 나누어야만 하
는 시대는 지났어. 열린 사고를 가지려고 노력해봐."

말이나 못하면! 하긴 〈불고기〉라는, 제일교포 오빠가 만든 영화에는
이런 대사도 나왔다. 맛있는 음식을 나눠 먹으면 그때부터 가족이 되는
거라고. 하지만 나는 외쳤다.

"너랑 가족 되는 일은 절대 없을 거거든!"

"다 너 정신건강을 위해서 한 일이니까 고마워해야지. 겨울모자라 더
워 보였잖아. 보는 너도 얼마나 짜증나겠냐? 어, 벗기지 말라니까."

나는 티셔츠는 그만두더라도 스카프만은 사수하려고 마사루를 필사
적으로 쫓아다녔다. 마사루는 로커룸을 요리조리 피하며 뛰어다녔다.

사우나를 끝내고 대한독립만세 자세로 누워 숨을 고르는 할머니들의, 바닥으로 흘러내린 양말짝 같은 가슴을 자칫 밟을까 두려워 오래는 쫓아다닐 수 없었다.

욕, 그 카타르시스의 미학

어제부터 내린 비는 안개비에서 장대비로 오락가락했다. 피제왕에게 내뱉었던 '졸라' 때문에 불편한 마음을 떨치지 못하며 찜질방을 나왔다.

"비도 오고 꿀꿀한데, 아침부터 욕설 섞인 국밥이나 먹어볼까나."

마사루에게 이끌려 소문난 콩나물국밥집을 찾아갔다. 그까짓 졸라 한 번 쓰고 웬 호들갑이냐고 한다면 그건 모르는 소리다. 나의 졸라는 〈공동경비구역 JSA〉에서 통일의 물꼬를 트겠다며 군사분계선을 넘어 북쪽 초소를 향하던 이수혁 상병의 한 발짝과 맞먹는다. 처음 한 발짝이 두렵지 두 번째부터는 일도 아닐지도 모른다. 네 시작은 미약했으나 그 끝은 창대하리라.

"이 집이 욕쟁이 할머니 때문에 유명해진 집이거든. 거 박 뭐시기 대통령도 호텔로 이 집 국밥 시켜 먹을라고 했다가 할머니한테 열라리 욕 먹었다는 거 아니냐. 근데 죄다 할머니라서 누가 욕쟁이인지 모르겠네."

마사루는 서운한 눈으로 할머니들이 일하고 있는 주방 쪽을 흘긋거렸다.

"욕이 그렇게나 먹고 싶어?"

"어때서? 오고가는 욕설 속에 싹트는 우정. 이런 표어도 안 들어봤냐?"

"비속어를 사용하는 건 스스로 교양 없는 사람임을 증명하는 거야."

"교양 같은 소리하고 있네. 그럼 〈황산벌〉이 교양 없는 영화냐?"

그렇게 말하니 할 말이 없다.

"너 인터넷 검색창에 '영화, 황산벌의 욕 퍼레이드'라고 쳐넣고 클릭해봐라. 영화 속에 나오는 욕설만 그야말로 퍼레이드로 편집해놓은 동영상이 뜨거든. 얼마나 감동적인 줄 아냐? 나당 연합군님들, 우리들은 밥 한 끼를 먹어도 반찬이 사십 가지나 된답니다. 약 오르시죠? 이렇게 교양 있는 말 쓰면서 어떻게 전쟁을 하냐? 〈황산벌〉은 욕을 사용함으로써 리얼리티도 살아나고 완성도도 높아진 거야, 짜샤!"

일리가 있는 주장인 것 같기는 한데 무조건 인정할 수도 없는 노릇이고, 참……

《욕, 그 카타르시스의 미학》을 읽은 적이 있다. 그 책에 이렇게 쓰여 있었던 걸로 기억한다.

너덜대고 삐걱대는 인간관계, 찢길 대로 찢긴 그물 같은
인간끼리의 매듭이 욕을 하게 만든다.

이 말대로라면 콩나물국밥집 욕쟁이 할머니의 그물은 인생풍파에 헤질 대로 헤져, 홀쳐맨 매듭이 수백 군데나 된다는 이야기가 된다. 그렇다면 직접적인 피해를 준 적 없는 손님에게까지 왜? 남산에서 뺨 맞고 한강에서 화풀이하는 셈인가?

고단한 삶 때문에, 또는 대대로 고단한 삶을 살아왔던 조상들의 지역적 언어습관을 물려받아 욕쟁이가 된 할머니는 그럭저럭 이해할 수 있다. 타인에게서 받은 상처의 진정한 복수는 꿈꾸지도 못하는 선량한 할머니가 욕으로라도 분노를 표출하고 카타르시스를 느낀다면 그건 봐줄 만하다.

그럼 만 스물도 안 된 마사루는 무슨 분노가 얼마나 쌓였기에 말끝마다? 지금도 마사루는 "앗 씨바, 뜨거운 거 존나 싫어하는데 드럽게 뜨겁네."라며 국밥 한 숟가락에 찬물 한 컵을 들이켜고 있다. '졸라' 한 번 쓰고 불편해하는 나로서는 이해하기 어려웠다.

"사장님 출근 안 했어요?"

잔돈을 거슬러 주는 아저씨에게 마사루가 물었다.

"나가 여그 사장인디요."

"아뇨, 욕쟁이 할머니요."

"욕쟁이 할머니? 볼쌔 돌아가셨제. 나가 여그 인수한 지가 언젠디."

*

어젯밤 야외에서 무료상영될 예정이었던 〈태양의 노래〉가 연기되었다. 다행이었다. 무료상영과 같은 시간대의 〈천공의 눈〉을 보면서 공짜를 놓친 아쉬움에 부르르 떨었다. 그런데 비가 오는 바람에 연기되었다는 낭보를 들은 것이다. 〈태양의 노래〉 대신 오늘 오전에 〈묵공〉을 무료 상영한다는 알림포스터가 비를 맞으며 붙어 있었다. 나는 좋아 죽을 뻔했다. 〈태양의 노래〉든 〈묵공〉이든 공짜면 무조건 좋다. 그런데 찜질방에서 잠을 설친 탓에 〈묵공〉을 보면서 졸았다.

"넌 어떻게 그렇게 스펙터클한 영화를 보면서 잘 수가 있냐? 공짜라고 좋아할 때는 언제고."

그러게. 영화제까지 와서 졸다니. 할 말이 없다. 마사루는 비에 젖은 가방들을 끌고 매고 영화의 거리를 누볐다. 나는 묵묵히 따라가다가 꽈배기 한 봉지를 사서 마사루에게 디밀었다. 마사루는 의기양양하게, 나는 기가 죽은 채로 딱딱한 꽈배기를 씹어 먹으며 걸었다. 목이 말랐다. 꼭지가 떨어져나간 우산 꼭짓점에서 빗물이 스며들어 목덜미를 적셨다. 문득 희수가 보고 싶어졌다.

메가박스로 갔다. '한국 단편영화 세미나'에 참석하기 위해서다. 그곳에서 또 피제왕을 만나면 어쩌나 하는 걱정이 앞섰다. 세미나를 기다리는 사람들 줄 속에 우리도 섰다.

"우리 영화 자봉군(자원봉사君)보다 칠 관 자봉군이 더 멋있지 않냐? 딱 내 스타일이란 말야. 내일 볼 영화는 무조건 칠 관 걸로 골라라."

건너편에서 티켓을 받고 있는 지프지기를 보며 마사루가 껄떡거렸다. 보는 눈은 있어가지고.

세미나 입장이 시작되었다.

"물 좀 빼고 올게."

"어? 지금 시간 다 됐는데 빨리 들어가야지."

"쌀 것 같단 말야. 너 먼저 들어가라니까."

에잇, 미리미리 다녀오지! 마사루는 화장실로 달려가고, 마사루의 짐이 고스란히 내 손에 쥐어졌다. 뒤에서는 영화관으로 들어가려는 사람들이 밀려와서 물러날 수도 없었다. 만화책이 가득 든 가방은 웬만큼 힘을 주지 않고는 움직이지도 않았다. 더욱이 영화관 바닥은 카펫이 깔린 비탈이었다. 바퀴와 카펫의 마찰지수가 높은 탓에 균형을 잃으면 가방이 쓰러져버릴 것 같았다. 상영관 문 앞까지는 겨우 왔다.

상영관 안으로 들어갔다. 영화평론가와 영화감독들이 패널로 앉아 있는 자리와 내가 서 있는 자리는 일 미터밖에 떨어지지 않았다. 그중 한 패널과 눈이 마주쳤다. 헉! 나도 모르게 뒤로 한 발짝 물러섰다. 넌 뭔데 여기 왔어 하는 것 같았다. 객석에 앉아 있는 사람들 대다수가 영화를 출품한 학생들이거나 영화평론가나 영화 관련 잡지기자들일 테니 주눅들 수밖에.

그때 몸의 균형이 깨지면서 태산만한 마사루의 짐이 쓰러졌다. 웬만한 장정도 들어가 숨을 수 있는 특대형 여행용 가방, 보스턴 가방, 테니스 라켓 케이스 그리고 쇼핑백까지 패널들이 앉아 있는 테이블 바로 밑에 흩어져버렸다. 낮에 영화의 거리에서 새 옷을 사서 갈아입고 대충 넣어 둔 마사루의 헌 바지와 티셔츠가, 새로 산 브래지어가, 사각으로 비닐 포장된 물건이 쇼핑백에서 튀어나와 널브러졌다. 처음은 아니었다. 빗물 흥건한 웅덩이에 가방을 빠뜨려 시선을 모은 적도 있었다. 마사루와 나, 그리고 화물이라 칭하는 게 어울리는 가방들은 이틀 만에 영화의 거리 명물이 되어버렸다.

단지 바지나 브래지어가 튀어나왔다고 해서 호들갑인 게 아니다. 문제는 연두색 꽃무늬 비닐로 포장된 '산뜻한 느낌' 열 개 들이도 더불어 튀어나왔다는 데 있었다. '위스퍼'나 '화이트' 등의 이름으로 동종업계 간에 치열한 판매경쟁이 이루어지는 바로 그 제품 말이다. 그것도 비닐 귀퉁이를 아무렇게나 찢어 낱개 포장 하나를 빼내고 난 나머지가 차곡차곡 남은 채로, 낱낱의 부직포 내장이 드러나 보이는 채로 말이다.

패널들은 측은한 눈빛으로 나를 내려다보고 있었다. 확성기만 있다면 "손님 여러분, 절대로 내 짐 아니거든요. 이 브래지어랑 생리대 임자는 지금 화장실에 가서 제가 할 수 없이 끌고 왔거든요."라고 공지했을 것이다. 영화 찍을 때 감독들이 들고 "액션!" 하며 외치는 빨간색 메가폰 말이다. 아니, 무대로 뛰어 올라가 패널들 앞에 놓인 마이크라도 움켜잡고 싶은 충동마저 일었다.

열패감에 휩싸여 흩어진 짐을 수습하는데 누군가의 손길이 다가와 도와주었다. 나는 도움의 손길에 인사도 제대로 하지 못하고 일어서서 객석으로 몸을 돌렸다.

"저기……."

또 다른 도움의 손길인지 아니면 아까와 같은 손길인지는 모르겠지만 아무튼 누군가 나를 불러 세웠다.

"이거……."

내가 그의 얼굴을 보기도 전에 먼저 내 눈에 들어온 건 그의 손에 들린 물건이었다.

"내 꺼 아니거든요!"

나는 매몰차게 소리치고 객석을 향해 올라가기 시작했다. 경사지고 턱진 복도를 그 많은 화물을 끌고 나 혼자 올라가는 건 셸파 없이 히말라야의 낭가파르낫에 올라가는 것과 같은 일이었지만 나는 꿋꿋이, 쉼 없이 올라갔다. 누군가 뒤에서 화물을 밀어주었다.

맨 뒤 열 끝자리에 털썩 주저앉았다. 복도에 덩그마니 세워 둔 화물. 대충 수습한 바람에 제자리를 찾지 못한 테니스 라켓 케이스가 도드라져 생뚱맞아 보였다. 쇼핑백에서는 흙 범벅 된 바짓가랑이가 삐져나와 늘어져 있었다. 브래지어가 다시 비어져 나오지 않은 것만도 다행이었다.

통쾌한 배설을 이루어냈는지 안색이 여유로워진 마사루가 건들거리며 올라와 느긋한 자세로 내 옆자리에 앉았다. 아니, 아예 의자에 드러누웠다. 짐을 맡기고 오줌 싸러 가버린 데 대한 울화가 끌어 올랐지만 가방 패대기 사건은 은폐하기로 했다. 만화책에 손상 갔을 거라며 가방을 열고 수선을 떨지도 모르기 때문이다. 이번에는 마사루가 세미나 처음부터 끝날 때까지 끄덕이며 졸았다. 다행히 피제왕은 보이지 않았다.

세미나는 지루했다. 하지만 앞으로 영화 공부를 어떻게 해야 할 것인가 방향을 잡는 데 도움될 이야기들이 제법 나왔다. 특히 최근 독립영화들이 주류를 모방하느라 치열한 도전정신이 사라진데다가, 잘 만들어졌음에도 불구하고 충무로를 향한 포트폴리오로 보인다는 지적은 새겨둘 만했다. 어제오늘 본 여덟 편의 단편영화를 더듬어보았지만 어떤 것이 충무로 포트폴리오로 보이는지는 감이 집히지 않았다.

상영관 문을 들어서며 마주친 패널이 윤성호 감독이라는 사실을 사회자의 소개로 알게 되었다. 설렜다. 그가 만든 〈나는 내가 의천검을 쥔 것처럼〉과 〈우익청년 윤성호〉를 보았기 때문이다. 그러고 보니 모자 쓴 모습 하며 찌푸린 표정 하며 영화 속 그대로였다.

〈우익청년 윤성호〉는 자기 이익에 맞지 않으면 무조건 빨갱이로 몰아붙이는 세태를 일갈한 영화로, 감독 특유의 해학이 화면을 빈틈없이 장악하여 한눈 팔 순간이 영 점 일 초도 없었다. 각계의 내로라하는 인사들을 빨갱이로 몰아붙이고도 그는 멀쩡하게 살아서 이 세미나 패널로 앉아서 썰을 풀고 있는 것이다. 세상 차암 좋아졌다.

나는 어렸을 때부터 반공소년이었다.
두 살 때부터 우측으로만 기어 다녔고
다섯 살 때의 애창곡은 육이오의 노래였으며
여섯 살 때는 이승복을 정신적인 형님으로 생각했다.

윤성호 감독 자신의 내레이션으로 시작된 영화는 이렇게 전개된다.

친구, 빨갱이 영화다. 다른 말로 '동무' 아닌가.
올드보이, 빨갱이다.
왜? 만든 놈이 노동당인 걸로 봐서 빨갱이다.
노무현, 빨갱이다. 이유는 모르겠지만 어쨌든 빨갱이다.
열린우리당, 북한한테 연다는 뜻 아닌가. 빨갱이다.

민주노동당, 민주 자 빼면 조선노동당이랑 이름 같다.

우리 대학교 전 총장님, 알고 보니 빨갱이였다. 봐라.

"노동신문을 저는 매일 봅니다."

얘도 빨갱이고 쟤도 빨갱이다.

〈우익청년 윤성호〉는 내게 문화충격이었다. 저렇게 수다스럽게 만들어도 격이 떨어지지 않는구나 하고는 단번에 그의 영화 팬이 되었다. 팬? 솔직히 가증스럽다. 인디상영관 찾아가서 돈 내고 본 것도 아니고, 인터넷 돌아다니다가 우연히 보고 그런 말을 한다면 우익청년 윤성호가 나를 빨갱이로 몰아붙일 일이다. "영화관에 와서 관람하지도 않고, 디브이디를 구입하지도 않는, 아티스트와 직접 교감하지 않는 사람들은 팬이라는 말은 하지 말았으면 좋겠어요. 한마디로 닥치고 있으란 거죠."라고 말할지도 모른다. 로커 신해철처럼 말이다.

뒤풀이가 있다며 장소를 알려주었다. 관객들도 부담 없이 와서 즐기라고 했다. 쫓아가고 싶었다. 감독 오른쪽에 앉아 "내 왼쪽에 앉으셨으니 감독님도 빨갱이예요."라고 너스레를 떨고 싶었다. 하지만 쫓아가지 않기로 했다. 좌익도 우익도 아니며, 좌파도 우파도 아닌, 그냥 중앙선을 어기적거리는 재수생이 갈 만한 곳은 아니라고 생각했기 때문이다.

마사루를 깨워 출구로 내려갔다. 화물을 혼자서 끌고 내려오거나 말거나.

"장소를 잘 모르시는 분은 택시를 타고 별들의 고향에 내려 달라고 하세요. 기본요금 거리예요."

"뭔 고향?"

잠이 덜 깬 마사루가 뚱한 목소리로 물었다.

"우리랑 상관없어. 우파들만 모이래. 아니지, 말 많은 사람들이 좌파니까 좌파만 모이는 건가? 헷갈리네."

"뭐?"

"아니, 영화감독들이랑 평론가들 뒤풀이 장소야."

관객들도 환영한다는 접대용 인사말을 들었다면 무조건 따라나설 게 뻔했기 때문이다. 아까 내가 저지를 수밖에 없었던 사건은 알지도 못할 테니까. 알았어도 개의치 않고 쫓아갈 애니까.

오늘은 또 어느 찜질방에서 하루를 보내나? 어제 실랑이를 벌인 일도 있어서 행복한 세상으로 돌아갈 수는 없었다. 양탄자 깔린 통로를 따라 내려가는데 누군가 내 어깨를 쳤다. 머리털이 곤두섰다. 피제왕이라면 최악이다. 뒤돌아보았다. 희수였다. 드디어 희수였다. 마침내 희수였다. 기어코 희수였다. 나는 화들짝 놀랐다.

"어? 너 미국 안 갔어?"

나는 희수를 만날 수 있을 거라는 기대로 여기까지 왔다는 걸 숨겼다. 희수가 나를 찾아와 자신이 출연한 영화 제목을 알려주었을 때, 집으로 돌아가 인터넷으로 검색했다. 서핑하던 끝에 여성영화제 본선에 진출했던 그 영화가 전주영화제에도 초청되었다는 사실을 알아냈다. 감독과 배우도 초청될 거라는 막연한 기대감이 나를 이곳 전주까지 오게 만들었다고 해도 과언이 아니었다. 우리는 상영관 밖으로 휩쓸려 나갔다.

"여름방학 때 갈 거였다니까. 하지만 미뤄야 할 것 같아. 다른 일이 생겼거든."

뒤쳐진 마사루는 아직 희수의 등장을 눈치 채지 못한 것 같았다.

"다른 일? 영화 또 찍어?"

"아마도. 이영린, 근데 넌 여긴 웬일이야? 학원은 어쩌고?"

"아, 뭐. 넌 웬일이야? 학교는 어쩌고?"

"나? 영화 보러 왔지."

"나도 영화 보러 왔지."

"그렇구나. 우린 영화 보러 왔구나!"

무슨 대단한 걸 깨달은 양 우리는 고개를 주억거리며 웃었다.

"난 초청받아서 왔는데, 영린이 넌 돈 내고 왔지?"

"약 올리지 마라."

"솔직히 영화인과 비영화인의 차이가 바로 그런 거 아니겠어. 근데 너 내 데뷔작 봤어?"

"아, 아니. 너 나오는 영화가 전주영화제에도 초청받았니? 몰랐네!"

"이틀 전에 상영했는데. 〈한국 단편의 선택 2〉에 들어 있었거든."

"미리 연락 좀 하고, 영화표도 좀 보내주고 그러지 그랬어."

"연락? 핸드폰도 없다면서. 근데 혼자 왔어?"

"아니."

"친구랑 왔어?"

"그, 렇지, 뭐."

대답은 했지만 인정하고 싶지 않은 부분이었다. 마사루를 친구로 받아들일 준비가 된 것 같지 않았기 때문이다.

"넌?"

"대학 영화 동아리 친구들이랑 왔지. 참, 혜진아!"

희수는 일 층 출구 앞에서 앞서가는 여자를 불렀다.

"인사해. 내 동창 이영린."

"어머, 안녕하세요? 우리 학교 학생?"

"지금 재수하고 있어. 원래는 공부 잘하던 친군데……."

원래는 공부 잘하던 친구. 그 말에 내 꼴이 더 우스워졌다.

"아, 그래요?"

재수하고 있다는 말에 혜진은 짐짓 실망하는 눈치였다. 그녀의 실망감에 기름을 부은 건 뒤따라오던 마사루였다.

"앗 씨바, 왜 너 혼자 가고 지랄이야!"

입만 열리면 쏟아지는! 할 수만 있다면 순간이동이라도 하고 싶은 순간이었다.

"누구? 아는 사람?"

희수의 질문에 나는 아무 말도 하지 못하고 서 있었다.

"아하, 그때 그 의대생!"

"나, 알아요?"

"지난번에 학원 앞에서 영린이랑 있는 거 봤어요. 그쵸? 맞죠?"

순간이동이 아닌 지구를 탈출하고 싶었다. 의대생이라는 사실을 내가 떠벌린 걸로 희수는 알 테니까. 절대로 난 입 싼 애가 아닌데!

"아, 예. 영린이 학원친군가 봐요?"

"네. 저는 영린이의 베스트 프렌드 백순정이라고 해요."

웬일로 마사루의 말투가 공손해졌다. 그래봤자 외모에서 드러나는 불량기는 어쩔 수 없겠지만. 마사루가 내민 손을 잡으며 희수가 웃었다. 혜진이 마사루를 곱지 않게 훑어보았다. 순간이동도 지구탈출도 여의치 않다면 삽질이라도 해서 모호로비치치 면으로라도 숨어들고 싶었다. 마사루가 나섰다.

"이렇게 만난 것도 인연인데, 우리 어디 가서 맥주라도 할까요?"

"전 일행이 있는데, 함께 가실래요? 이영린, 가자."

나는 계획이 있다고 거절했다. 희수 때문에 여기까지 왔지만, 동아리 친구들과 같이 있는 그를 보니 내 존재가 한없이 작아지는 기분이었다. 희수를 선도하여 무사귀환시키겠다는 목표 자체가 우스워졌다.

"우리가 무슨 계획이 있어? 찜질방 가서 자는 일밖에 더 남았냐?"

"어, 이영린, 찜질방에서 자? 영화제에 숙소 알선해주는 코너 있는데. 사랑방 몰라?"

"아는데 갑자기 와서 그렇지 뭐."

"하긴 사랑방 예약 장난 아니지. 민박이라도 알아보지, 찜질방 불편하지 않아?"

"걱정하지 마. 오늘은 펜션에 가서 자려고 해. 친구들이 기다리겠다. 빨리 가봐."

"전주에 펜션이 있나?"

"앗, 참. 내가 생맥주 쏜다니까."

"순정씨, 고맙긴 한데요, 다음에 기회가 되면 하죠."

마사루를 잡아끌었다. 희수가 난처해지기 전에 자리를 떠야 했다.

"어, 그래. 이영린, 잘 가."

희수의 눈길이 마사루에게 머물러 있었다.

"이영린, 무슨 일 있으면 전화해. 내 핸드폰 번호 알지?"

희수를 만난 그날 바로 쓰레기통에 버렸으니 알 리 없었다.

"알아. 잘 가."

나는 손까지 흔들어 확고하게 이별을 고했다.

"아, 그 새끼, 모처럼 대학생들이랑 어울릴 기회였는데 아쉽네."

누구 때문에 내가 여기까지 왔는데! 희수를 보내야 하는 아쉬운 마음이 나만큼 절절할까.

"희수씨 졸라 멋있는데. 진짜 아깝다."

우리는 찜질방을 찾아가기 위해 택시를 기다렸다.

"이영린!"

뒤에서 희수가 부르며 다가왔다.

"동아리 친구들이 같이 가자네."

"됐어. 나 지금 피곤해서 쉬어야 하거든."

"희수씨, 이영린 괜히 빼는 거예요. 같이 갈 수 있어요."

마사루는 재빨리 희수를 따라갔다. 그 많은 짐을 삐거덕 삐거덕 끌고서. 눈치 없는 저 애를 어떻게 한단 말인가?

"짐이 많네요."

"아, 예. 설정이에요."

"설정요?"

"네, 컨셉요."

희수는 마사루의 여행용 가방을 함께 끌어주었다. 마사루는 어느새 가방을 희수에게 맡기고 희수의 팔짱을 끼고 있었다. 희수가 흠칫 놀란 것은 잠깐, 이내 적응하는 느낌이 뒷모습만으로도 역력했다.

우리는 독립투사다

희수 친구들이 삼겹살집에 모여 있었다. 영화 동아리라는 그들은 전공도 다양했다. 혜진의 전공은 경영학이었다. 대학을 졸업하면 예술경영을 공부하기 위해 유학 갈 예정이라고 했다.

"우리나라는 영화예술 경영학 분야가 이제 시작 단계거든요."

혜진은 외국에 나가서 박사 코스까지 밟은 뒤 교수가 되는 게 목표라고 했다. 자신감 넘치는 그녀가 부러웠다.

"그렇게 해서라도 영화와 관련된 일을 하고 싶어서죠. 고삼 때 영화과 가겠다고 했더니 엄마아빠가 질색을 하더라고요."

영화과에 들어가려는 나를 곽여사도 탐탁지 않아 한다. 처음부터 반대하지는 않았다. 영화 외에는 아무것도 의미가 없을 정도라면 하라고 했다. 그렇게 시작했다가도 위기가 찾아왔을 때 좌절하고 접어버릴지도 모르는데, 환상만 가지고 시작한다면 결과가 불 보듯 뻔할 거라는 경고

와 함께. 그러나 예술종합학교 시험에 일, 이 차까지는 붙고 삼 차 실기에서 미끄러지고, 가나다 군 영화 관련학과에서도 차례로 낙방하고 난 뒤 곽여사의 태도는 돌변했다.

"영화의 '영' 자도 꺼내지도 마. 그냥 평범한 과에 진학해. 그러고도 미련이 남으면 그때 영화 관련 대학원을 가든지, 네가 벌어서 유학을 가든지."

떨어진 주제에 무슨 말을 할 수 있었겠는가. 쳇, 영화과가 비범한 과란 게 말이 되는가? 평범한 과도 비범한 과도 가지 못한 데 대한 자괴감 때문에, 담배연기에 적응되지 않아서 가슴이 답답해져 왔다.

"자, 여러분 잠시 집중. 내 친구 소개 좀 할게."

희수가 일어났다. 또 재수생이라고 떠벌리려고?

"이영린은 내 첫사랑. 유치원부터 고등학교까지 같이 다녔거든."

나는 엉거주춤 일어서서 고개를 꾸뻑하고 앉았다.

"지금은 재수하고 있는데, 미래의 영화감독이시다. 잘 보여둬라."

"사귀는 건 아니고?"

누군가 짓궂게 물었다. 순간 희수 옆에 앉은 혜진이라는 애가 신경 쓰였다. 혹시 희수 여자친구가 아닌가 싶어서였다.

"그런 거 아냐. 여기서 우연히 만난 거야."

뭐, 저렇게까지 강한 부정을! 학원에 찾아와서 보고 싶어서 왔다고 할 때는 언제고.

"그럼 내가 접수해도 되는 거냐?"

"수능원서냐, 접수하게. 야 너, 이영린 행동반경 오 미터 이내 접근불

가다. 영린아, 저 녀석 우리 학교 공식지정 바람이니까 조심해라."

"어, 경계태세로 들어가는 거 보니까 사귀는 거 맞는 것 같은데. 그런데 어쩌나 벌써 오 미터 안에 들어와 있는데?"

"너, 집에 가라! 그리고 이쪽은, 일어나서 소개하실래요?"

희수가 불러 일으키자 마사루는 생수병을 들고 일어섰다.

"아 아, 롹, 롹. 마이크 테스트. 이름은 백순정. 백설공주 할 때의 백, 순수미인의 순, 초코파이 정 자를 쓰죠. 백설처럼 순결한 영혼을 가진 순정파라고나 할까!"

순정파인지는 더 겪어봐야 알겠고, 순결한 영혼? 턱도 없는 소리!

"이영린이랑 학원 동문인데, 둘이 싸우다가 짤렸거덩요. 그길로 가출해서 손잡고 영화 보러 왔죠 뭐."

모두 와 하고 웃었다. 이럴 줄 알았다. 마사루와 같이 다니다가 이렇게 창피한 날이 올 줄 알았다. 뭐 자랑할 일이라고 떠벌리느냔 말이다. 나는 그녀의 찰진 장딴지를 꼬집었다.

"앗 씨, 왜 꼬집어? 아프다고오! 그러고 보니까, 그날 싸운 이유가 희수씨 때문이었지?"

"나 때문에요? 왜요?"

희수의 휘둥그레진 눈이 우리를 향했다.

"뭔 헛소리야? 제발 쫌 앉아!"

나는 이를 앙다물며 마사루를 노려보았다.

"이 인간이랑 다니면 언론보장이 안 된다니까. 아무튼 만나서 반갑습다."

나와 한참 떨어진 맨 끝자리, 모자를 쓰고 있는 남자애의 삐딱한 시선이 느껴졌다. 동아리 멤버들의 소개가 고스톱 패 돌아가는 방향으로 이루어지다가 마지막 한 명을 남기고 끊어졌다. 식당 안으로 한 여자가 철가방을 들고 들어섰기 때문이다.

"누나, 여기야!"

희수가 출입문 쪽을 향해 손을 흔들며 다시 일어섰다. 희수는 고종사촌인 황희선 감독을 소개했다. 황감독은 들고 온 철가방을 굳이 자신이 앉을 자리 옆에 내려놓고는 보물단지 간수하듯 했다. 하긴 어깨끈까지 늘어져 있는 것이 묵직하니 제법 값 나가 보이기는 철가방이었다.

"누나 영화 좋았어요. 최우수작품상은 누나 거예요."

모두가 황감독의 출연에 환호했다. 희수 왼쪽에 앉았던 혜진은 황감독과 철가방한테 자리를 내주고 옆 테이블로 밀려갔다. 눈엣가시였는데 잘되었다고 나는 생각했다. 찌질이 이영린, 괜한 라이벌 의식으로 질투하다니.

"어때? 괜찮지 않아?"

자리잡고 앉는 황감독에게 희수가 물었다. 두 사람은 우리를 바라보았다. 아니, 정확히 말하면 우리가 아니라 마사루였다.

"글쎄, 시선 흐름도 괜찮아 보이기는 한데…… 반갑군요. 이름이?"

"누나, 아니, 언니, 저는 백설공주 백에……."

황감독이 손을 내밀었다. 마사루는 황감독의 손을 잡고 거칠게 흔들기 시작했다.

"오우, 아귀힘이 무척 센데. 순정씨, 혹시 운동했어요?"

"아 예, 이것저것. 합기도도 하고 유도, 태권도, 권투도 조금."

좌중이 놀라서 마사루를 쳐다보았다.

"우리 집 건물 삼 층에 체육관이 있었걸랑요. 근데 장사가 졸라 안 되는 바람에 뻑하면 종목이 바뀌는 거예요. 집세를 제대로 못 받으니까 건물주 딸인 제가 수강생이 되어 퉁친 거죠. 에어로빅도 몇 달 했고."

"그럼 단도 땄어요?"

"아, 뭐 태권도 일 단을 땄던가, 안 땄던가? 오래된 일이라 기억나질 않네. 합기도는 승단시험 보러 가기 귀찮아서……."

뭐야? 마사루의 무술 실력 도합 육 단이라는 건 뻥이었단 말이야?

"혹시 우슈 같은 것도?"

"아뵤오! 당랑권법 정도."

"솔직히 순정씨 처음 봤을 때 기 같은 게 느껴지더니, 그래서 그랬구나. 안 그래, 누나?"

"기요, 끼요?"

"기요!", "끼요!"

희수와 황감독의 입에서 동시에 다른 대답이 나왔다.

"저한테 그런 게 있다고요? 처음 듣는 소린데, 그거 욕이에요?"

마사루가 소주병을 부여잡고 황감독에게 따르며 물었다.

"당근 칭찬이죠."

"그래요? 그럼 그런 의미에서 원샷 한 번 하죠. 자, 우리 모두 섭취!"

우리는 잔을 들어 건배했다. 나는 슬며시 잔을 내려놓았다.

"원샷 잔 내려놓는 건 실례야."

"영린아, 솔직히 맥주 정도는 괜찮아."

낮에 모주 한 사발에 해롱거렸던 경험도 있고 해서 좀 망설여졌다.

"내숭 떨지 말고 마셔봐. 자, 여러분, 뭣들 하십니까? 복용합시다!"

잔을 들고 일행을 향해 소리쳤다. 나는 입만 축이고 맥주잔을 내려놓았다. 방광염 걸린 당나귀 오줌 맛이 혀끝에 남았다. 계피향에 달짝지근한 모주 생각이 간절했다.

"순정씨, 당신 눈 많이 나빠요?"

"아뇨. 이거 도수 없는 선글라슨데요. 순전히 간지죠."

"벗어봐요."

"왜요? 맘에 안 드세요?"

마사루가 고글을 벗었다.

"순정씨, 안경 벗고 다녀요. 맨얼굴이 훨씬 예쁜데요."

"그래요? 희수씨가 벗으라시면 벗겠어요. 야, 기분이다. 너 써라."

마사루는 자기가 쓰던 엽기적인 고글을 내게 씌워 주었다.

"됐어, 싫어. 아, 싫다니까."

싫다는데도 억지로 씌웠다. 세상이 갑작스레 누리끼리해져서 기분이 좋지 않아졌다.

"와하하, 너 그거 쓰니까 졸라 웃기다!"

자기가 썼을 때는 웃기지 않았나? 그때였다. 희수의 동아리 일행 중 한 명이 일어서서 다가왔다.

"감독 누님, 중앙집권세력들하고만 친하게 지내지 말고 배후세력들과도 교감 좀 해주시죠."

듣던 목소리인 것 같아 고개를 들었다. 오, 쉣! 정수리에서 시작된 쏴한 기운이 몸 중앙을 관통해 바닥으로 뚝 떨어졌다. 피제왕이었다.

"선우희수, 너 어떻게 나 소개할 차례에서 끊어버릴 수 있나?"

"짜샤, 난 기여도 없는 인물은 소개 안 해. 누나, 피 민폐라고, 고스톱 칠 때 피 껍데기 긁어모으는 재주 하나는 비상한 녀석이야. 동아리 정식 멤버는 아니고, 꼭 회식할 때만 나타나서 민폐 끼치는 부류."

"민폐? 정통 영화 전공자가 고문을 자청하는데 고마워해야지."

"네 얼굴 보는 게 나한테는 고문이다."

피제왕은 황감독에게 소주를, 반쯤 남아 있는 내 잔에는 맥주를 채웠다.

"음, 신데렐라 콤플렉스, 평범한 과에 들어갔다더니 재수생이었어?"

나는 잔을 든 채 얼어버렸다.

"제왕이 너 영린이랑 아는 사이였냐?"

"그런 것 같은데. 아까 나한테는 대학생이라고 하던걸."

"어, 그랬어? 사실 뭐, 내년에 들어갈 거니까."

사람들이 왜 학력위조를 하고 급기야 망신을 당하는지 알 것 같은 순간이었다.

"재수생이 이런 데서 노닥거려도 되는 건가?"

그러게. 할 말이 없다. 얼굴이 화끈거렸다.

"그 이상한 안경은 또 뭐지?"

나는 참담한 기분으로 고글을 벗었다.

"참, 아까 내가 가방 끌어주었는데 고맙다는 말도 없더군."

영화관에서 화물을 밀어준 손길이 피제왕이었어? 그럼 바닥에 널브러진 물건들도 봤다는 말이잖아! 오 쉣! 나는 불판 옆에 있던 술잔을 들어 단번에 마셨다. 당나귀 방광 체온이 그대로 남아 있는지 여간 뜨뜻한게 아니었다.

"감독 누님, 저도 이번에 출품한 작품에 참여했거든요."

피제왕이 내 옆에 비집고 앉으며 황감독에게 말했다.

"그래요? 동아리에서 영화도 찍어서 출품했나?"

"아뇨. 같은 과 선배님 작품요."

"아, 그래요?"

피제왕과 황감독은 한참동안 자신들이 참여한 영화에 대한 이야기를 나누었다.

"이번 세미나는 어땠나?"

황감독이 피제왕에게 물었다.

"평론가들이 펼치는 담론들이란 늘 지리멸렬하고 요령부득이죠."

녀석의 독설이 또 시작되었다.

"어? 나도 세미나에 갔는데. 독립영화가 충무로 진입 포트폴리오 창고라고 비판하더라."

희수가 문제제기를 했다.

"독립영화는 독립영화만의 색깔과 패기가 당연히 있어야 한다고 봐. 흥행 위주로 만들어내는 상업영화와는 차별화되어야 하는 거 기본 아닐까?"

"독립영화는 흥행되면 안 된다는 뉘앙스로 들린다?"

"안 될 건 없지만 어렵다는 얘기지."

"흥행할 수 있게 찍으면 되지."

"말이야 쉽지."

"재미있게 찍으면 되잖아. 독립영화라고 해서 꼭 어려워야 하는 건가? 솔직히 암호 해독하러 왔나 영화 보러 왔나, 헷갈리는 영화도 많거든. 좀 친절한 영화를 찍으면 많은 사람들이 볼 수 있을 텐데. 안 그래, 누나?"

"독립영화 감독한테 그렇게 말하면 열 받지. 친절하게 찍으라는 건 감독은 현대미술을 하고 싶은데 관객은 바로크 작품을 내놓으라고 요구하는 것과 같거든. 순정씨, 안 그래?"

"당근이죠. 장동건 나왔던 〈아나키스트〉 같은 독립영화가 〈조폭마누라〉처럼 엽기코믹이면 되겠어요, 격조 없이?"

"〈아나키스트〉가 독립영화라고?"

"독립영화가 독립투사 활약상 찍은 영화잖아. 그것도 모르시나?"

분위기는 삽시간에 썰렁해졌다. 마사루의 엉뚱한 대답에 내 얼굴이 화끈해지면서 술기운이 올랐다.

"헛, 독립투사 영화? 순정씨, 위트마저도 겸비하셨네요. 누나, 거봐. 누나가 찾는 배역에 딱이잖아. 역시 내가 안목이 있지?"

이건 또 무슨 말? 마사루가 배역에 어울린다고?

"어? 이 분위기 뭐야? 야, 이영린. 내가 틀린 말 한 거냐?"

피제왕이 가만있을 리 없다.

"그 나물에 그 밥이라더니 역시 이영린 친구답군. 독립영화란 상업영화의 반대개념이라고 할 수 있는데, 상업 자본에 의존하지 않고 창작자의 의도에 따라 만들어진 영화를 말하는 겁니다. 독립투사를 다룬 영화라뇨? 일부러 영화제에까지 찾아온 사람 입에서 그렇게 무식한 언행이 쏟아져 나와도 되는 겁니까?"

"앗 씨바."

무식하다는 말에 바로 마사루의 열등감이 폭발했다.

"그래, 나 졸라 무식해. 피씨라고 했지? 피씨면 피씨방에나 죽치고 있을 거지 왜 여기까지 와서 승질 건드려! 상업영화 반대면 비상업영화라고 하면 되지 왜 독립영화라고 하냐고, 헷갈리게?"

마사루가 핏대를 올리며 피제왕에게 대거리했다.

"내가 독립영화라고 이름 지었습니까? 왜 나한테 화냅니까?"

피제왕은 한심하다는 표정으로 마사루를 쳐다보았다.

"어느 정도 맞는 말이야."

어색해진 분위기를 수습하려는지 황감독이 나섰다.

"독립영화가 독립군 활약상을 찍을 수도 있는 거니까. 그리고 도시락 폭탄 들고 뛰어드는 거나 육 밀리 카메라 달랑 들고 설치는 거나 뭐가 달라? 우리는 영화독립군이잖아."

"난 그딴 어려운 거 모르거든요. 독립영화다운 게 뭔데요? 짜장면 있으면 짬뽕도 있어야 하는 거고 김치도 있어야 하는 거거든요. 단무지만 주면 싱거워서 안 되는 거거든요. 만화도 그렇거든요. 스릴러물도 있고, 학원순정도 있고, 순정코믹도 있거든요."

"순정씨, 그건 장르 구분이죠. 알지도 못하면서 논점 흐리지 말아요."

"앗, 나 졸라 무식하다니까. 이영린, 저 사람 왜 저렇게 잘난 척하는 거냐? 원래 저러냐?"

"원래 저래. 잘난 척하는 거 빼면 발톱만 남을걸."

내가 맞장구 치자 녀석은 때 낀 도롱뇽 발톱을 씹는 표정이었다. 마사루가 계속 말했다.

"재미없어도 예술영화 만드는 사람 있어야 하는 거고, 그걸 돈 내고 보러 다니는 정신 나간 인간도 있어야 하는 거고, 그런 거 아닌가요? 나는 절대로 돈 내고는 보지 않겠지만 말이죠. 보는 사람 없어도 씨지비나 뭐 그런 데서 돈 대주면서 찍게 만들어줘야 하는 거고. 그래야 한국영화가 발전하는 거거든요."

오오! 일행 모두 박수를 쳤다.

"야, 이영린! 나 오늘 똑똑한 말 좀 한 거 맞지?"

"아니, 아니! 독립영화가 독립영화다워야 하는가 아닌가가 논의 대상이 되어야 한다니까."

"거참. 어이, 피씨방! 그대도 독립영화는 독립영화다워야 한다는 주장이잖아. 그러니까 나랑 같은 편이네! 같은 편이면 됐지, 뭘 따져?"

"그만들 싸워. 독립영화는 어차피 모두를 만족시키기 위해 만들어지는 영화는 아냐."

황감독이었다.

"거대 미디어들에게서 소외된 사람들의 목소리를 대변하기도 하고, 영화라는 매체가 가진 다양한 미학적 가능성들을 경험하게도 하고, 다양한 소수문화의 감수성들을 공감하게도 하는 장르가 독립영화야."

"역시 감독님 말씀은 다르네. 애들아, 가만히 있지 말고 적어."

"내가 말한 건 아니고, 독립영화 배급지원센터 원승환 소장님이 하신 말씀이다."

"아, 그 염소수염에 꽁지머리 아저씨?"

희수가 알은체를 했다.

"충무로 갈 사람은 가고 남을 사람은 남는 거지. 건너갈 수 있는 것도 능력인걸."

다들 생각에 잠겼는지 잠깐 좌중이 조용해졌다.

"재수생, 이영린! 어려운 이야기하니까 못 알아듣겠지?"

가만히 있는 내게 녀석이 염장을 질렀다. 심사 뒤틀린 나는 이렇게 막 마셔도 되는 건가 걱정하면서도 어느새 술잔을 들어 올렸다.

"다 알아먹거든. 독립영화는 모름지기 그 나라 영화의 방부제 역할을 수행하거든. 그러니까 독립영화를 우습게 보면 안 되는 거거든."

"오오, 방부제! 그렇게나 멋진 말을! 누나, 영린이 얘 내 친구야!"

"그거 영린이 네가 개발한 어록이냐?"

"그건 아니거든."

"그러면 그렇지."

어제 오늘 상영된 독립영화들에 대한 설전이 벌어지다가 급기야 지난해 부산영화제에서 상영된 〈상어〉에까지 거슬러 올라갔다.

"성폭행 당한 광녀의 상처를 물로 씻겨 치유해준다는 설정이 마음에 들더군. 신선한 휴머니즘이었어."

피제왕이 어쭙잖게 떠들어댔다.

"신선한 휴머니즘? 무슨 생선이야, 신선도 운운하게?"

알코올의 위력이 서서히 발휘되면서 내 입에서 B딱한 말들이 휘발되었다.

"하하, 영린아, 상어 생선 맞아."

희수의 넉살이었다.

"그런 뜻이 아니라, 영화 속에서 상어가 썩잖아. 뭐가 신선해!"

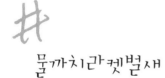

물까치라켓벌새

"그까짓 수돗물로 어떻게 성폭행 당한 여자의 상처를 씻어낼 수 있다고 생각하니?"

"영린아, 그건 물이 치유했다기보다는 씻겨 내리는 행위에 담긴 남자의 진심이 여자의 영혼에 닿았다는 뜻 아니겠어?"

내 말투가 거칠어지는 게 걱정스러웠는지 희수가 제동을 걸었다.

"신데렐라 콤플렉스, 반론을 제기하는 건가? 근거는?"

"너 왜 자꾸 나보고 신데렐라 콤플렉스라고 부르는 거야? 모르는 사람들이 들으면 내가 재벌 삼 세나 만나서 신분상승이나 바라는 인간으로 오해할 거 아냐?"

"아니, 뭐, 신데렐라 콤플렉스라는 별명 따위에 예민하게 굴지?"

"그만해라!"

"음, 이유를 알겠는걸. 신콤, 너 생리중이지?"

"뭐?"

"아까 세미나장에서 네 가방에서 튀어나온 거 말야. 왜 안 받아갔니? 요즘 신데렐라는 구두 대신 그런 걸 흘리나 보지? 쯧쯧, 왕자가 변태가 아니고서야……."

피제왕이 주머니에서 뭔가를 꺼내 내게 내밀었다.

"우리 누난 화이트 쓰던데 넌 산뜻한 느낌 쓰니? 화이트랑 비교했을 때 착용감은 어떤 게 낫니?"

좌중이 웅성거리기 시작했다. 으으, 점잖지 못하게.

"쯧쯧! 넌 늘 그렇게 작위적인 삶을 사니?"

정말 쪽팔려서 견딜 수 없었다.

"빨리 받아!"

한정 없이 상승되는 혈압에 금방이라도 사망에 이를 것 같았다.

"너가 받아. 너 꺼잖아."

나는 마사루를 독촉했다.

"그게 왜 내 꺼야?"

"산뜻한 느낌이랑 브래지어 전부 너 꺼라니까! 아까 너 화장실 가는 바람에……."

"도대체 무슨 소리야? 산뜻한 느낌? 난 '구름처럼'만 쓰거덩. 브라쟈 랑 빤쓰는 또 뭔 얘기야?"

기가 막혔다. 점잖은 형편에 진실을 밝혀내겠다고 악다구니를 쓸 수 도 없었다. 이상하게 흘러가고 있는 화제의 물꼬를 다른 곳으로 돌리는 것만이 내가 살아남을 길로 보였다.

그래, 오백 원이 어디야! 기니아라는 기생충에 감염되어 죽어가는 아프리카 어린이들을 생각해. 오백 원이면 오염된 식수 소독해주는 이십 원짜리 알약을 스물다섯 알이나 살 수 있는 돈이야. 돈 버는 거라고 생각하고 착한 내가 참아야지.

나는 얼른 낱개 포장을 받아 내 청바지 주머니에 쑤셔 넣었다. 그리고 가능한 한 아무렇지도 않은 듯 말했다.

"피제왕, 너 나한테 근거 대보라고 했지? 좋아! 일본영화 〈세탁소〉는 봤겠지? 그 영화에서도 미즈에라는 여자의 상처를 치유해주는 게 물이었거든."

"물? 그랬나?"

"근데 뭐가 신선해? 피제왕, 너가 잘 쓰는 상투적, 그거 아니니? 이번 영화제에 출품된 〈자야 한다〉라는 단편에서도 물이 동원됐더라. 수영장 물속에서 잠든다는 설정 말이야."

"〈자야 한다〉와 〈상어〉는 말하고자 하는 바가 달라서 비교 자체가 안 되는 작품이거든."

"물에 대해서만 논해보자는 말이야. 수돗물이 뭐야? 오염된 강물을 걸러낸 거잖아. 농약 냄새, 소독약 냄새 나는 수돗물에 상흔이 제대로 아물기나 하겠어? 약수나 온천수라면 모를까, 안 그래?"

"계속 해."

"요즘은 쌀도 물로 안 씻어."

"물로 씻지 않으면 그럼 콜라로 씻냐?"

마사루의 어쭙잖은 끼어듦이었다.

"씻어 나온 쌀로 밥을 해먹는 세상이 되었다니까."

"공장에서 씻어 나오나 집에서 씻나 어차피 씻는 거잖아."

"피제왕, 넌 물로 씻어 나온 쌀밖에 생각 못 하겠지?"

"구원에 관한 논쟁의 장에서 웬 쌀 씻는 이야기? 신데렐라 콤플렉스, 너 혹시 박피 같은 거 하고 나이 속이는, 원래는 아줌마 아니니?"

내가 아줌마가 아니라, 곽여사가 '씻어 나온 쌀'로 밥하는 걸 보았을 뿐이다.

"하여간 요즘 여자들은 손 까딱도 안 하려고 들거든. 씻는 과정에 건조과정까지 다 해주면 쌀값이 엄청 비싸지는 거 아냐? 인건비에 물값까지 추가될 테니까."

"물이 아니라 타피오카라는 녹말을 이용하는 공법이라니까. 물에 씻는 것보다 쌀겨가 더 깨끗이 제거되어 밥맛도 좋대. 수돗물 오염이 덜 되니까 어쩌면 더 경제적일 수도 있다는 말이지. 세례 요한 때부터 해왔던 물로 씻는 의식은 더 이상 창의적이지 않아. 그러니까 영화는 식상해지는 거고."

"설득력이 있군. 예술가에게 있어 동어 반복은 죽음이니까."

황감독의 수긍에 힘입어 내친김에 더 질러버렸다.

"〈세탁소〉에서도 〈상어〉에서도 남자가 짠 하고 나타나서 상처받은 여자를 감동시키더라. 더 웃기는 건 피해주는 남자와 상처를 치료해주는 남자를 서로 다른 남자로 설정하는 패턴도 똑같아. 남자들에게는 여자를 구원해야 한다는 강박관념이 있는 건가? 그거 웃기는 남자들만의 판타지 아냐?"

여자. 그렇게 나약한 피조물이 아니다. 자기치유 능력을 가진 인격체다. 물리적인 힘은 남성에 비해 약할지라도 정신적으로는 약하지 않다는 뜻이다. 지금도 어디선가 살고 있고 이미 살고 갔을 무수한 상처받은 여성들이 과연 누군가에 의해 구원받았을까? 현실에서는 어려우니까 영화 속에서라도 구원받게 만들겠다는 의도라면 모르지만.

"신데렐라 콤플렉스만 있는 게 아니라 남성에 대한 피해의식도 있군."

신데렐라 콤플렉스? 단언하건대 그런 거 내게는 없다. 남성에 대한 피해의식? 있을지도 모른다. 왜냐하면 내 핏속에 신석기시대부터 여자로 살아온 유전자가 흐르고 있을 테니까. 인정!

"영린씨, 단편적인 시선으로 영화 전체를 매도해선 안 되는 거 아닐까? 〈상어〉, 좋은 영화거든."

물론이다. 좋은 영화가 아니라고 생각했다면 영화 속 추적추적 흐르던 재즈의 여운이 지금도 내 안에 빗물처럼 흐르고 있을 리 없다. 황감독의 일침에 나는 머쓱해졌다. 피제왕이 신선 운운하며 잘난 척하는 바람에, 상투적이라 평가받은 내 처녀작 시놉시스에 대한 좋지 않은 기억 때문에 욱했을 뿐인데.

"누나, 요즘 집에서 많이 힘들지?"

희수가 나서서 분위기를 바꿨다.

"고모랑 고모부 보통 열 받으신 게 아니라면서."

"왜?"

"이번 출품작도 기천 만원 들어갔다며? 다음 영화 제작비 대달라고 하면 아예 누나 이름 호적에서 파버린다고 하셨다는데."

"이번 영화만 찍고 나면 휴학하고 알바라도 뛰어야지. 무슨 알바를 하나? 원신연 감독처럼 빌딩에서 뛰어내릴 주제도 못 되고. 불륜자가용을 찾아나서든지 해야지 원."

원신연 감독은 스턴트맨 출신으로, 고층빌딩에서 뛰어내려 번 돈으로 필름 사고, 돈 떨어지면 다시 뛰어내려 영화를 찍었다는 뚝심의 사나이, 〈빵과 우유〉의 감독을 말하는 건 알겠는데 불륜자가용은 뭘까? 바퀴 없는 자동차인가, 자기부상열차 같은 신개념의?

"내심 기대했는데 이번에도 개런티 받긴 글렀군."

"독립영화판에 개런티라는 단어도 있었나?"

"희수씨, 영화 출연해요?"

"그렇게 됐어요."

"좋겠다!"

"자퇴를 할까 고민중인데 부모님 때문에 섣불리 저지를 수도 없고."

희수가 전공에 회의를 느끼고 있을 거라고 어렴풋이 느끼기는 했지만 자퇴까지 생각할 줄은 몰랐다.

"어차피 수업일수 모자라서 다닐 수도 없을 거야."

"희수씨, 의대도 그만둘 거예요? 완전 멋있다!"

"애꿎은 나 혼나게 만들지 마라. 외숙모는 내가 너 망쳐놨다고 하실 거 아냐?"

"꽃미남 신인배우 낚아서 고마워해야 되는 거 아냐?"

"싸이에 비포 앤 애프터 사진이나 떠다니지 않게 조심해라."

"떠다니라지. 솔직히 요즘 성형한 게 뭐 대순가."

146

"희수씨 성형했어요?"

"왜요? 하면 안 돼요?"

"그럴 리가요. 늘 똑같은 몸, 똑같은 얼굴인 건 미안한 일이죠."

김기덕 감독의 〈시간〉에서 여주인공 세희가 했던 대사 그대로였다.

"희수, 너 인조인간이었니? 너도 돌려깎기한 거야?"

피제왕이었다.

"인조인간은 무슨, 그렇게 심한 말을!"

"지디피 상향에 일조하셨군. 대한민국 지디피가 가장 높이 올라갈 때가 언젠 줄 알아? 십일월 십육 일, 수능 끝난 다음날. 그날부터 압구정동 일대의 성형외과가 문전성시를 이룬다는 거야."

피제왕이 날개 한 쪽이 몸통에서 분리된 갈매기를 이마에 그리며 이죽거렸다.

"열아홉 살에 쌍꺼풀이 생기고, 스물두 살에 턱이 사라지고, 스물네 살에는 코가 우뚝 솟아나고, 스물여섯 살에 광대가 날아가고. 완전 천지개벽 아니니? 대한민국 여자들만 진화의 벽을 초월하는 신적인 존재인 줄 알았더니 남자인 너까지!"

"이봐 왕재수, 지금 우리 희수씨 성형한 거 가지고 씹는 거야? 지피딘가 뭔가 그런 거 난 관심 없고, 그 뭐시냐, 그 뭐더라, 신체부, 무슨 부몬데……."

지피디가 뭐야 지디피지, 무슨 지현우 피디도 아니고라고 나는 이죽거리지 않았다. 이번만큼은 마사루와 같은 편이니까.

"신체발부 수지부모."

나는 기꺼이 거들었다. 참고로, 지현우 피디는 〈올드미스 다이어리〉에 나오는 주인공 프로듀서 이름이며, 배우의 실명이기도 하다. 거 있잖은 가, 멀대 같이 키 크고 기타 잘 치는 오빠!

"맞아. 그거. 신체부모 발부수지. 그게 미덕인 시대는 갔지. 이젠 누구나 고쳐야 하는 거거든. 안 고친 사람들은 죄다 잡아다 구금시키고 벌금 물리고, 언제까지 고치겠다고 각서 받고 귀가조치시켜야 된다니까. 어이, 피씨방! 내 보기엔 그대도 그렇게 긍정적인 기럭지와 바람직한 세숫대야를 가진 것 같지는 않거든. 기럭지는 어쩔 수 없겠고, 이마에 날아다니는 날개 뿌사진 갈매기나 날려 보내지. 이마 성형 잘하는 병원 알려줘?"

피제왕이 당황스러워하고 있었다. 왱왱왱왱왱!

"세상 사람들이 전부 성형 물살에 휩쓸려 가는데 해야 된다 말아야 한다 이따구 논쟁질하면 뭐 합니까! 돈 없어서 고치지 못한 인간만 불쌍하지. 몇 년 전만 해도 머리에 브릿지하고 노랗게 물들인 거 졸라 욕했다면서요. 하지만 지금은 개나 소나 다 하잖아요. 성형도 마찬가지죠. 우리 외할머니도 쌍꺼풀수술 야매로 해가지구 눈탱이 밤탱이 되어 있더라니깐요. 다 늙어서 웬 쌍꺼풀수술이냐고 그랬더니 대통령 부부 따라했다는 거야. 나 참!"

희수와 황감독은 마사루가 말할 때마다 웃었다.

"계속 고쳐대다가 결국 어디까지 갈 건데? 존재는 없어지고 복제의 복제품이 활개치는 혼란스러운 공간, 그 끝은 어딘데?"

"꼭 그렇게 부정적인 시선으로만 보지 말아줘, 제왕아."

희수가 조심스러운 말투로 입을 열었다.

"솔직히 원본과 달라졌다고 해서 존재가 없어지는 건 아니거든. 재창조된 자아, 보다 역동적이고 자신감 넘치는 자아가 생긴다는 걸 알아줬으면 해."

"난 시뮬라크르 게임 같은 작금의 혼돈을 용납하고 싶지 않아."

"앗 씨, 시뮬레이션은 알겠는데 시뮬라크르는 또 뭐야?"

마사루가 끼어들었다.

"이봐, 피씨방! 자아가 재창조된다잖아, 희수씨가! 본인이 된다는데 뭔 말이 그렇게 많아? 원래 어떤 얼굴이었냐가 그렇게 중요해? 이젠 중요하지 않은 세상이 되었다니까 말귀를 못 알아듣네. 나도 돈 벌면 고칠라고 하는구만. 몽타주야 이만하면 됐고, 가슴 쪽 공사를 해볼까나?"

좌중의 눈길이 마사루의 가슴에 모였다. 나도 마사루를 보았다. 그리고 고개 숙이는 척 내 가슴도 내려다보았다. 둘 다 긍정적인 부피는 아니었다.

"실리콘이 낳으려나, 식염수 주머니가 낳으려나? 자기 궁댕이 지방 빼서 집어넣는 건 금방 삭아서 쭈그러져버린다면서요."

마사루를 보며 웃어대던 황감독이 뜬금없는 말을 던졌다.

"백순정이라고 했던가? 재수 계속할 생각인가?"

"그건 왜 물으시는데요? 앗 씨, 대학은 꼭 가야 된다, 그런 충고하려는 거면 그만두죠. 지겹걸랑요."

"그건 아니고, 영화하고 싶은 생각 없어요?"

"영화요?"

"배우 말이에요."

"지나가는 사람 일, 시체 일레븐, 뭐 그딴 거요?"

"주연."

"주연요? 오디션해서 뽑는 거 아니에요?"

"오디션도 해봤는데 적당한 사람을 못 만나서……. 여자 주인공 맡아줄 배우가 필요한데."

"하면야 좋죠."

무슨 배역인지는 몰라도 나는 안 되는 걸까? 희수와 황감독이 서로 눈짓을 나누다가 철가방을 열었다. 철가방 속에서 꺼낸 카메라를 조립하면서 마사루에게 물었다.

"간단하게 카메라 테스트 좀 해봅시다."

"지금요? 그러죠 뭐. 아, 이놈의 인기는 백만 년이 흘러도 사그러들지 않는다니까. 완전 쌩얼인데 어쩌나! 잠깐만요. 메이크업 좀 하고요."

마사루는 벨트지갑에서 콤팩트와 립글로스를 꺼냈다.

"그럴 필요 없고, 잠깐이면 돼요. 일어서볼래요?"

졸지에 카메라 테스트가 이루어졌고, 카메라에 붙은 모니터에 사람들이 모여들었다.

"오, 순정씨, 카메라 발 잘 받는데요. 어때, 괜찮지?"

희수의 물음에 황감독은 끄덕임으로 대답을 대신했다.

"그럼 제가 여자 주연이에요? 남자 주연은 희수씨고요?"

나는 지금 말로만 듣던 길거리 캐스팅, 아니 삼겹살집 캐스팅이 이루어지는 현장을 직접 보고 있다. 세상 불공평하다. 영화판에서 영화 만드는 사람들 그림자만 밟아봐도 좋겠다고 소원하는 나는 안중에 없고, 마사루 같은 애가 배우가 될 기회를 잡다니! 독립영화가 독립군 활약상을 다룬 영화인 줄로 알고 있던 애가 말이다. 물론 나야 배우가 아닌 감독이 꿈이기는 하지만 그래도……

"영린아, 너 재수 때려치우고 내 매니저해야겠다. 지금 감독 언니가 나랑 계약하자고 하시잖니."

"그런 태도는 곤란한데. 촬영하다 보면 김밥으로 끼니 때우기 일쑤고, 일정에 쫓기면 하루 두 끼밖에 못 먹을 때가 허다할 텐데."

"그냥 기분 업 되어 농담한 거예요. 제가 김밥 무지 좋아하걸랑요. 양도 작은 편이라서 단무지만 먹고도 삼칠 일을 버틴다니까요. 독립투사 마인드로 열심히 해볼라니까 걱정 마세요. 근데 어떤 캐릭턴데요?"

"순정씨 자체 그대로가 캐릭터예요. 아주 딱이에요."

"아하! 여자답고 가냘픈 캐릭터? 아, 근데 모기가 왜 자꾸 나만 무는 거야? 영화배우 백순정, 피부관리 들어가야 되는데."

마사루는 팔에 침을 묻히며 구시렁대다 벨트지갑에서 약을 꺼내 발랐다. 알싸한 모기약 냄새가 주변에 퍼졌다. 황감독은 팔짱을 끼고 그런 마사루를 보고 있었다. 갑자기 마사루가 자기 가방 있는 곳으로 가더니 테니스 라켓 케이스를 들고 돌아왔다. 윌슨이라는 로고가 인쇄된 그럴 싸한 케이스였다.

"누나, 언제 크랭크인해?"

"팀은 꾸려져 있는 상태니까 백순정씨 캐릭터에 맞게 시나리오 수정만 되면 바로 들어가야지. 아이구, 깜짝이야! 이게 무슨 소리지?"

갑자기 타닥 하고 스파크가 일면서 머리카락 타는 냄새가 났다. 마사루가 테니스 라켓을 꺼내 휘두른 것이다. 말릴 새도 없었다. 이 인간이 영화배우 된다고 흥분하더니 별 해괴한 짓을!

"앗싸! 한 방에 두 마리씩이나!"

휘두른 것은 자세히 보니 테니스 라켓이 아니었다. 테니스 라켓을 닮은 모기 잡는 채였다. 테니스 줄처럼 얼기설기한 열선에 전기가 통해서 모기를 태워 죽이는 기구였다. 윌슨 가죽 케이스에서 장난감 같은 모기채가 나오다니!

"제가 좀 예민한 편이라서 모기 한 마리만 있어도 못 견디걸랑요."

"예민해 보이지도 않는데."

피제왕이 태클을 걸었다.

"앗 씨, 예민하다니까!"

테니스 라켓 모양의 모기채를 든 마사루. 물까치라켓벌새를 닮았다는 생각이 들었다. 몸길이의 세 배나 긴 깃털을 평생 달고 다녀서 많은 에너지를 소모한다는 새 말이다. 평생 쉴 틈 없이 곤충을 잡아먹어 에너지를 보충해야 하는 물까치라켓벌새. 마사루가 왜 그렇게 수시로 먹어대는지 알 것 같았다. 그렇게나 눈에 띄고 싶어하는 걸 보면 마사루에게는 배우가 천직이겠다는 생각이 들었다. 그러고 보니 《멋지다! 마사루》의 진짜 마사루도 물까치라켓벌새를 닮았네.

모기 잡는 테니스채는 폭발적인 인기를 누렸다. 모기채에 대한 결정적인 찬사는 황감독의 입에서 흘러나왔다.

"그것 참 신기한 메커니즘인걸. 이리 줘봐. 야외촬영할 때 온갖 벌레들이 조명에 모여들어 애먹는데, 이거 있으면 편하겠는데!"

황감독은 모기채 스위치를 눌러 작동해보기도 했다.

"어, 그거 오천 원밖에 안 하는데."

이렇게 말한 뒤 마사루는 슬그머니 자리를 떴다.

불륜자가용

"영화감독이 되고 싶다고 했던가?"

소주잔을 든 황감독이 내게 물었다.

"도대체 왜 영화를 만들고 싶은 거지?"

"그냥요."

"그냥이라니! 목표가 뚜렷해도 될까 말깐데."

"감독님은 왜 감독이 되셨는데요?"

"나? 난, 초등학교 때 짝이었던 남자애 찾으려고. 내가 유명해지면 그 애가 날 찾아올지도 모르잖아."

"깬다, 누나. 영화가 무슨 아이러브스쿨인가? 무슨 그런 이유로 감독이 될 생각을 해?"

"왜? 낭만적이잖아."

"그렇다면 감독보다는 배우가 되셨어야죠. 감독님도 결국 물까치라켓벌새군요."

"물까치 뭔 벌새?"

"라켓벌새요."

"내가 좀 새처럼 앙증맞긴 하지."

"페루의 우트쿠밤바라는 강 오른쪽 둔치에 산다는 희귀종이거든요."

"내가 좀 희귀종이긴 하지. 어, 난 오른쪽 싫어하는데. 그럼 왼쪽 둔치에는 뭐가 사는데?"

갑작스러운 질문에 당황스러웠다.

"그것까진 모르겠고요. 아무튼 몸길이의 세 배나 긴 파란 부채 모양의 치렁치렁한 깃털을 달고 다닌다네요."

"왜?"

"암컷을 유혹하려는 거죠. 깃털을 들어 올려서 자외선을 반사시키면 부채 같은 깃털이 무지개색으로 반짝거린대요. 빛을 이용한 유혹. 물까치라켓벌새나 영화나 같지 않나요?"

"결국 영화란 두 개의 깃털이란 말이지, 물까치라켓벌새라는 새가 가진? 유전자의 음모라는 소리군. 그럼 영화란, 감독이 자신의 디엔에이를 영화 속에 녹여 놓는 작업으로 해석되는 건가?"

"영혼마저 지배하려고 한다? 솔직히 말 되네."

"뭐가 말이 되나? 나는 뭐든지 화학작용으로 설명하려는 인간들 정떨어져. 사랑도 호르몬 반응이고, 인간의 모든 행동이 정해진 프로그램에 따라 작동된다고 하고. 그럼 예술은 뭐야? 동물적 구애의 몸짓이야? 종족보존 수단인가? 맥 빠져서 어디 영화나 만들겠나!"

결국 그녀도 유혹의 수단으로 영화를 택한 거면서. 초등학교 짝 찾기.

"그런데, 당신 부잣집 딸이야?"

나는 뜬금없어서 그녀를 쳐다보았다.

"영화감독은 말이지, 아무나 하는 게 아니라 말이지, 부르주아들이나 감히 대들 수 있는 직업이라는 말이지."

황감독은 희수가 채워주는 소주잔을 들어 '말이지' 한 번에 한 모금씩 나눠 마신 뒤 빈 잔을 내려놓았다.

"영화감독이 목표인 우리 과 선후배들 말이지, 강의실에서 말이지, 하나 둘씩 사라져가고 있단 말이지."

또 한 잔의 소주가 '말이지' 세 번에 비워졌다.

"왜요?"

"영화 찍다 빚을 져서 말이지, 어느 날 사라졌다가 돌아오지 못한단 말이지. 학생들이 사채 쓰고 카드 돌려막기한다면 누가 믿겠냔 말이지, 명품 때문도 아니고 영화 때문에. 부모한테 손 벌리는 것도 한두 번이지, 자기 엄마 아빠를 빚쟁이로 만든 불효 감독들, 이 바닥에 쫙 깔렸단 말이지."

이번에는 정확하게 네 모금이었다. '손 벌리는 것도 한두 번이지'의 '번이지'에서는 소주를 넘기지 않았다. 정말이지 희한한 기술이었다.

"그렇죠, 누님! 독립영화계의 현실은 시궁창이죠."

조용히 있던 피제왕이 날개 부러진 측은한 갈매기를 날리며 말했다.

"투자자를 잡으면 되잖아요. 시나리오만 괜찮으면."

"투자자? 일개 영화학교 학생이, 듣보잡 감독이 투자자를 잡는단 말이지?"

황감독이 입술을 뒤틀며, 이번에는 말이지 한 번에 소주 한 잔 전부를 털어 넣었다.

"그게 그리 쉬운 일이냔 말이지. 잡았다쳐도 영화가 완성될 때까지 지원받는다는 보장도 없단 말이지. 영린씨 당신, 〈괜찮아, 울지 마〉라는 영화 혹시 본 적 있나 말이지?"

보지 못했다.

"제작사에서 제작비 지원을 중단하는 바람에 우즈벡에서 육 개월이나 잡혀 있었다는 거 아냐. 〈괜찮아, 울지 마〉라고 해놓고 그 감독 지가 울었단 말이지, 찌질하게."

"설마 울었을까, 남잔데?"

"울었다니까."

"누나가 봤어?"

"봤다니까."

"그래? 누나, 민병훈 감독하고 친해?"

"친하다 못해, 밥이다."

"밥? 누나가, 민병훈 감독이?"

"누가 밥이든 그게 중요해? 밥이 중요하지, 일용할 양식, 밥!"

"안 울었을 거야."

아니, 지금 민병훈 감독이 울었나 울지 않았나가 뭐가 중요하단 말인가. 고난의 세월을 겪고도 〈괜찮아, 울지 마〉라는 영화가 완성되었다는 데 의미가 있지.

"울었다니까!"

갑자기 황감독이 소리쳤다.

"울었다고오! 으어어!"

"누나, 지금 울어?"

"아이 씨. 울었다니까, 엉엉, 왜 자꾸 안 울었다고 엉엉, 우기고 그래, 엉엉!"

"누님, 시궁창 같은 독립영화계의 현실에서 안 울고는 못 배기죠. 우세요, 실컷 우시라고요."

조용히 있던 피제왕까지 끼어들어 더 시끄러워졌다.

"누가 울었다고 그래?"

"울었다면서요?"

이번에는 피제왕과 황감독이 울었네 안 울었네 하는 문제로 싸우다가, 또 서로 엉켜 미안하네, 아니 내가 미안하네로 한참동안 실랑이를 벌였다. 나 참, 애들도 아니고……

"누나, 좀 취했다. 그만 마셔라."

"안 취했다니까. 그러니까 나는, 취했다기보다는, 투자자를 잡는 것보다는, 불륜자가용을 들이받는 게 훨씬 빠르다는 말을 하고 싶은 거지."

울음을 그친 황감독이 이번에는 〈칼날 위에 서다〉의 제작과정에서 생긴 비하인드 스토리를 풀어냈다. 크랭크인 며칠 만에 돈이 뚝 떨어졌다고 한다. 제작비가 고갈 나, 고갈 난다는 표현이 어울릴 만큼의 금액도 아니었겠지만, 절망에 빠진 감독은 스탭들과 차를 타고 가다가 교통사고를 냈다. 갓길에 세워 둔 차를 들이받은 것이다. 피투성이로 앰뷸런스로 실려 가면서 감독은 영화고 뭐고 끝장났다고 생각했다고 한다.

인생에도 영화만큼이나 드라마틱한 반전이 존재한다. 보험회사 직원이 병원으로 찾아왔다. 사고를 냈는데도 보험금을 주겠다고 하니 얼마나 기뻤을까! 불륜행각이 들통나지 않기를 바라는 불륜 커플의 차였기 때문이다. 이제야 불륜자가용을 찾아나서고 싶다는 황감독의 말이 이해되었다. 불륜(不輪)이 아니라 불륜(不倫)이었다.

자해공갈단이 된 기분으로 스탭 세 명의 보험금 백오십만 원으로 영화 나머지 부분을 찍었다는 것이다. 의사의 만류에도 불구하고 그날로 병원을 나와서.

"그래서 〈칼날 위에 서다〉에 나오는 주연이 완전 환자같아 보였구나! 아는 선배는 보험 들지 않은 차 빌려서 영화 찍다 사고내서 몇 백만 원 날렸다고 울상이던데, 정병길 감독은 운도 억세게 좋네."

"내 말이. 나한테는 불륜자가용도 안 걸리고, 운도 안 따라줘요."

언제 울었냐는 듯 해맑은 표정으로 떠들어대는 황감독이 우습기도 하고 귀여워 보이기도 해서 나는 혼자 피식 웃었다. 술 취하면 다들 저러는구나.

"누나는 너무 에프엠대로 찍는 거 아냐? 장소 대여료니, 의상비니 뭐니 다 들이고 찍으니까 제작비가 많이 들지. 이번엔 좀 융통성 있게 해봐. 아 뭐, 짜장면 집 씬은 짜장면 시켜 먹고 장소 빌리면 되고 그런 거 아닌가?"

"짜장면 열 그릇 시켜먹고 남의 영업장에서 하루 종일 진치고, 철가방 빌리고, 스쿠터 빌리고, 헬멧 빌리고, 배달의 기수 점퍼 빌리고, 주방장 아저씨에 짜장면 시키신 이모까지 무보수로 보조출연시키고?"

"어차피 온갖 민폐와 회유와 압박과 진상이 묵인되는 바닥이잖아."

"난 그렇게는 못 하지. 그분들도 먹고살려고 하는 건데 영업방해해놓고 어떻게 사례를 안 해? 그건 거지근성이지 영화학도가 할 짓은 아니란 말이지."

"그러니까 누님 말씀은 짜장면 집 현실이 시궁창이라는 건가요, 아니면 짜장면 시키신 이모님 집 현실이 시궁창이라는 건가요? 그걸 명확하게 말씀해, 주셔야겠는……"

"앤 뭐 말끝마다 시궁창이래니? 시궁창 냄새 나게."

피제왕이 갑자기 시궁창에 빠지듯 쓰러지더니 코를 골기 시작했다. 으이구, 시궁창 같은 녀석!

"그렇게 민폐 끼쳐서 만들어내는 영화가 제대로겠냐? 〈게이샤의 추억〉인가 뭔가는 말이지, 이천오백 평이나 되는 엘에이 세트장 하늘을 실크로 덮고 촬영했다는데 말이지, 난 이천오백만 원도 없어서 이렇게 궁상을 떨고 있단 말이지."

"실크로? 왜?"

"교토 특유의 부드러운 햇살인가 뭔가를 만들기 위해서란다."

"완전 헐리우드식 무대뽀 정신이구만."

나는 제작비에 시달리는 독립영화 감독이 안쓰러워 위로한답시고 한마디했다.

"자유로운 상상과 기발한 아이디어만 있다면 적은 예산으로도 좋은 영화를 만들 수 있는 거잖아요."

"기발한 아이디어? 자유로운 상상? 누가 모르냐? 야, 선우희수, 나 잘난 척하는 니 친구 정말 맘에 안 든단 말이지. 소포로 포장해서 안드로메다로 보내버려라."

그녀는 몸을 흔들며 그렇게 말한 뒤 고개를 숙였다. 그리고 한참을 그 자세로 있었다.

"누나 지금 자는 거야. 말이지, 말이지 하는 건 취했다는 뜻이니까 신경쓰지 마, 영린."

"누가 취했어?"

황감독이 고개를 번쩍 들었다.

"나 안 취했다니까. 아까 평하는 거 보니까 제법이던데, 영화감독보다 비평가가 되는 건 어때?"

그녀는 정색하고 내게 물었다.

"비평가요?"

"만드느라 고생하지 말고 만들어 놓은 영화 씹는 일 하면 좋잖아."

좋은 감정이 실린 말로는 들리지 않았다. 그러니까 〈헐리우드 엔딩〉에서 우디 알렌이 날린 대사 "평론가들은 창작계의 기생충이죠."의 의미가 담긴 발언으로 들렸다.

그녀는 다시 졸기 시작했다. 좀처럼 마사루는 돌아오지 않았다. 화장실에는 없었다. 밤공기도 마실 겸 식당 밖으로 나갔다. 빗속의 어둠은 끝도 없이 롱테이크로 펼쳐졌다. 거리에는 안개비에 부서진 네온사인 불빛과 영화에 영혼을 빼앗긴 청춘들이 흔들리고 있었다.

"이영린 어디 갔나 했더니 밖에 나와 있네."

희수였다.

"감독님은?"

"졸아. 술도 약한데다가 요즘 제작비 구하러 다니느라 엄청 스트레스 받거든. 조금 전에 〈괜찮아, 울지 마〉 감독 얘기하다가 울컥한 것도 그래서니까 이해해. 그런데 순정씬 어디 갔어?"

"글쎄, 워낙 돌발행동이 잦은 애라서."

"전화라도 해보지 그래? 참, 너 핸드폰 없지. 빌려줘?"

소용없는 일이다. 번호를 모르기 때문이다.

"전화는 무슨, 돌아오겠지."

"친구가 갑자기 사라져서 나타지 않는데 태평하네."

"친구?"

마사루가 과연 내 친구일까?

"넌 친구가 뭐라고 생각하니?"

"친구? 글쎄. 곽경택 식으로 말한다면, 친할 '친' 자에 옛 '구' 자 써서 '오래 두고 가깝게 사귄 벗'이라고 썼던 기억이 나더라. 억수로 멋있는 말 아이가."

희수는 〈친구〉에서 준석이 한 대사를 읊었다. 마사루는 나를 친구라고 여기고 있음에 틀림없다. 하지만 나는 아니다. 마사루는 곽경택 감독이 말하는 친구와는 어울리는 점이 없기 때문이다. 만난 지가 며칠 되지 않는데 어떻게 '옛 구' 자를 쓸 수 있겠는가. 오히려 〈방과 후 옥상〉의 매순이가 정의한 개념 쪽에 가까웠다.

친구가 뭐 별건가?

쭈쭈바 나눠먹고 외상값 대신 갚고, 그게 친구지.

매순이는 공문고등학교 매점에서 일하는 아가씨로, 시나리오 상에만 존재하는 인물이다. 편집 중에 삭제되었는지 개봉된 영화에서는 등장하지 않았다. 세상 사람들이 각각의 특수한 창구멍을 통해 인생을 바라보듯, 학교 매점에서 군것질거리를 파는 자가 매점 창문을 통해 바라본 친구에 대한 정의인 것이다.

"사실 나도 〈방과 후 옥상〉 시나리오 읽어봤는데, 영화에서 매순이를 빼버린 건 실수라고 봐. 매순이의 쭈쭈바 대사, 기가 막히잖아."

"뭐가 기가 막혀? 쭈쭈바 운운한 거밖에는 기여도가 없잖아."

"기여도 있게 만들면 되지. 솔직히 그런 멋진 대사 날리는 인물을 살려서 종횡무진 활약하게 해야 영화가 사는 거 아니겠어?"

"어떻게 살릴 건데?"

"엔딩 씬에서 매순이를 멋있게 등장시키는 거야, 옥상에. 크레인으로 매점 컨테이너를 옥상 위로 끌어올리고, 컨테이너 문이 열리면서 가죽옷에 가죽 부츠, 가죽 장갑 낀 매순이가 짠 하고 뛰어내리는 거지. 이어서 컨테이너 속에서 쭈쭈바가 마구 쏟아져 나오게 하고."

"쭈쭈바는 뭐하게?"

"쭈쭈바 날려서 악의 무리를 소탕하는 거지."

"코미디 찍냐?"

"코미디라니! 매트릭스 버전으로 카메라 워킹시키고 씨지하면 죽이지."

"매순이 살린다고 영화의 완성도가 높아질까, 과연?"

"어느 정도는."

"쭈쭈바 나눠 먹고 외상값 대신 갚는 게 친구라고? 난 사양하겠어."

나는 마사루를 절대로 친구로 받아들이고 싶지 않았다. 마사루가 져놓은 외상값을 일방적으로 내가 갚기만 할 것 같기 때문이다.

"능력 되면 갚아주기도 하고, 그러는 게 친구지. 시시콜콜 따지면 어떻게 친구가 돼? 영린이 네가 여자라서 그런가?"

"니네 남자들 우정은 그래?"

"그래."

인정할 수 없었다. 친한 사이일수록 예의를 갖추어야 한다. 능력 없으면 외상값을 지지 않으면 되고.

"너와 난?"

"뭘?"

"너랑 나, 친구 사이 맞느냐고?"

"당근 친구지. 당연한 걸 왜 묻냐?"

눈치도 없는 녀석. 마주섰을 때 흔들리는 내 감정으로 보아 단순히 친구로 몰아붙이면 안 될 것 같아서 물어봤는데. 내가 왜 여기 전주까지 왔는지도 모르고.

"참, 어제 본 〈마이 베스트 프렌드〉라는 프랑스 영화 보니까, 퀴즈프로에 나온 친구한테 전화찬스로 정답 알려줘서 거액의 상금을 타게 하더라. 영린이, 너도 내 진정한 베프가 되고 싶으면 일반상식 공부 좀 해

뒤. 내가 전화할지도 모르니까."

"퀴즈프로 나가려고?"

"응, 알바 차원으로."

쳇. 나더러 수능문제집 대신 《졸라맨 도전 IQ퀴즈》, 《짱구, 퀴즈귀신에 빙의되다》, 뭐 이딴 책을 사서 보라고? 수능 퀴즈문제로도 머리에 쥐날 지경인데.

"상금 반띵한다면 고려해보지."

"반띵? 심한데. 그건 그때 가서 네 기여도에 따라 정하기로 하고, 순정씨 번호 말해봐."

"몰라."

"불안한데. 친구 전화번호도 못 외우는 애한테 전화찬스 써도 되나?"

"못 외운 게 아니라 아예 물어보지 않았다니까! 원래 종잡을 수 없는 애니까, 기다려 봐."

"그래?"

뭔가 생각에 잠겼던 희수가 웃었다.

"순정씨, 나름 귀엽지 않냐?"

"취향 한번 독특하군."

"하는 짓이 밉지 않잖아. 솔직히 솔직한 편이고."

솔직한 편이라는 평가를 받는 마사루와 '솔직히'라는 간투사를 붙여야 말이 되는 성형미남 선우희수. 누가 더 솔직한 인간일까?

"폐막식 보고 돌아갈 거지?"

"그렇지, 뭐. 희수 네 생각엔 단편들 중에서 어떤 게 작품상 탈 것 같은데?"

"음, 〈성북항〉도 좋았고, 개인적으로는 〈프랑스 중위의 여자〉가 좋던데."

"〈성북항〉은 좀 낡은 이야기 같지 않았어? 한물간 세태소설 같아서."

"그건 아니지. 지금도 그렇게 어렵게 살아가는 사람들 많아."

"그런가?"

"가슴 뭉클하게 하는 감동이 있었잖아. 주인공이 아버지를 요양원 앞에 버리면서 오열할 땐 영화 보는 나도 울컥하던걸. 소외계층을 바라보는 감독의 시선도 좋았고."

어느새 실비가 그쳤다. 바지 주머니에 두 손을 우겨 넣고 비에 젖은 아스팔트를 하릴없이 비비적댔다.

"희수 너, 영화 찍을 거라고?"

나는 꼭 자퇴를 생각하면서까지 그렇게 영화가 하고 싶은 거냐고 묻고 싶었지만 그만두었다. 그건 내게 학원을 뛰쳐나오면서까지 영화제에 오고 싶었느냐고 묻지 않는 희수에 대한 예의였다.

"그날 신촌 아트레온에서 많이 기다렸는데."

"신촌? 무슨 아트레온?"

나는 짐짓 딴청을 부렸다.

"아, 그때! 미안하다. 깜빡했다."

"깜빡 잊었다니? 솔직히 영화표까지 구해놓고 기다렸는데!"

"표까지? 왜 그랬어? 못 갈지도 모른다고 했잖아."

"그래도 올 줄 알았지."

발을 바꿔 신발 바닥으로 아스팔트만 계속 문질렀다.

"어쩌면 이번 겨울에 너랑 같이 영화과 시험 볼지도 모르겠다."

"후회 않겠어?"

"할 수도 있지. 하지만 지금은 그래."

영화가 뭐기에 대한민국 학생들과 학부모들의 선망의 대상인 의대를 자퇴하려는 건지? 이 낯선 도시의 거리에서 방황하는 영혼들은 또 왜? 나는 또 왜 여기 이렇게? 한 떼의 젊은이들이 어깨동무하고 발악에 가까운 노래를 부르고 지나갔다. 아~무런 말없이 어디로 가는가~ 함께 있지만 외로운 사람들~.

어둠 속에서 마사루가 커다란 비닐 봉투를 들고 나타났다.

"순정씨, 어디 갔다 왔어요? 걱정했잖아요."

"희수씨가 내 걱정했어요? 조낸 감동이네!"

"이게 뭐예요? 제법 무겁네."

희수가 비닐봉투를 잡아당겨 들자 마사루는 또 희수의 팔짱을 끼었다. 둘은 다정하게 삼겹살집으로 들어갔다. 뭐야, 쟤네들!

스푼의 비애

비닐 봉투에서 나온 건 테니스 라켓을 가장한 모기채 열 개였다.

"제가 영화배우로 캐스팅된 건 아시죠? 그 기념으로다 여러분들한테 주려고 사왔거덩요. 전주 시내 전파상을 택시 타고 완전 뒤지고 다녔다니깐요."

"야, 득템(得tem)이다! 이거 진짜 좋은데. 오우, 마데 인 치나네!"

나를 접수하겠다던 남학생이었다.

"잠깐! 세상에 공짜가 어디 있나요, 개인기 하나씩 보여주고 가져가요."

그 말에 너도나도 전도연의 '오빠!' 성대모사부터 에스지워너비 멤버 김진호의 소몰이 창법 흉내까지 개인기를 보이느라 난리도 아니었다.

"안 받고 말겠어. 엠티 가서도 개인기, 술 먹다가도 개인기. 대체 언젯적부터 우리나라가 개인기 공화국이 되었지?"

쓰러져 자던 피제왕이 깨어나 트집을 잡았다. 괜히 개인기를 한 사람들만 민망해지는 순간이었다. 피제왕 덕분에 나는 없는 개인기를 짜내지 않아도 되어 다행이었다.

"하여간 초를 쳐요, 초를 쳐!"

"콘서트 가서 전자 빔 대신 휘두르면 좋겠는데! 야외콘서트 갔다 오면 모기 물린 상처 장난 아니거든. 내일 저녁에 야외공연 있던데, 당장 써먹어야겠어. 고마워요, 순정씨."

어색해진 분위기를 수습한 건 희수였다. 호전된 외관 때문에 더 긍정적이 된 건지, 아무튼 자칫 무시당할 수 있는 마사루나 나를 배려하느라 애쓰는 눈치였다. 역동적이고 자신감 넘치는 자아가 재창조된다는 그의 주장이 맞는 것 같았다. 특히 마사루에게 관대해 보였다. 마사루가 황당한 짓을 할 때에도 사랑스러워 죽겠다는 표정으로 웃어댔다. 예상하지 못한 횡재에 흥분한 대학생들은 개인기로 얻어낸 득템들을 가져가서 작동시켜 보고 사진을 찍느라 여념이 없었다.

비는 그친 뒤였고, 열린 유리문으로 날벌레들은 끊임없이 날아들었다. 모기나 나방이 걸려들 때마다 타닥타닥 스파크가 일었고 이어서 머리카락 타는 냄새, 정확하게는 각종 미네랄을 함유한 인간의 혈액을 흡혈한 모기 타는 냄새가 났다. 전자 모기채 열한 개가 추켜오른 삼겹살집 허공은 불꽃놀이를 방불케 했고, 사람들은 핸드폰 카메라를 눌러댔다. 술 취한 우리는 퍼포먼스를 펼치는 아티스트 같기도 했고, 사이비교단의 광신도 집단 같기도 했고, 열한 마리의 물까치라켓벌새들 같기도 했다. 모기채를 휘두르는 대학생들을 보며 생각했다. 대학생이라는 종족도 때로는 유치하구나.

"부잣집 딸이 바로 여기 있었군! 이런 거 살 돈 있으면 영화에 투자 좀 하고 그러지."

깨어난 황감독이 말했다.

"제가 돈 많이 벌면 투자할게요. 저기요!"

갑자기 마사루가 일어나 일행의 시선을 모았다.

"제가 영화배우 된 거 축하하는 의미에서 마이 베프가 이차를 쏘겠다고 하네요."

환호가 터졌다. 베프? 베스트 프랜드가 희수는 아니겠고, 나야?

"야, 너!"

모두 자리에서 일어나는 분위기였다. 연두색, 주황색, 빨간색, 유치찬란한 플라스틱 프레임의 테니스채를 하나씩 들고서. 건강식품 판매하는 피라미드업체에 따라갔다가 쥐약으로 받은 프라이팬을 들고 귀가하려는데, 생각하지 못한 향응대접까지 받게 된 노파의 표정이랄까. 대학생들인데 말이다.

"여러분, 잠깐만요!"

마사루가 몰려나가는 물까치라켓벌새 수컷들을 불러 세웠다.

"자, 다들 제 옆으로 테니스채 치켜들고 서세요. 기증했으니 기록을 남겨야죠. 국회의원들이 시설에 가서 라면박스 쌓아 놓고 기념촬영하는 거 못 봤어요?"

별 거지 같은 걸 다 흉내 내는 꼴을 못마땅해하고 서 있는데, 기념촬영을 마친 불우이웃 중 누군가가 다가와 내게 말했다.

"친구에게 좋은 일 생겼다고 한턱 쏘신다니, 우정이 돈독하시네요."

이런 공치사 외에 나는 이런 빈정거림도 들을 수 있었다.

"쟤네들 재수생이라며? 오바하는 거 아냐?"

"그러게. 공부는 아예 포기했나보지?"

물론 다소 우호적인 말도 들려오기는 했다.

"영화 전공할 거라잖아? 영화 보는 게 쟤네들한테는 공부지 뭐."

피제왕의 한심해하는 눈총을 피하며 나는 마사루에게 따졌다.

"한턱 쏘고 싶으면 네가 쏘면 되잖아, 왜 나보고 돈을 내래?"

"난 이제 완전 개털이라니까. 테니스채 사느라 마지막 있는 돈 다 쏟아 부었다니까."

"그러니까 그걸 왜 사?"

"걔네들 그거 보고 신기해하는 거 너도 봤잖아. 비싸지도 않은데 하나씩 사주면 젊은 날의 추억도 되고 좋잖아."

"젊은 날의 추억? 그걸 꼭 왜 네가 만들어주어야 하냐니까?"

"아, 새끼. 꼭 따지냐? 개당 오천 원밖에 안 한다니까!"

"오천 원밖에라니? 오천 원이면 이라크 어린이 열다섯 명이 하루 동안 마실 식수 이 리터를 제공할 수 있는 돈이야!"

"우리나라 대학생들 감동시켜서 정서 함양하고, 뇌염모기 박멸해서 전염병으로부터 해방시키는 일이 이라크 아그들한테 식수 제공하는 것보다 보람차지 않은 일이라고 누가 그래?"

"이라크 아이들 생명이 달린 일이라니까!"

"아, 이 새끼는 무슨 구호단체 같은 데서 재수학원에 위장잠입시킨 요

원이야 뭐야? 뻑하면 중동난민 들먹이면서 사람 기죽인다니까!"

"구호단체가 무슨 운동권이냐, 위장잠입 같은 걸 시키게?"

"이영린 너, 기부나 제대로 하면서 이라크 어린이 들먹이는 거냐?"

정곡이 찔렸다. 한때 선물로 준다는 퍼즐에 눈이 어두워 유니세프에 가입했다. 퍼즐을 받고나서는 기부금 내는 게 아까웠다. 정기적으로 오는 고지서를 찢어버리면서 양심의 가책을 느껴오던 터였다.

"내가 바로 난민이고 불우이웃이야. 영린이 너, 남의 나라 사람 신경 끄고 옆에 있는 친구나 불쌍히 여기라니까. 친구야, 가자."

마사루가 내게 팔을 올려 어깨동무를 하고는 나를 잡아끌었다.

"제삼세계 어린이들의 생명이 걸린 문제라니까!"

기부를 호소하는 구호단체 장이라도 된 것처럼 나는 울컥하는 마음으로 소리쳤다.

"알았어, 알았어. 근데 아프리카 아그들 걱정은 내일하고, 우선 니 친구부터 살려라. 오케바리?"

"그럼 이제 너 진짜로 돈 하나도 없단 말이야?"

나는 마사루의 완력에 끌려가면서 물었다.

"그렇다니까. 그동안 내가 많이 냈잖아. 지금부터 네 신세 좀 지자."

"저 사람들이 맥주 마시고 안주까지 시키면, 야, 내가 어떻게 다 내?"

"얌마, 걱정하지 마. 내가 영화배우로 성공하면 다 갚아준다니까."

"아이 씨, 일단 십만 원도 넘을 텐데, 십만 원이면……."

"너 또 아프간이나 짐바브웨 들먹이면 죽는다!"

왜 아니겠는가. 십이만 원이면 시에라리온의 한 가족 한 달 최소생계

비를 지원할 수 있는 돈인데.

"됐다니까. 내가 너의 스폰서냐 뭐냐!"

"스폰, 서? 그게 뭔데?"

스폰서도 모르다니!

"아하, 〈비열한 거리〉에서 깍두기들한테 돈 대주는 스폰? 스폰서라고 하니까 못 알아들었잖아. 좋다, 니가 내 스폰해라."

"스폰서도 뭔가 이익이 있어야 하는 거지, 무작정 투자만 하냐? 너, 〈비열한 거리〉에서 스폰들 비열하게 구는 거 못 봤어?"

"아, 개런티 받으면 다 갚는다니까. 인간성 저렴한 거 표 낼래?"

일행은 벌써 삼겹살집을 나가 건너편 호프집으로 들어가고 있었다. 시답지 않은 인간이 되기는 싫고, 어쩔 수 없이 따라가야 했다. 마사루가 내 수중에 여행경비가 제법 있다는 걸 알고 저러는 것 같았다.

"야, 마이 스폰, 들어가기 전에 삼천 원만."

"왜 또?"

"담배가 떨어졌걸랑."

# #

흡혈소녀 백순정

"큰일 났다! 우리 할머니 수술했대!"

마사루는 당장 대전으로 가야 한다고 설쳤다.

"폐막식까지 보기로 했잖아?"

"너는 개념을 가출시켰냐? 지금 우리 할머니가 입원했다니까! 간병할
사람이 없어서 가야 돼. 앗싸 가오리! 병원에서 자보는 게 소원이었는
데. 넌 그런 적 없냐?"

소원까지는 아니었지만 해보고 싶은 거였기는 했다. 철없던 시절에.

"같이 가자."

"내가 왜?"

아직 보아야 할 영화도 많이 남았고, 폐막식에도 참석하고 싶었다.

"희수는?"

"희수씬 오늘은 여기서 영화 보고 내일 부산 간다는 것 같던데."

나는 머뭇거렸다.

"오늘 갔다가 낼 아침 일찍 오면 되잖아. 전주에서 대전까지 한 시간밖에 걸리지 않아."

"싫어."

며칠 동안 함께하던 애가 곤란한 일을 당했다는데 혼자 보내는 마음이 편할 리는 없다. 가볼까? 내일 아침 일찍 돌아와 영화를 볼 수만 있다면 가도 될 것 같았다. 그때까지는 마사루의 차비까지 내야 한다는 걸 미처 생각해내지 못하고, 숙박비가 들지 않는다는 점만 좋아 보였다.

"의리 없기는. 폐막식만 보고 집으로 곧장 가면 니네 부모한테 반 죽어. 내 주변에 가출 밥 먹듯이 하는 애들 많잖냐. 일주일도 안 돼서 투항해봐라, 바로 싸닥션이지. 한 달은 흘러줘야, 아이고 우리 딸 살아서 돌아왔구나, 대접받는 거야. 컴백 홈도 타이밍이야."

터미널에서 마사루는 당당하게 버스표를 사라고 요구했다. 어제는 맥줏값을 옴팍 씌우더니 이제는 차비까지!

"아예 내 피를 말릴 작정이냐?"

모기채를 들고 나타났을 때 살펴봤어야 했다. 〈흡혈형사 나도열〉처럼 송곳니는 없는지, 이 인간의 피가 녹색은 아닌지. 드라큘라의 목덜미를 물어뜯고 난 뒤, 디에이치엘 항공기를 타고 트란실바니아에서 날아왔다는 흡혈모기. 그 살벌한 모기에게 물리지 않고서야 어떻게 나를 이렇게까지 괴롭히느냔 말이다. 모기채를 빼앗아 백순정 박멸에 나서야 할 판이었다.

늘어버린 마사루의 쇼핑백까지 들고서 대전행 고속버스를 탔다. 과포화 상태인 그녀의 짐이 하나씩 내 손에 들려지기 시작한 것이다.

어제는 난생처음으로 모주와 맥주로, 시간차는 있었지만 짬뽕이란 걸했다. 식상한 드라마에서라면 나는 왝왝거리며 토하는 역의 주인공이되었을 테지만, 약간 미식거리고 머리가 좀 아픈 것 빼고는 현실에서의나는 멀쩡했다. 이 현상을 어른들은 골 때린다고 하는가 보다.

내게 주류섭취 요령까지 습득시켜야 한다며 끌탕하던 마사루가 오히려 왝왝거렸다. 고속버스 천장에는 까만 비닐봉투가 매달려 있었다. 마사루는 그 봉투를 그곳에 매달아 둔 사람이 기대하는 용도에 걸맞게 사용했다. 이럴 때 이런 비닐봉투를 개발한 사람의 혜안에 무한한 찬사를보내고 싶어진다. 물건 담을 때는 손잡이로 쓰이는 두 개의 고리가 마사루 귓바퀴의 귀고리로 변한 것이다. 덕분에 내게 투척되었을지도 모르는 토사물의 분규는 봉투 내적으로 진압되었다. 비닐봉투의 색깔은 마사루가 어젯밤부터 새벽녘까지 섭취한 내용물의 내용을 은닉하여 승객들을 불쾌하지 않게 하는 데 기여했다. 문제는 그 까만색의 내적 분규를내가 들고 내렸다는 데 있었다. 그 까만색 분규는 앞으로 병원에서 내가겪게 될 오물처리 전담 생활을 예견해주는 신호탄이 되기도 했다.

저녁때쯤 대전에 있는 병원에 도착했다.

"오늘 한 끼도 먹지 않은데다 다 토해서 속이 쓰려 죽갔다. 샌드위치나 사먹을까?"

일 층 편의점 앞에서 마사루가 말했다. 나는 들은 척도 하지 않고 엘리베이터로 향했다.

"일단 샌드위치 사 가지고 올라가자니까. 스폰 뭐해?"

사실 나도 배가 고파 요기라도 해야 할 것 같기는 했다. 편의점으로 들어갔다. 샌드위치와 우유 값 지불도 물론 내 몫이었다. 끄륵끄륵, 뱃속에서 분노의 입자들이 들끓었다.

정형외과 병동 오 층, 육인용 병실로 들어갔다. 마사루는 병실 문 오른쪽 가운데 침대에 멈추어 섰다.

"할머니, 워떻게 된 일이여?"

워낙 산만한 탓에 살 붙을 틈 없는 마사루와는 다르게 할머니의 덩치는 산(山)만했다. "쌍꺼풀 수술로 눈탱이가 밤탱이 되었더라."는 마사루의 말이 생각나 크윽 웃음이 나왔다. 아닌 게 아니라 할머니가 두껍게 꿰매진 눈꺼풀을 껌뻑일 때마다 두꺼비, 송장개구리, 무당개구리, 황소개구리 같은 덩치 큰 양서류가 시리즈로 연상되었다.

"너, 이느무 지지배. 짐만 떠억허니 붙여 놓고 워디 자빠졌다가 이끔 기어오는겨?"

"이이, 할머니. 내 짐이 지대루 도착혔능감만."

할머니와 대화하면서 마사루의 말씨에 사투리가 섞여 들어갔다. 아무튼 모드 전환이 빠른, 편리한 시스템의 그녀였다.

"그년이 쫓아내든감?"

"쫓아냈다기보덤 내 발루 걸어 나왔다구 허야지. 그 집두 파산 직전여. 소라 학원두 그만두구, 새엄마는 파산신청이라는 거 했댜. 새엄마는 일허구 있는 식당 쪽방으루, 소라는 고시원으루 들어간댜."

소라? 최소라?

"허이구, 그녀러 웬수가 느이 아부지헌티 물려받은 그 많던 재산 다

날리구 너까정 길바닥으루 내몰어?"

그럼 사탐만이등급이 이복자매였다는 말이네? 전주로 가는 기차 속에서 남 이야기하듯 홀린 말이 진짜 마사루의 가정사였나 보다.

"그 여자 욕허지 말어. 그리두 나 애기 때부텀 키워주구, 자기가 낳은 소라허구 차별두 안 두구 키웠잖여. 나헌티만 핸드폰 사줬다니께. 내가 빠악빡 때 써서 그런 거긴 허지만서두. 지금두 소라는 핸드폰두 읎어."

중괄호턱에게 핸드폰을 빼앗기고 난 뒤 나는 핸드폰도 없는 애에게 핸드폰을 빌려 달라고 했던 것이다. 그런 줄도 모르고 나는 인간성 운운 하면서 사탐만이등급을 째려봤다. 그때 사탐만이등급이 얼마나 가슴 아팠을지, 내가 핸드폰이 없어지고 보니까 그 마음을 알겠다.

"그리두 네 몫으루 얼마라두 냉겨 놨으야 하는 거 아녀. 목동 삘딩에 화곡동 삘딩에, 당최 삘딩이 몇 채였는디 그걸 다 날려삔지구 말여."

"할머니가 말했잖여. 죽은 아들늠 부랄 만지는 거라구."

"당최 인절미 멕여놓구 숨 멕혀 죽게 만드는 게 말이 되느냔 말여. 작정허구 멕인 거 아녀?"

"그렇기 독헌 여자믄 나를 지금까정 델꾸 있지두 않었지. 안 그려?"

할머니는 얼굴을 씰룩거리기는 했지만, 새엄마에 대한 마사루의 생각을 부정하지는 않았다.

"학원은 워쩌구?"

"할머니가 수술했는디 학원이 문젠감? 그나저나 워찌케 허다 다쳤남?"

"아이고오. 아퍼 죽겄네. 넌 햄미 수술허다 죽어삔지면 장례식장에나 나타날라구 헌 겨?"

"허이구, 할머니가 죽긴 왜 죽는댜. 골반 뼈 부서졌다구 죽으믄 이 시상 사람덜 하나뚜 안 남겄네?"

"노인 목심은 원제 워떻게 될지 몰르는 겨. 아이구, 방치 아퍼 죽겄네."

"으잉, 미안혀. 놀러 다닌 건 아녀. 취직자리 좀 알아보느라고 여그저그 뛰어다니다 보니께 그렇게 되았다니께."

"뭔 취직자리?"

"이이, 영화배우."

"이느무 지지배. 대핵교 가라구 뒷바라지허다 헬미 이렇게 된 것두 모르구 무신 구신 씻나락 까 처먹는 소릴 허구 자빠졌댜?"

"왜 어뗘서? 할머니는 내가 영화배우 되는 거 싫은감?"

"눈깔덜이 삐었나, 워떤 늠이 널 영화배우 시켜준단 말여?"

"내 얼굴이 좀 먹어주는 얼굴이잖어."

"허긴 그려. 사기당허는 거 아녀?"

"사기 당헐 돈이나 있간디! 그나저나 넘어진 겨?"

"주방이서 미끄러졌다니께."

"그럼 식당이서는 짤렸겄네?"

"이 지지배가 시방! 그게 문제여?"

"이잉, 농담여 농담. 수술은 잘 된 겨?"

"그걸 내가 워떻게 알어? 의사덜이나 알지."

"의사 선생님이 잘 됐다고 안 허든감? 드라마에서 보믄 말해주던디?"

"그놈덜은 지덜이 헌 일이니께 무조건 잘 되았다고 허지."

"하긴 그려. 근디 외삼촌은 워디 있댜?"

"느이 외삼촌은 수술헐 동안허구, 그제허구 어젯밤만 새구 갔다니께에. 외숙모란 년이 도망가번져서 어린 것덜만 집에 있잖여. 보호자두 없구 간병인두 없다구 헬미 월마나 구박했는 줄 알기나 허담?"

"그러니께 내가 왔잖으어. 이젠 그런 걱정은 허덜덜 말라니께."

"근디 야는 누구여?"

"이잉, 학원 친군디, 애가 좀 멋대가리가 읎는 편이여. 우리 외할머니야, 인사해."

내게로 고개를 돌리자 마사루의 말씨는 금방 표준어로 전환되었다. 할머니는 내가 고개를 꾸벅 숙이자 마뜩잖은 표정으로 나를 탐색하기 시작했다.

"으, 근데 이게 무슨 냄새랴?"

"이잉, 아까 오줌 싼 건디, 갔다 버려어."

"웃, 드러어!"

"이녀러 지지배줌 보게! 이 헬미가 똥오줌 기저구 빨아서 키워놨드니. 이 화상 면상 보니께 통증이 더 심해지누먼그려."

마사루는 할머니가 사용하고 둔 소변기를 내게 내밀었다.

"갔다 버릴래?"

자기 할머니 오물을 왜 나더러 가져다 버리라는 건가?

"아이구, 무서버. 잘 하면 한 대 치겠다."

내가 인상을 쓰자 마사루는 변기를 병실 밖으로 가지고 나갔다.

"오줌 버리구, 쑤세미에다 비누질혀서 깨깟이 씻어 와. 버캐 안 끼 게!"

할머니는 병실 밖에다 대고 소리쳤다.

"봉다리에 있는 건 뭐여?"

할머니는 내가 들고 있는 비닐 봉투에 관심을 가졌다.

"새앤드위치? 요즘 것덜은 말여. 밥은 안 먹구 노냥 쓸 따리 없는 군 입질만 할려구 든단 말여. 워디서 산 겨?"

"요 아래 편의점에서……."

"우덜은 편의점이서 산 샌드위치는 안 먹어."

"예?"

"첨가물 잔뜩일 거 아녀?"

누가 드시라고 했냐고요.

"편의점에서 파는 음석은 비위생적인디. 날짜 지난 거 아녀?"

"네? 아, 오늘 만든 건데요."

나는 얼른 비닐봉투에서 샌드위치를 꺼내 유통기한을 살폈다.

"내가 이래뵈두 예민한 여자여. 쬐에끔만 날짜 지난 거 먹으면 그냥 탈나번진다니께. 월마짜린디?"

"삼천육백 원이요."

"삼천육백 위언! 할인마트서 쇠괴기라면 일곱 개를 사구두 이백팔십 원 거슬러 받을 수 있는 거금인디. 뭐어어 들어간 거랴?"

"네?"

"귓구녕이 맥혔나? 배창시가 아퍼서 말하기두 대간헌디. 무신 샌드위치난 말여?"

"아, 네! 참치 샌드위친데요."

"개갈 안 나누먼 그려! 바꿔 와."

뭘 바꿔 오라는지 알 수 없었다.

"치즈 들어간 걸루 바꿔 오란 말여!"

"왜요?"

마사루는 왜 들어오지 않는 거지?

"골다공증 환자한티는 칼슘 공급이 우선인디 참치가 뭐여, 참치가! 바꿔 와."

치즈 샌드위치는 없었다. 참치 샌드위치를 그냥 가지고 병실로 올라갔다.

"머리는 악세사리로 붙이고 다니남?"

"네?"

"창의성을 발휘혀야지! 치즈를 별도루 첨부혀서 넣으믄 치이즈 샌드위치가 될 거 아녀?"

치즈가 뭐 첨부파일인가. 치즈값을 주면서 사오라고 하던가. 마사루가 누구 때문에 의타심이 팽배해졌는지 알 것 같았다. 그때 마사루가 변기를 들고 들어왔다. 그녀는 두말없이 치즈를 사러 갔다. 물주인 나를 데리고 가는 것도 잊지 않았다. 이제 더 이상 중동난민 구호 따위를 들먹일 힘조차 없었다. 슬라이스 치즈를 사 가지고 올라온 마사루는 참치 샌드위치 사이에 대각선으로 접은 치즈를 넣어 할머니께 드렸다. 그리고 물병을 들고 밖으로 나갔다.

"가만히 서 있지만 말구 틀니 좀 가져와."

나는 얼결에 침대 머릿장 위의 틀니 컵을 들어 올렸다. 틀니를 이렇게 가까이에서 보는 건 처음이었다.

"쒀야 먹을 거 아녀."

나더러 직접 공포영화 소품 같은 틀니를 물에서 건져내라는 뜻인 것 같았다. 〈세탁소〉의 이미지 스토리에는 이런 장면이 있다.

내가 무슨 잘못을 하면 할머니는 나한테 그 틀니를 꺼내 보여줘요.

그러면 나는 언제나 울면서 잘못했다고 빌거든요.

왜냐하면, 징그럽잖아요.

나도 마사루의 할머니에게 잘못했다고 빌고 싶어졌다. 왜냐하면 징그러우니까. 영화에서는 이미지 스토리 속 그 장면은 없다. 아마도 씬을 찍었다가 편집 과정에서 삭제했을 것이다. 틀니를 마주한 내 현실이 영화였다면 나는 과감하게 편집했을 것이다. 아니, 마사루를 따라 여기까지 오게 된 이날을 삭제했을 것이다.

내가 고춧가루 떠다니는 컵 속에 손을 넣으려 하지 않자 못마땅의 표정의 할머니는 스스로 틀니를 꺼내 끼웠다.

"할머니, 칼슘 많은 우유도 드세요."

틀니를 내 손으로 만지지 않아도 되는 데 안도하며 우유팩을 뜯어 할머니 손에 쥐어 드렸다.

"쪼꼬우유나 빠나나우유가 맛난디. 흐연 우유는 중놈덜 마빡 씻은 물처럼 닝닝하단 말이지."

"초코우유는 초콜릿에다 설탕도 많이 들어서 몸에 해롭잖아요. 바나나우유도 색소 들었어요."

"죠꼬렛에 암예방 성분 들어 있는 거 모르남? 빠나나는 애시당초부텀 흐옇다. 그런 광고두 몰러? 색소 안 능은 빠나나우유 나온 지가 은젠디."

할머니는 "당췌 입맛이 읎어."라고 앓는 소리를 내면서 치즈 토핑 참치 샌드위치를 마사루의 몫까지 다 먹어치웠다.

"이름이 뭐여?"

"이영린이요."

"역린? 뭐 그따우로 지었댜?"

"네?"

"역린이라믄 그 용 모가지에 거꾸로 달렸다는 비늘 아녀?"

"용 비늘요? 원래는 꽃부리 영에 기린 린인데."

"하늘루 승천하는 용 자체가 되어야지. 쓸 따리 없는 역린이 되서 위쩌자는 겨? 너, 성격두 지랄 맞지? 안 봐두 비주얼이여."

아니 뭐, 이런 도롱뇽 피부 점액의 척척함 같은 할머니가 다 있나!

"인디안덜은 태어날 띠부텀 이름을 짓지 않는다더먼그려. 열네 살쯤에 이름 받는 의식을 치르는디, 그 애의 성격을 고려히서 짓는다는 거여."

할머니는 샌드위치 한입에 우유 한 모금 빨아먹기를 반복했다.

"예를 들작시면, 행동이 느려터진 늠한테는 '느린거북'이라는 이름을 붙이구, 비만 오면 냅다 소리질르구 달리는 눔한티는 '빗속을달려'라구 허구, 허구한 날 엄지손꾸락으루 콧구녕 후비는 눔한티는 '왕대박콧구녕'이라구 붙인다는 거여. 그러니께 우리나라두 첨부터 이름을 지을 게 아니다 이 말여. 역린이라구 지어 노니께 성격이 이름 따라가잖여."

"견제세력도 필요하잖아요?"

"역모를 하는 인물이라니께. 하극상 몰러?"

"정치 같은 거 할 맘 없으니까 상관없어요."

"저 봐, 꺼칠헌 거! 이름은 그 사람 고유헌 영혼을 나타내는 거여. 우리 순쟁이 봐. 이름 그대루 맑구 깨끗하잖어. 정은 또 월마나 많은지."

사람들은 긍정적인 사고방식을 가져야 한다고 말들 한다. 다수의 의견에 반대의견을 내놓을 때, 왜 그렇게 꼬였냐고 비아냥댄다. 긍정적인 사고방식의 사람들은 이렇게 B딱한 사람들을 부정적으로 바라본다. 모순 아닌가? 진정 긍정적인 사람이라면 삐딱한 사람마저도 긍정적인 눈으로 바라봐주어야 하는 거 아니냔 말이다. 아니, 긍정적인 사고방식이 강력하기로서니 조각 나부랭이가 아름다운 여자가 되고, 그 조각인간과 피그말리온이라는 사내가 결혼을 했다니, 말이 되는가?

인디언 블랙푸트족은 사월을 '생의 기쁨을 느끼게 하는 달'이라고 부른다고 한다. 하지만 사월을 '잔인한 달'이라고 부른 시인도 있다. 긍정적인 게 모두 옳다면 왜 '잔인한 달'을 읊으며 사람들은 감동하는가?

영화감독들만큼 긍정적이지 못한 사고방식을 가진 집단도 없다. 〈올드보이〉를 만든 박찬욱 감독의 좌우명이자 가훈이 '아니면 말고!'라고 하는 걸 봐서도 그렇다. 박감독은 이렇게 말한다.

"사람 힘으로 안 되는 일에 매달려 속 썩지 말자는 뜻이죠. 책이나 티브이를 보면 뭐든지 사람의 힘으로 다 해낼 수 있을 것처럼 말하지만, 사실은 그게 아니잖아요. 안 되는 걸 이룩해야 한다고 하는 것은 아주 어리석은 일이죠. 안 될 건 빨리 포기하고 다른 길을 찾아야 하죠."

이 시대의 영화감독들은 사람들에게 삶의 이정표 같은 것까지 제시해주느라 눈코 뜰 새 없다. 철학자, 종교지도자들의 역할을 이제는 영화감독이 수행하고 있다. 대한민국 최고 영화감독의 충고도 할머니에게 먹히지 않는다면 할 수 없다. 무라카미 하루키의 《도쿄기담집》이라도 들먹일 수밖에. 오랜 연륜에도 관대함을 체득하지 못한 할머니에게 이 부분을 낭독해주고 싶다. 알아듣거나 말거나.

그녀는 이제부터 다시금 그 이름과 함께 생활해나가게 될 것이다.

모든 일은 잘 풀려나갈지도 모르고, 그렇지 않을지도 모른다.

그러나 어쨌든 그것은 다름아닌 그녀의 이름이고,

그밖에 다른 이름은 없다.

얼마짜린디 할머니

병실을 나왔다. 창가에 놓인 소파로 가서 앉았다. 허기가 졌다. 다시 샌드위치와 우유를 사 가지고 돌아왔다. 마사루는 당연하다는 듯 넙죽 받아 먹어치웠다. 핸드폰이 울렸다.

"엄마? 왜?"

마사루의 새엄마며 사탐만이등급의 친엄마에게서 걸려 온 전화였다.

"수술? 잘 됐지. 이 주 입원하고 퇴원해서 동네 병원으로 다니면 된데. 소라, 고시원 들어갔어? 소라 의대만 들어가면 내가 등록금은 마련해볼 테니까, 엄마는 걱정하지 말고 있어."

제 주제도 추스르지 못하면서 사탐만이등급의 등록금을 어떻게 마련하겠다는 건지 그것도 육년제 의대 등록금을. 전주에 가기 위해 신도림역에서 마사루를 만났을 때 집을 완전히 나왔느냐고 물었을 때의 기억이 났다. 그때 마사루는, 완전 나왔지 아니면 몸 반쪽을 놔두고 나왔겠느냐고 했다. 농담처럼 말했지만 진담이었다. 이삿짐을 대전 할머니 집에 부치고, 아끼는 만화책들만 가방에 넣어 가지고 왔던 것이다.

"울지 마. 미안하긴 뭘 미안해? 엄마가 일부러 그런 것도 아니잖아. 아참, 나 영화배우 됐거든. 진짜 영화배우지 그럼 가짜 영화배우도 있나? 주연. 출연료? 주겠지. 독립영화라는 거 알아? 몰라? 독립영화는, 앗 씨, 몰라. 다음에 만나서 말해줄게."

희수를 만나면서 마사루에게는 커다란 변화가 생겼다. 황감독에게 캐스팅된 희수와 마사루가 부산 촬영지로 내려가게 된 것이다. 호프집에서부터 그들은 전화번호를 따고 만날 약속을 잡느라 번잡하더니, 아예 황감독의 숙소로 몰려갔다. 나는 들러리로 앉아 있다가 술값만 내고 영화제 측에서 제공한 황감독의 숙소에 따라갔다. 마사루와 함께 침대 밑 방바닥에서 눈을 붙였다.

눈을 뜨니 희수와 감독, 마사루가 함께 모여 시나리오를 들쳐보기도 하며 앞으로의 일정에 대해 의논하고 있었다.

"아 씨바, 내 인생엔 무슨 복병이 이렇게 고비고비 깔려 있냐!"

새엄마와 통화를 끝낸 마사루가 투덜거렸다.

"소라라는 애, 서울대 법대 들어갔다며 왜 그만둔 거니?"

"법대? 웃하하! 야, 이영린, 누가 그래? 걔 이과야. 법대가 아니라 의대 쳤다가 떨어졌거든. 이번에 다시 의대 칠 거야."

"그럼 그 애 사탐 안 보고 과탐 봤겠네?"

"당근이지!"

그렇다면 사탐만이등급의 별명은 '과탐만이등급'이 되어야 하는 건가? 이미 입에 익은 별명을 어떻게 바꾸라고! 일사부재리의 원칙. 그거 별명에 적용하라고 있는 법인데! 최소라. 영원히 내게 사탐만이등급일 뿐이다. 그 애랑 엮일 일도 없을 것 같은데, 사탐이면 어떻고 과탐이면 어떤가.

"난 못해도 소라 걔 공부 잘하는 거 하난 뿌듯했는데. 엄마 사업 망한 바람에 걔가 고생이지 뭐. 그건 그렇고, 너 알바할래? 너도 알다시피 난 영화 찍으러 가야 하잖아. 부산에 장소 헌팅 간 제작팀하고 합류해야 하거든. 시나리오도 읽어봐야 하고."

"그래서?"

"너가 내 대신 우리 할머니 간병 좀 해달라고."

성격 까칠한 할머니 시중을 드느니 차라리 집에 돌아가 공부를 하지!

"인간성하고는! 베프가 어려울 때 도와주는 게 도리 아니냐?"

"자꾸 베프라고 하면서 나 이용해먹지 마. 난 너를 베프로 생각한 적 없거든."

"누가 이용해먹었다고 그래? 공짜로 해달라는 것도 아니고 간병비 준다니까. 솔직히 너 이 병원에 있으면 숙박비도 들지 않고 좋잖아. 내가 너 같은 처지라면 돈 내고 있게 해달라고 애원하겠다."

아무리 생각해도 이상한 상황으로 치닫고 있었다. 그녀의 궤변에 또 말려 시궁창에 빠져드는 느낌이었다.

"전주로 다시 돌아갈 거야. 더 이상 말하지 마."

"아까 보니까 병실 티비에 영화전문 채널도 있더라. 전주보다 오씨엔에서 더 좋은 영화 보여준다니까. 집에 가면 너 대낮에 영화랑 미드 볼 수 있어? 없잖아! 며칠 동안 실컷 보고 집에 가라고."

영화전문 채널을 볼 수 있다는 것. 구미가 당겼다.

"진짜 돌볼 사람 없어?"

"그렇다니까아!"

"영화 찍는 거 포기하고 할머니 돌봐야 하는 거 아냐?"

"참 말기 못 알아먹네. 너 아무한테나 배우 섭외가 들어온다고 생각하냐? 자질이 보였기 때문에 뽑힌 거잖아! 이 중요한 시점에 똥오줌이나 치우는 노동집약적인 일을 꼭 내가 해야 하리?"

"그럼 난 그런 일을 해야 마땅하다는 거냐?"

"말이 그렇다는 거지. 훌륭한 인물 뒤에는 희생하는 사람이 있게 마련이잖아. 후견인이라는 것도 있고. 위대한 예술가 하나 키워서 인류에 공헌한다 생각하고 좀 도와라. 운명이려니 하고 말이야."

"쳇, 인류 공헌은 개뿔!"

"넌 내가 유명해질까 봐 배 아파서 그러는 거지?"

"뭐?"

"그러니까 간병 좀 해달란 말이다."

"아무리 그래도 한 사람쯤은 있을 거 아냐? 삼촌이나 이모네 식구."

"없어."

"간병인 쓰면 되잖아?"

"하루에 오만 원씩인데 어떻게 써? 쓴다고 해도 할머니가 가만 있나? 아마 오천 원이라고 해도 뒤집어질 거다."

그동안 새엄마 가족과 함께 살기는 했지만 할머니가 식당일해서 번 돈으로 마사루의 용돈과 학비를 충당했던 것 같았다.

"너 그럼 할머니가 번 돈을 그렇게 물 쓰듯이 쓰고 다닌 거야?"

"맞아. 물 쓰듯 아껴 썼다고 몇 번 말해야 되냐? 그리고 내가 돈을 물 쓰듯 썼건 아니건 니가 간섭할 일이 아니지. 간병하는 거 싫어? 그럼 내 대신 영화 주인공 할래?"

"말이 돼?"

"그럼 간병하든가."

마사루와의 대화는 꼭 이런 식이 되어버린다.

"간병비 준대도 그러네."

"얼마 줄 건데?"

"아, 그 새끼, 돈 열나 밝히네. 전문적인 간병인 아니니까 반만 준다."

"택도 없는 소리!"

"좋다. 기분이다. 삼만 원 준다. 대신 밥은 니 돈으로 사 먹어. 삼만 원이면 짐바브웨 아그들한테 피자 몇백 판을 돌릴 수 있는 돈이야. 참, 피자 이야기하니까 생각나네. 너 나한테 피자 빚졌지?"

"뭔 피자?"

"만우절 날 니가 뭔 날인지 알아맞히면 피자 쏜다고 했잖아. 채무관계는 확실히 해야지."

"됐거든!"

"피자는 퉁치기로 하고, 사정 한 번 봐주라. 만화 가방 그냥 놓고 갈 거니까 그거 보고 영화도 보면서, 우리 할머니 좀 돌봐줘라. 이래도 안 한다면 넌 인간도 아니다."

만화를 보게 해준다면 뭐 생각해볼 만도 하지.

"대신 손 깨끗하게 씻고 봐라. 콧구멍 쑤시지 말고. 병실 문 앞에 손에다 바르는 소독약 있더라. 만화 볼 땐 꼭 그거 바르고 봐."

코딱지에, 라면 국물에, 파리, 모기 시체 터진 내장에, 이 사이에 긴 고춧가루에, 프라그에, 여드름 짠 고름까지 온갖 지저분한 건 다 묻혀놓을 거다, 갈피갈피마다. 나는 손을 내밀었다.

"이주일 치 선불."

"무섭다, 무서버. 헉! 이거 봐라. 감독 언니한테 부재중 전화가 도대체 몇 통이나 온 거야? 오늘 밤엔 내가 할머니 집에 가서 챙겨 올 물건도 있으니까 네가 밤 세워야겠다. 그럼 부탁한다."

"아, 야!"

마사루는 잽싸게 마침 열린 엘리베이터를 타고 사라져버렸다. 재수생 이영린, 어쩌다 남의 일에 휘말려 발도 뺄 수가 없게 된 거지?

샌드위치를 먹어치운 할머니는 소화가 되지 않는다고 성화였다. 간호사에게 소화제를 타다 참치 비린내 트림 품어내는 할머니에게 먹이고 나자, 이제는 화장실이 급하다고 뒤틀었다. 대퇴부 골절 수술을 받은 풍만한 할머니를 휠체어에 옮겨 앉히는 일은 보통 힘든 일이 아니었다. 샌드위치 이 인분을 먹어치울 정도의 식욕을 가진 할머니의 체감 몸무게는 김치냉장고 한 개가 짓누르는 무게였다. 김치냉장고에 눌려본 경험은 없지만.

겨우 부축해서 화장실에 다녀왔다. 좀 쉬려 했더니 이번에는 잠이 오지 않는다고 했다. 할머니는 수면제를 먹고도 한 시간이 넘도록 끙끙 앓다 잠이 들었다. 휠체어 폈다 오므렸다 하는 일과 할머니를 휠체어에서 침대로 옮기는 일을 반복하다 보니 땀범벅이 되었다.

새벽 두 시가 되어서야 간이의자에 몸을 뉘었다. 낯선 병원에 누워 있자니 처량한 기분이 들었다. 할머니를 떠맡기고 촬영지로 가버린 마사루에 대한 원망, 단호하게 뿌리치지 못한 것에 대한 자책이 밀려왔다. 이러다 영원히 돌아갈 수 없어지는 건 아닐까? 아무래도 내일은 서점에 가서 참고서라도 사와야겠다.

세 시간밖에 자지 못하고 간병 둘째 날을 맞았다. 마사루는 새벽녘에 잠깐 와서 소지품 몇 가지를 내려놓고 할머니가 깨기 전에 가버렸다.

병원생활은 그럭저럭 할 만했다. 화장실에서 샤워를 하고, 수건을 들고 들어오지 않았다는 황당한 사실을 알았을 때만 빼면 괜찮았다. 두루마리 화장지를 뜯어 온몸의 물기를 닦고 나왔다. 병실 식구들은 머리카락에 붙은 젖은 휴지조각을 떼어주며 무슨 일 있었느냐고 물었다. 별일 없었다고 대답했다.

하루하루 넘기다 보면 주말에는 마사루가 오겠지. 이 주만 버티면 집에 돌아갈 수 있을 거야. 돌아가기만 하면 열심히 공부하겠다고 다짐하며 틈틈이 만화책도 보면서 시간을 보냈다. 영화 보는 일은 여의치 않았다. 저녁에는 환자들이 일찍 잠을 자는 바람에 텔레비전을 틀 수 없었고, 낮에는 할머니들이 연속극 재방송을 보기 때문이었다. 그래도 하루에 한 편씩은 볼 수 있었다. 문제집이라도 사다가 풀어볼까 했던 생각은 이 주 공부하지 않는다고 치명적일 것 같지 않아서 그만두었다.

교통사고를 당한 여섯 살짜리 아이와도 친구가 되었다. 아이는 쇳덩이 추가 달린 도르래에 한쪽 다리를 매달고 누워 있었다. 어긋난 엉덩뼈를 잡아당겨 맞춘 뒤에야 수술하고 깁스를 할 수 있다고 했다. 아이는 아랫도리는 벗은 채 침대 시트로 중요한 부분만 가리고 하루종일 누워 게임을 하거나 텔레비전을 보았다. 아이가 측은해서, 나는 가끔 편의점에서 아이스크림을 사 들고 올라왔다. 아이는 콘보다는 쭈쭈바를 더 좋아했다. 그래서 우리는 쭈쭈바를 나눠 먹었다. 그리고 생각했다. 쭈쭈바 나눠 먹었으니 이제 이 아이와도 친군가?

도르래꼬마는 한 쪽 다리를 기역 자로 들고 누워 게임에 몰두하며 버티다가도, 의사가 회진을 하면 소리를 지르며 울었다. 가버리라고 소리치면 젊은 의사들은 "미안, 미안. 오늘은 아프지 않게 할게."라고 달래며 간호사 대신 상처를 치료했다. 아이는 "거짓말쟁이, 잉잉" 하며 눈물을 훔쳤다. 희수가 의대에서 계속 공부한다면 바로 저런 모습으로 병실을 돌아다닐 것이다. 희수는 왜 저런 멋지고 보람 있어 보이는 일을 포기하려고 하는지 안타까운 마음이 들었다.

도르래꼬마의 아빠는 싱글대디였는데, 여자 환자들만 있는 병실이어서 불편해 보였다. 남자 병실 천장에 설치된 도르래 차례가 돌아오지 않아서 어쩔 수 없는 선택인 것 같았다. 도르래꼬마나 아이 아빠나 여자 목욕탕에 끌려들어간 느낌일 것이다.

도르래꼬마 옆 침대 할머니는 대소변 가리는 게 의지대로 되지 않는 분인데, 식욕은 왕성해서 간병인이 넣어주는 족족 다 먹어치웠다. 할머니의 무소음 가스 분출은 가히 살인적이었다. 민방위훈련, 그건 골절환자들에게는 무용지물이었다. 간병인이나 보호자들은 조짐이 보이면 바로 병실을 튀어나가면 된다. 누군가 코를 막고 신발을 신으면 나도 신속하게 행동한다. 할머니 옆에 누운 도로래꼬마가 가장 큰 피해자였지만 아이는 한 번도 얼굴을 찡그리지 않았다. 정작 불평을 터뜨리는 사람은 멀리 떨어진 마사루의 할머니였다.

"으이구, 냄새 나 죽겠네. 좀 작작 뀌어대요. 숨 쉴 수가 있으야지."

자신의 가스 성분도 만만치 않으면서.

간병 오 일째의 아침식사 시간이었다. 할머니가 편안하게 식사할 수 있게 만반의 준비를 해놓고 물병을 들고 복도로 나갔다. 식사가 끝나면 화장실을 모시고 다녀온 뒤에 밖에 나가서 밥을 사 먹을 예정이었다. 병원 밥은 신물 나기 시작했기 때문이다. 게다가 할머니가 국물 맛본 수저로 덜어주는 밥에, 간도 되지 않은 밍밍한 맛의 반찬이라니.

물병을 채워 병실로 돌아왔다. 할머니는 뭔가를 찾고 있었다. 침대 머릿장 서랍은 모두 열려 있었고, 할머니 손이 닿는 곳을 모두 뒤진 상태였다.

"하이고오, 워쩐댜! 어젯저녁이 입었던 내 환자복 윗따 둔 겨?"

"환자복요? 수거함에 갖다 넣었는데요."

어젯저녁, 나는 할머니의 몸을 뜨거운 수건으로 구석구석 닦아드리고 찜질도 해드린 뒤 새 환자복으로 갈아입혔다. 기왕 하는 거 전문 간병인처럼 해보자는 마음에서. 몸이 개운했는지 할머니는 밤새 한 번도 깨지 않았다. 뿌듯했다. 그런데 그 벗은 환자복에 틀니가 들어 있었다니!

"형님, 잘 찾아봐요. 어디 잘 뒀겠지."

할머니가 들썩거리는 바람에 옆 침대 아줌마도 식사를 하지 못하고 있었다.

"이 노릇을 위쩐다! 내가 어제 저녁밥 먹구 환자복 주머니에 느 놓는디, 그걸 갖다 버렸나비여."

할머니가 벗은 환자복 주머니는 뒤져볼 생각도 하지 않고 빨래 수거함에 넣어버린 것이다. 그러니까 전문 간병인을 썼으면 이런 일 없었을 거 아니냐고!

"형님, 틀니를 왜 환자복 주머니에 늫어 놔요? 형님 잘못이네."

"동상, 뭐하자는 겨, 시방? 내가 일부러 그랬단 말여?"

"아니, 그게 아니고요. 영린이 학생 잘못만은 아니다, 뭐……."

"틀니 씻어 오는 일꺼정 애헌티 시키는 게 뭣해서 화장실 가는 길에 닦어가지구 환자복에 넣어 뒀단 말여. 알지두 못허면서 넘의 일이라구 함부루 말하지 말라니께. 아이고, 인제 난 죽었네. 그게 월마짜린디."

세탁물 보관함이 있는 곳으로 뛰어나갔다. 많은 시트와 환자복들이 수거함에 쌓이다 못해 바닥에 떨어져 있기도 했다. 나는 빨랫감들을 들추어 환자복 윗도리를 찾기 시작했다. 빨랫감을 들썩일 때마다 퀴퀴한 냄새가 올라왔다. 갈색 오물 냄새에 욕지기가 나왔다. 땀범벅이 되도록 뒤졌지만 틀니 든 환자복은 나오지 않았다.

청소 아주머니로부터 수집 자루에 넣은 빨랫감을 지하실 수집 장소에 가져다 놓으면, 빨래공장 기사가 수거해 간다는 사실을 알게 되었다. 지금 시간이면 벌써 공장에서 다 가져간 뒤라고 덧붙였다.

"공장이 어디 있는데요?"

"대화동에 있다는 것 같은데, 지금 공장에 가봐도 소용없을걸. 이미

대형세탁기에 들어갔으면 다시 찾아도 못 써. 전에도 그런 적이 있었거든. 찾긴 찾았는데 틀니가 부서져서 나왔더라고. 혹시 모르니까 원무과에 가서 공장에 전화 좀 넣어 달라고 해봐."

원무과 직원들의 설명은 나를 경악시켰다. 얼마 전부터 업체가 바뀌어 양산이라는 곳의 의료세탁 업체로 가야 한단다. 양산 아니라 제주도라도 찾아가는 수밖에 없었다. 원무과 직원은 무작정 찾아간다고 될 일도 아니라며, 양산 공장에 전화를 해주었다. 공장 책임자는 발견되면 보내주겠다는 말만 반복했다.

원무과를 나와 병실에 들어서자 환자들의 시선이 내게 쏠렸다.

"찾았남?"

대답할 수 없었다. 할머니의 식사는 뚜껑이 열린 그대로였다.

"워쩌면 좋댜! 월마짜린디!"

조리실로 내려가 죽 한 그릇을 얻어 왔다. 할머니는 수저로 죽을 휘저으며 계속 '워쩐댜'와 '월마짜린디'라는 말만 번갈아 되뇌었다. 묽은 죽은 틀니 없이도 먹을 수 있는 거 아닌가. 무를 긁어먹으라는 것도 아니지 않은가, 영군이 외할머니처럼.

"워쩐댜아. 야매루 해두 백만 원이 넘는디."

꼬박 하루를 기다렸지만 양산에서는 연락이 없었다. 나는 직접 세탁 공장으로 전화했다. 기다림 끝에 담당자와 통화를 했다. 세탁물이 오면 일단 분류대에서 이물질이 들어 있는지 검사한 뒤 세탁공정으로 들어가기 때문에 세탁기에 틀니가 딸려 들어가는 일은 거의 없다는 새로운 점을 담당자에게 들었을 뿐이다.

"어제 세탁물 입고 때는 틀니 같은 건 없었는데예."

맥이 빠졌다. 전화를 끊자 공중전화 카드에는 이천 원이 남아 있었다. 마사루에게 전화를 했다.

전쟁 같은 삶 때문에 거울에 비친 우린 수척해

오늘의 해가 떨어졌으니 전화기를 꺼

모두 여기로 출석 책

오늘의 해가 떨어진 것도, 전화를 꺼 놓은 것도 아닌데 전화를 받지 않았다. 제발 좀 받아라. 오랫동안 컬러링이 흐른 뒤에 통화가 되었다.

"왜? 우리 할머니한테 무슨 일 있어?"

"아니 뭐, 무슨 일이 있다기보다……. 너희 지금 어디 있는데?"

"여기? 파도소리 들리지 않냐? 죽이지? 지금 우리 부산 바닷가에 있거든. 너 해운대라고, 들어는 봤냐? 야! 나 해운대에 말뚝 박고 살고 싶어졌다. 말리지 마라."

말릴 힘도 내게는 남아 있지 않았다.

"해운대면, 그럼 너 거기서 양산이라는 곳이랑 멀어?"

"양산? 양산이 어딘데?"

"부산 근처라는데."

"뭐, 우산?"

"양산이라니까!"

"아, 왜 소리는 지르고 지랄 난리십니까? 아, 몰라. 나 지금 대사 외우느라 졸라 바쁘거든. 별일 없으면 나중에 통화하자."

"야, 전화 끊지 마. 너, 잠깐 시간 내서 양산에 다녀올 수 없니?"

"우산인지 양산인지 내가 거길 왜 가? 바빠 죽겠다니까."

"그러니까 니네 할머니 틀니를……."

"우리 할머니, 뭐? 알아듣게 얘길 해봐. 아, 예, 감독님, 지금 가요."

"니네 할머니 틀니가 양산까지 실려 갔거든."

"뭐? 오즈의 마법사냐, 틀니가 양산 타고 날려 가게?"

"아이 씨, 그게 아니고. 야, 됐다. 희수 전화번호 좀 알려줘."

"희수씨 전화번호도 몰라? 번호 이 핸드폰 속에 입력되어 있는데, 찍어줄 테니까 일단 전화 끊어."

"야, 끊지 마. 어디다 찍어준다는 말이야?"

"아차! 너 핸드폰 없지. 바빠 죽겠는데! 잠깐만 기다려, 바꿔줄게. 희수 씨, 영린이가 희수씨 찾는데요."

희수가 전화를 받았다.

"어, 이영린. 왜, 무슨 일 있어?"

"너 틀니에 대해 좀 알아?"

"틀니? 할아버지 할머니들 하시는 틀니? 몰라."

"너 의대생이잖아."

"난 치대생이 아니라 의대생이잖아. 지금은 그것도 아니지만."

"의대생이면 치아에 대해서도 알아야지, 이빨은 몸의 일부 아니냐?"

공연히 말도 안 되는 트집을 잡았다.

"아냐, 됐어. 영화나 잘 찍어."

"어, 그래 고마워."

공중전화에서 요금이 남지 않았다는 신호음이 울렸다.

"너, 순정씨 할머니 간호한다면서? 대단한 우정이야! 열심."

전화가 끊겼다. 원해서 하는 일도 아닌데 대단한 우정은 무슨.

대체 내가 왜 그까짓 틀니 하나 때문에 이렇게 애태워야 하는 걸까?

〈올 더 킹즈 맨〉은 이런 내레이션으로 내게 충고한다.

당신이 무엇인가를 찾고 싶다면

그것이 위대한 진실이든 잃어버린 안경이든

그걸 찾으면 이득이 있다고 믿어야 한다.

……

내가 읽은 책에서는 그걸 이기주의라고 부른다.

틀니를 찾는 일이 내게 무슨 이득이 있을지를 따져보았다. 내 틀니도 아니고, 이득 있을 게 뭐람. 하지만 찾지 않는다면 엄청난 불이익을 당할 것이다. 간병인이 담당환자의 틀니를 소홀히 해서 잃어버렸으니 개값 물어주는 상황이 닥치게 될 것이다. 어쩔 수 없이 양산에 가야 한다는 결론에 도달했다. 내가 찾고 싶은 게 위대한 진실도 내가 쓰는 안경도 아니면서, 어쨌든 찾아내야 한다는 현실이 끔찍할 뿐이다.

밥 먹고 합시다

달랑 카메라 하나 들고 찍는 게 독립영화라고 했지만 황감독의 촬영 팀은 그렇지 않았다. 촬영 준비에 분주한 스탭들과 연기자들까지, 스무 명 가까운 인원이 움직이고 있었다. 해변 모래바닥에는 기찻길 같은 레일도 깔려 있었다. 카메라를 들고 앉은 촬영기사의 의자를 끌어당기며 촬영하게 만든 도구 말이다. 노출계나 반사판을 들고 있는 사람, 옛날에는 대걸레인 줄 알았던 털북숭이 마이크를 들고 있는 사람……. 모두들 진지했다. 내가 서성여도 알아봐주는 누구도 없었다.

마사루는 보이지 않았다. 희수는 대사를 외우느라 바빠 보여서 다가가기도 눈을 맞추기도 어려웠다. 도착한 지 삼십 분쯤 지났을 때였다. 드디어 희수가 나를 흘깃 보았다. 설렜다. 나는 얼른 손을 흔들었다. 그런데 녀석은 나를 알아보지 못했는지 다시 대본에 열중했다.

기차시간 때문에 무작정 기다릴 수도 없었다. 양산 공장까지 찾아갔지만 허탕을 쳤다. 대전으로 돌아가려는데, 버스 정류장에서 부산 가는 버스를 발견했다. 양산에서 부산이 아주 가깝다는 사실을 알게 되어 돌아가기 전에 들러볼 요량으로 이곳 해운대까지 오게 된 것이다. 마사루와 희수를 찾아가서 의논이라도 해보고 싶었다. 양산을 출발한 버스가 서울 시내 풍경과 그다지 다를 바 없는 부산 시내를 달릴 때, 그 넓은 해운대 어디에서 촬영팀을 찾을까 걱정도 되었다. 부산역에 내려 기차표를 예매하고 해운대로 향했다. 버스에서 내려섰을 때 끼쳐 오는 바다냄새가 내 마음을 무작정 설레게 했다. 걱정과는 달리 금세 찾을 수 있었다. 황량한 해변에서 영화를 촬영하는 팀은 하나였기 때문이다.

"희수야!"

나는 용기를 내어 다가가 불렀다.

"어? 영린아! 여긴 어떻게 알고 왔어?"

희수가 드디어 나를 알아보았다.

"으응, 지나가다가."

대전에 있어야 할 내가 지나가다 부산에 들렀다고 하면 믿을 리 없겠지만, 아무튼 얼결에 그렇게 말했다.

"지나가다가? 아하, 너 영화 찍는 거 보고 싶어서 왔구나!"

"아, 뭐, 보고 싶다기보다……."

틀니를 찾지 못하고 돌아가는 허탈함 때문에 여기까지 왔지만 사실은 희수 말대로 영화 찍는 걸 보고 싶은 마음이 우선이었을지도 모른다.

"영린아, 미안한데 나 지금 대사 외워야 하거든."

"신경 쓰지 말고 열심히 해. 난 그저……. 근데 어디 갔어?"

"순정씨? 지금 분장하고 있을걸."

희수는 해변에 세워 둔 승합차를 가리켰다. 드디어 문이 열리고 마사루가 승합차 발판을 딛고 내려왔다. 러플이 달린 원피스에 하이힐을 신고 있었다. 큭, 웃음이 터졌다. 남자가 여장을 한 것 같기도 하고 오랑우탄이 옷을 입은 것 같기도 했다. 무릎을 펴지도 못한 채 하이힐 굽으로 구멍을 뚫으며 모래사장을 걸어오는 모습은 낯설다 못해 우스꽝스럽기까지 했다. 알 배긴 장딴지에 스타킹을 뚫고 나온 무성한 다리털. 화장을 해서인지 얼굴은 그런대로 괜찮았다.

"어, 백순정씨……."

양손에 쌍절권을 들고 꾸부정하게 걸어오는 마사루를 쳐다보던 황감독은 여자 스탭에게 몸을 돌렸다.

"어떻게 된 거야? 은재 역 맡은 순정씨가 왜 저런 옷을 입은 거지?"

지난번 전주 삼겹살집에서 "울었다니까 왜 자꾸 안 울었다고 우기고 그래."라면서 울어대던 그 황감독이 아니었다. 감독의 포스가 제대로 느껴지는 날카로운 눈빛으로 의상담당 스탭을 쏘아보았다.

"그게요, 감독님 지시대로 백순정씨한테 그냥 평소에 입던 밀리터리 스타일로 입으라고 했는데 자기가 알아서 하겠다고 하더니……."

황감독과 스탭은 곤혹스러운 표정으로 어기적거리며 걸어오는 마사루를 바라보고 있었다.

"백순정씨, 아까 입었던 바지랑 재킷으로 다시 갈아입어요."

스탭이 말했다.

"왜요? 예쁘지 않아요?"

"지시된 대로 입으라고 했잖아요. 백순정씨 입고 있던 옷 스타일이 은재 캐릭터에 딱 맞는 것 같아서 의상 구입 따로 하지 않았는데."

"데뷔작인데 좀 럭셔리하고 드레시한 여자로 나와야죠. 대본 읽어보니까 이번 장면은 이런 컨셉도 괜찮을 것 같은데. 감독님, 안 그래요?"

감히 배우가 자기 마음대로 의상 컨셉을 바꾸다니! 지금 자신의 월권 행위가 감독의 심기를 건드리고 있다는 사실을 마사루는 왜 모를까? 스탭과 마사루의 실랑이는 계속되었다.

"백순정씨, 말이 돼요? 그리고 그 쌍절권은 뭐예요?"

"아, 이거요? 쌍절권 좀 돌려줘야 은재가 운동권이라는 게 딱 표가 나죠. 아뵤오!"

마사루가 콧기름을 바르며 이소룡 흉내를 냈다. 다리를 올려 차자 치마가 펄럭이면서 노란 속옷이 보였다 사라졌다.

"그 복장으로요?"

"내가 뭐 권상우도 아니고, 이소룡 츄리닝 입고 쌍절권 돌려봤자 폼 나겠어요? 드레시한 치마 입고 돌리면 재밌잖아요. 요즘은 코믹이 대세 잖아요."

"속 보이는 건 어쩔 거예요?"

마사루가 민망하게도 자기 치마를 들어올렸다.

"빤쓰 아니에요. 에어로빅 팬츠예요."

모두들 킥킥댔다.

"생각해보세요. 은재가 딸 많은 집 막내죠? 부모가 아들처럼 키우는 바람에 남자처럼 된 거지, 내면에는 여자답고 싶은 욕망이 불타고 있는 애잖아요. 그런 여자애가 가출한 거라면 꼴리는 대로 해보고 싶었을 거 아니에요. 그러니까 이런 여자다운 옷을 사 입었을 거 같은데요. 저 같은 경우도 그렇걸랑요. 무술도장 가서 허구한 날 격파하고 대련하고 샌드백 두드리다 보니까 형이 된 거지, 처음부터 그랬던 건 아니걸랑요. 아빠가 무용학원 보내줬으면 이렇게 씩씩해지지 않았다니까요. 나도 때론 백조의 호수 의상 입고 요래 요래 돌고 싶다니깐요."

황감독은 쌍절권 든 두 손을 머리 위로 모으고 엉거주춤 턴을 하는 마사루를 아무 말없이 볼 뿐이었다. 황감독의 기에 지레 눌린 마사루는 하던 동작을 그만두고 투덜거리며 승합차 쪽으로 걸어가기 시작했다.

"그냥 가보자고."

말없이 지켜보던 황감독이 마사루를 불러 세웠다.

"오늘 촬영은 순정씨 말대로 어설픈 컨셉으로 가보자고. 몇 신은 코믹을 섞어도 괜찮을 것 같기도 해. 찍어보고 아니다 싶으면 편집하지 뭐."

"그쵸? 역시 감독님이라 보는 눈이 다르시다니까! 감독님, 장대높이뛰기하는 씬을 추가하면 어떨까요? 죽이는 아이디어죠?"

"장대높이뛰기도 할 줄 알아요?"

"쫌 했죠. 제 별명이 대한민국 이신바예바였는데, 모르셨어요? 중학교 때 체고 가려고 준비하다가 장대를 잃어버려서 못 갔다니깐요. 앗씨, 장대 그거 수입이라 백만 원도 넘게 주고 샀는데 어떤 년이 훔쳐가는 바람에……. 내가 체고만 갔으면 이신바예바한테서 올림픽 금메달 완전 뺏어 오는 건데. 야, 모래사장 보니까 장대높이뛰기가 꼴리네."

"장대 없이 어떻게 장대높이뛰기 씬을 촬영하지?"

"구해와야죠. 소품담당 스탭은 그런 거 하라고 있는 거 아닌가요? 대나무밭에 가서 뽑아오든가."

마사루는 실랑이를 벌였던 스탭 들으라는 듯 빈정거리며 말했다.

"자, 슛 들어갑시다."

황감독이 시작을 알리자 촬영 준비에 분주했던 해변에 긴장감이 감돌았다. 클래퍼보드가 딱 소리를 냈다. 첫 장면은 해변으로 달려온 마사루가, 아니 은재가 두 팔을 벌리고 "야, 바다다!"라고 소리치면서 행복해하는 장면이었다. 마사루는 자꾸만 엔지를 냈다.

"컷!"

황감독이 해변에 서서 연기하고 있는 마사루를 저지시켰다.

"처음이라 어렵죠? 평소 하던 대로 해봐요. 껄렁거리는 듯한 순정씨 말투 있잖아, 그대로 살려보라니까."

"평소대로 한 거라니까요."

"일단 모니터링해봅시다."

스탭들과 조연배우들이 모두 모니터 앞으로 모여들었다. 화면 속의 마사루는 여성다움을 과시하다 못해 교태를 부리고 있는 것 같았다. 다시 황감독의 액션 사인이 나자, 스탭 중 한 명이 카메라 앞에서 클래퍼보드의 딱딱이를 들어 올렸다 내렸다. 그리고 엔지가 났던 첫 장면을 다시 찍기를 반복했다. 무술 장면은 일사천리였다. "아뵤오!" 하며 쌍절권을 휘두르며 펼치는 마사루의 실력에 감독은 만족하다 못해 감동하는 눈치였다. 하이힐을 신고 엉거주춤하게 펼치는 코믹한 무술에 모두들 키득거리며 재미있어 했다. 해변에 석양이 내리고 사위는 어두워져 가고 있었다. 드디어 한 신 촬영이 끝났다.

"자, 수고들 많았습니다. 밥 먹으러 갑시다."

소품들이 승합차로 옮겨지고, 모래 해변에 깔았던 기찻길 같은 레일도 분해되었다.

"어? 이영린. 네가 왜 여기 왔어? 그렇잖아도 지금 병원에서 너 찾아내라고 할머니가 난리도 아닌데."

이제야 마사루가 나를 알아보았다.

"옆 침대 간병인한테 부탁해놓고 왔는데."

"다른 사람한테 수술한 할머니를 떠맡기고 왔다니, 정신 있는 애냐?"

"급한 볼일이 있어서 왔지."

"환자 간병보다 급한 볼일이 어디 있어? 이거 계약위반 아니냐?"

언제 계약서나 썼나? 강제로 떠맡기고 가버려 놓고.

"할머니한테서 자꾸 전화 오니까 연기에 몰입할 수가 없잖아!"

"그럼 너라도 빨리 병원으로 가지 그랬어?"

안 되는 줄 알면서도 마사루에게 어깃장을 놓았다.

"뭐? 너 지금 이 상황을 보고도 그런 말이 나오냐?"

"니네 할머니지 내 할머니냐?"

사정도 모르고 다그치는 마사루가 얄미웠다.

"빨리 가란 말야! 우리 할머니 잘못 되면 너 죽는다!"

그때 황감독이 나를 보았다. 지원군이라도 만난 심정으로 인사를 꾸뻑했다. 황감독은 내 인사를 받고 난 뒤 곧장 촬영감독과 이야기를 나누기 위해 돌아섰다. 그뿐이었다.

"순정씨, 밥은 먹고 가게 해야죠."

"희수씨, 이거 보세요. 우리 할머니한테서 전화가 얼마나 많이 오는 줄 알아요?"

"그래도……."

"앗 씨. 그럼 밥만 먹고 빨리 가."

"됐어. 가면 될 거 아냐."

나는 어둑한 모래사장을 걸어 나오다가 뒤돌아섰다. 그리고 소리쳤다.

"니네 할머니 틀니 잊어버렸는데, 넌 보호자가 되어 가지고 나 몰라라 할 수 있는 거야? 누구 땜에 내가 이렇게 된 건데?"

"내가 틀니 잊어버렸냐? 할머니 말 들어보니까 니가 환자복 갖다 버렸다며? 그럼 니 책임 아냐?"

"내가 일부러 갖다 버렸어?"

"어쩌라고오? 나 지금 영화 찍고 있는 거 안 보여? 내가 이번 토요일에 병원으로 갈 테니까 그때 의논해보던가."

억울한 마음에 몸이 떨리고, 불끈 쥔 두 주먹도 떨려 왔다.

"됐어. 나 지금 집에 갈 거니까, 니네 할머니는 니가 알아서 해."

그렇게 소리치고 모래사장을 가로질러 해변을 둘러친 계단을 밟아 도로로 올라갔다. 주연이나 조연을 맡고 싶다는 것도 아니다. 반사판을 들고 서 있게 해달라는 것도 아니다. 그저 배경으로라도, 풍경으로라도, 구경꾼으로라도 촬영하는 이곳에 잠시 있을 수만 있다면 좋겠다는 거다. 이제 촬영이 끝났으니 어련히 알아서 돌아갈까.

무림일검의 사생활

해운대 지하철역 승차권 발권기 앞에 서서 부산역을 눌렀다. 도대체 내가 왜 이런 얼토당토않은 상황에 휩쓸려 있는지 알 수 없었다. 한심한 내 모습에 내가 질렸다. 이제는 누가 뭐래도 집으로 돌아갈 것이다. 승차권을 뽑아 출구로 들어가려고 할 때였다.

"그렇게 가지 마."

희수였다. 그럼 어떻게 가라고?

"밥 먹고 가라."

희수가 내 팔을 잡았다.

"됐거든! 너 백순정 사주 받고 온 거 다 알거든!"

"무슨 소리야?"

"내가 집으로 간다고 하니까 병원으로 가게 하라고 시킨 거 아냐?"

"그런 거 아냐. 밥은 먹여서 보내야 될 것 같아서 달려왔어."

"기차표 예매해놔서 부산역으로 가야 돼."

"몇 시 출발인데?"

"아홉 시 오십오 분."

희수가 시계를 보았다.

"지금이 일곱 시 반이니까 충분하네. 따라 와. 밥 먹고 가라."

하긴 점심도 먹지 못했다.

"무슨 내가 밥 못 먹을까 봐서 아까부터 밥, 밥 그래? 감독도 밥 먹으러 갑시다, 카메라 감독도 밥 먹고 합시다. 이건 영화 찍으러 온 건지 밥먹으러 온 건지 알 수가 없다니까."

내게 뭐라고 한 적 없는 밥이 애꿎게도 분풀이 대상이 되고 있었다.

"감독은 밥 먹는 일에 연연할 수밖에 없어. 현장에서 고생하는 스탭들이나 배우들 일당도 넉넉히 챙겨주지 못하잖아. 밥이라도 제대로 먹여야지."

나는 내 팔을 잡은 희수의 손을 뿌리치고 지하철 티켓을 개찰기에 넣었다. 그리고 지하로 연결된 계단을 향해 걸어갔다.

"어어, 가지 말라니까!"

등 뒤에서 개찰구를 뛰어 넘는 기척이 들렸다. 희수가 무임승차로 나를 따라오고 있었다. 지하철을 탔다. 희수가 내 옆에 섰다. 나는 말없이 차창에서 반사되는 지하철에 앉아 있는 부산 사람들 모습을 바라보았다. 차창에 얼비치는 희수의 얼굴이 울컥, 이상한 감정으로 다가왔다. 갈매기 울음소리가 들리면서 정차할 역을 안내하는 방송이 들려왔다.

"부산까지 내려왔는데 그냥 가면 서운하잖아. 대전 가는 기차는 해운대역에서도 탈 수 있거든. 뭐하러 부산역까지 가?"

"정말이야?"

"그렇다니까. 내리자."

이번에는 희수가 하자는 대로 이끌려 가보기로 했다. 다시 해운대역으로 왔다. 지하에서 올라온 나는 바로 옆 기차역으로 향했다. 희수 말대로 내가 탈 기차가 해운대에서도 서는지 확인해야 마음이 놓일 것 같았다. 희수는 자신이 여러 번 이용해보았기 때문에 확실하다며, 역사로 들어가려는 내 팔을 잡아끌었다.

저녁을 먹고 영화를 촬영하던 해변으로 갔다. 깜깜한 해변에는 밀려왔다 밀려가는 거품 띠가 하얗게 다글거리고 있었다. 달빛 아래서 걸었다. 달의 인력이 밀물과 썰물만 관장하는 게 아니라 나와 희수 사이도 간섭하는 것 같았다. 희수가 내게 다가오면 나는 어색해서 뒤로 물러나거나 앞섰다. 하지만 아주 멀어지지는 않았다. 해변의 모래사장과 바닷물처럼 멀어지려고 하면 희수가 다가왔기 때문이다. 전화벨이 파도소리에 희미하게 울렸지만 희수는 전화를 받지 않았다. 전파로 걸러진 마사루의 잡아당김보다 내 잡아당김이 이 순간만은 훨씬 강력해 보였다.

오월의 밤 바닷바람은 쌀쌀했다. 걷다가 모래사장에 앉고, 앉았다가 추워지면 일어서 다시 걸었다. 멀리 보이던 휘황한 불빛의 웨스트인조선호텔이 문득 가까이 와 있었다.

"우리 앉을까?"

모래사장에 다시 앉았다. 희수가 내 손을 잡았다. 어색했지만 뿌리치지는 않았다. 미묘한 기분이 온몸을 무력하게 만들었다. 찐득거리는 어둠을 바라보았다. 아늑했다. 그리고 아득했다.

"으, 춥다."

희수가 내 옆으로 더 가까이 다가왔다.

"옷 좀 챙겨 입지 그게 뭐냐?"

희수가 내게 바짝 붙는 게 부담스러워 나는 조금 물러나 앉았다.

"솔직히 다 영린이 너 때문이야. 네가 그렇게 가버리니까 챙길 새가 있었어야지. 촬영할 때 입었던 반팔 티셔츠 차림 그대로 뛰어왔잖아. 무슨 여자애 성질이 그렇게 팩해?"

"나 때문은 무슨! 누가 쫓아오랬다고."

부들부들 떨어대는 희수의 바지주머니에서 핸드폰도 덜덜거렸다. 역시 마사루일 것이다. 희수는 아랑곳하지 않았다. 나도 추웠지만 녀석이 추워 하는 바람에 내색조차 할 수 없었다.

"남자가 되어가지고 그렇게 약해서야!"

"살 빼니까 춥다."

희수가 떠는 꼴을 보다 못한 나는 이렇게 물었다.

"벗어 줘?"

"어!"

녀석은 고개까지 끄덕였다. 기막혔다.

"영화에선 남자들이 여자한테 옷 벗어 주던데 이건 완전 반대잖아!"

"솔직히 그건 너무 식상해. 〈패왕별희〉의 시나리오 작가 루웨이 말처럼 여자들한테 보호받고 싶은 남자들도 있는 거거든. 영린아, 나 너무 허약해 보이지? 빨리 벗어 줘."

212

식상하다면서 애교를 떨어대는데 어쩌란 말인가! 식상, 상투, 진부, 그런 거 내가 가장 듣기 싫어하는 말이지 않은가. 나는 어쩔 수 없이 남자를 위해 점퍼를 벗었다. 희수는 내 점퍼로 내 무릎과 자신의 무릎을 덮었다. 좁은 점퍼 폭 때문에 우리의 무릎이 붙었다. 희수의 온기와 빠르게 뛰는 맥박이 내 어깨와 팔과 다리로 건너왔다. 희수의 팔이 내 어깨에 걸쳐졌다. 나는 가쁜 숨소리를 감추려고 숨을 분절하여 쉬었다.

"영린아!"

"어?"

"키스해도 돼?"

평소에는 그렇지 않은 애들이 이런 순간에는 꼭 예절 바른 척한다. 승인해야 할지 거부해야 할지 난감했다.

"안 돼."

"어, 그래."

괜히 한 번 튕겨봤을 뿐인데 희수는 바로 단념하고 비틀린 상체를 원위치시키기에 급급했다. 나는 희수의 몸에 면면히 흐르고 있는 유전자가 뗀석기를 손에 들고 수산물을 포획하거나 채취하는 일에 익숙하게 형성되었을 거라는, 그 동안의 내 추리가 확실하다고 단정 짓기에 이르렀다. 역포아이가 발견된 평양시 역포라는 지명에 붙은 포(浦)를 보더라도 그렇다. 애석하게도 희수에게는 나무꾼 근성이 없었다. 대를 이어 나무꾼으로 살아왔다면 단 한 번 휘두르고 포기하지는 않았을 테니까. 열 번은 아니더라도 최소한 세 번은 찍어봐야 참다운 나무꾼의 후예 아니겠는가. 남녀상열지사를 다룬 사극영화에서 왜 도끼로 장작 패는 장면을 비중 있게 다루는지 이제야 알 것 같았다.

"야, 다시 한 번 물어봐."

나는 힘없는 목소리로 말했다.

"내가 안 돼라고 다시 말할 건데, 그때도 포기하면 죽는다!"

희수가 피식 웃고는 다시 물어왔다.

"해도 되냐?"

"뭘?"

"키스."

"안 돼."

희수의 실루엣이 다가왔다.

"아이, 안 된다니까."

눈을 감았다. 파도소리에 실려 오는 짭조름한 갯냄새가 또 내 잠자는 강박을 깨웠다. 아주 오랜 옛날, 뗀석기를 손에 들고 조개 잡고 물고기를 잡아 먹으며 포구를 뛰어다니던 한 아이가, 역포아이라는 이름의 아이가 조개무지에서 걸어 나와 내게 다가왔다. 오랜 세월 곰삭은 조개무지 속 쾨쾨한 비린내와 함께.

"에이, 비린내!"

나는 눈을 뜨고 소리쳤다. 그리고 벌떡 일어섰다. 놀란 희수의 몸이 휘청, 뒤로 기울었다.

"너, 아까 매운탕 먹고 이 안 닦았지?"

희수는 아무렇게나 앉은 채로 잔디를 움켜잡듯 모래를 쥐어뜯어 뿌려댔다.

"넌 뭐 닦았냐?"

"그러니까 우린, 껌이라도 씹었어야 했어."

나는 성큼성큼 계단을 올라가며 희수에게 말했다.

"이제 난 기차 타러 가야 해."

"하여간. 지금 몇 시지? 어, 벌써 이렇게 시간이 됐나?"

기차역을 향했다. 내심 기대했으면서도 막상 다가오니 도망치다니! 실체가 아닌 이미지에, 잘 고쳐진 모습에 이끌려 여기까지 온 거면서 왜 이렇게 주저하는지 알 수 없었다. 녀석이 재창조된 자아를, 역동적이고 자신감 넘치는 자아를 남용하고 있는 건 아닌지 걱정도 되었다.

시간에 맞추어 해운대역으로 갔지만 대전행 기차는 탈 수 없었다. 내일 새벽차는 서는데, 지금 내가 탈 부산발 서울행 무궁화호는 간이역인 해운대에 서지 않고 그냥 지나친다는 거였다. 월마짜린디 할머니가 걱정되기도 했지만, 마음속 깊은 곳에서는 조금 전 놓쳤던 기회를 다시 잡을 수 있다는 설렘 같은 게 꿈틀거렸다. 희수는 내 속도 모르고 몹시 미안해했다.

"해운대역에 서지 않고 지나치는 기차도 있다는 걸 몰랐네."

"너 알면서도 그런 거 아냐?"

"아니라니까. 서는 게 있고 안 서는 게 있다는 걸 몰랐다니까."

"이제 어떡하지?"

약간의 부과금을 내고 새벽에 해운대역에 정차하는 기차표로 바꾸었다. 새벽까지 어디서 시간을 보내야 하는 거지? 젊은 남녀에게 주어진 잉여시간이 가져다주는 어색함이라니! 우리는 해운대역 주변의 골목길을 어슬렁거리며 그냥 이런저런 영화 이야기들을 했다.

"어디라도 들어갈까?"

어디라 함은 비닐 베일 조각을 내려친 여인숙, 모텔, 그런 곳일 거다. 이름이 가져다주는 칙칙함이 나를 불편하게 했다. 그 이름들을 칙칙하게 여기게 된 건 순전히 영화 때문이다. 연애를 다룬 방화 속 앵글들이 모두 내게 칙칙한 영상을 제공했다는 말이다. 어른들 몰래 섭렵한 십구 세 이상 관람가 영화들. 합법적이지는 못했으나 영화 전공을 목표로 하는 나로서는 불가피했던 영화감상은 내게 부정적인 이미지를 심어주었던 것이다.

희수가 그 칙칙한 이름의 네온사인 불빛 중 하나 앞에서 멈추어 서서 내 손을 잡아끌었다면 나는 못 이기는 척하고 이끌려 들어갔을지도 모른다. 하지만 희수는 "어디라도 들어갈까?"라고 말해 놓고 그 어디 중 하나를 적극적으로 물색하지는 못했다.

빙빙 돌다 다시 해운대역 앞까지 왔다. 거리에는 가끔 차가 오갈 뿐 인적은 없었다. 구석자리를 찾다가 희수는 음료자판기에, 나는 커피자판기에 기대앉았다. 희수가 뜬금없이 자리를 바꾸자고 했다.

"〈무림일검의 사생활〉이라는 애니 영화가 생각나서 신경 쓰이는걸. 솔직히 영린이 너 같은 예쁜 여자가 기대앉으면 녀석이 흥분할 거야. 무림의 고수가 커피자판기로 환생했거든."

예쁜 여자라는 작업멘트에 기분이 좋아졌지만, 커피자판기가 환생이라고 하니 오싹해져 기댔던 등짝을 뗐다.

"커피자판기와 혜미라는 여자애가 서로 사랑하게 되는 이야기거든."

"커피자판기와 여자가? 그럼 〈사이보그지만 괜찮아〉네."

"〈사이보그지만 괜찮아〉는 영군이가 일방적으로 말을 걸고 더 이상 발전이 없잖아. 결국 자신이 사이보그라고 착각하는 여자와, 사이코지만 괜찮다고 생각하는 남자, 인간과 인간의 사랑이야기이고, 〈무림일검의 사생활〉에서는 진짜로 사이보그랑 사랑을 한다니까! 한 차원 업그레이드됐다고나 할까."

"그럼 네 뒤에 있는 콜라자판기는 무슨 환생인데?"

"그것까지는 생각해보지 않았는데."

"커피자판기를 사랑한 나머지 혜미라는 여자애가 환생한 건 아닐까?"

"말 되네. 어째 황홀해지는걸!"

혜미라는 소녀의 환생에 기대앉아 있던 희수가 소녀의 통짜 실루엣을 쓰다듬으며 능갈맞게 말했다.

"무림일검 앞엔 나, 혜미 앞엔 희수 너. 우리가 붙어 앉아 있으니 얘네들 무지 신경 쓰이겠다. 그럴수록 더 붙어 앉아야지."

나는 일부러 등짝을 펴 어깨까지 붙였다.

"두 자판기 사이를 교란시켜야 더 멋진 후속작품이 나올 거 아니겠니? 〈무림일검의 복잡한 사생활〉 정도로."

우리는 자판기에 선팅비닐처럼 붙어서 커피를 마셨다. 커피를 홀짝이며 생각했다. 무림일검은 이 커피맛처럼 달콤 느끼한 녀석일 거라고.

"희수, 너의 궁극은 뭐야?"

"궁극? 이영린, 날 이상한 인간으로 몰지 마."

"이상한 인간으로 몰다니?"

"솔직히 그런 식으로 말하니까 내가 나쁜 놈 같잖아. 내가 궁극적으로 너랑 모텔 같은 데를 들어가고 싶어서 해운대역에서 기차가 서지 않는 데도 기차가 선다고 속이고……."

"무슨 소릴 하는 거야? 너 그럼 그런 생각을 한 거야, 음흉하게?"

"아니, 그게 아니라니까!"

"영화배우가 목표냐고."

"아아, 그런 궁극? 어렵게 말하니까 못 알아먹잖아. 일단은 배우로 출발하고, 나중엔 영화 만들어야지."

"그럼 너와 난 라이벌이네!"

"그런가?"

우리는 경쾌하게 웃었다.

"어떤 영화를 만들고 싶은데?"

"딱히 어떤 영화를 만들고 싶다기보다는, 여러 가지 역량 되는 대로 해보고 싶은 욕심이지, 관객을 감동시킬 수만 있다면."

"희수 너도 감동증후군이니?"

"감동 없는 영화를 누가 좋아해?"

"호들갑스러워야 잘된 영화는 아니잖아. 난 오히려 무덤덤한 톤으로 일관하는 작품에 정이 가더라. 내 생각엔 동감이라는 말이 맞는 것 같은데. 감동적이지는 않아도 되지만, 영화와 관객이 같은 감정을 갖는 게 중요한 것 같아. 동감은 필수, 감동은 선택이라고나 할까."

"감동? 동감? 같은 거 아냐?"

"다르지. 감동의 동은 '움직일 동'이고, 동감의 동은 '같을 동'인데.

공감? 동감? 감동? 말하다 보니 나도 헷갈리네."

"미묘, 미묘!"

일본 남자배우처럼 찡그리며 미묘한 잔 근육을 만드는 회수 얼굴이 내 마음을 흔들어, 나는 하마터면 손을 들어 그 잔잔한 근육들을 어루만질 뻔했다.

"어쨌든 감동은 중요해. 감동은 어떤 형태로든 있어야 하고, 감동시킬 수 없다면 그 어떤 테크닉도 작가를 구해줄 수 없는 거라는 루웨이 말에 완전 동의해."

"루웨이?"

"응. 〈패왕별희〉 시나리오 작가. 영린이, 넌 어떤 영화 만들고 싶어?"

"나? 웃기는 영화. 특히 엔딩 크레딧이 더 웃기는 영화. 감독이나 시나리오작가 이름 읽으면 다행이고, 스탭들 이름은 거들떠보지도 않고 일어서잖아. 갖은 고생을 묵묵히 참아낸 스탭들한테는 엔딩 크레딧이 전부인데, 맥 빠질 거 아냐! 어떻게든 읽게 만들어야지, 웃기기라도 해서."

갑자기 쏟아지는 불빛에 눈이 부셨다. 우리는 동시에 팔을 올려 빛을 가렸다.

"학생들, 여서 뭐하는 기고?"

랜턴을 든 역무원이었다.

"기차, 기다리고 있는, 데요."

"기차아? 새복까지 여서 기다리겠다꼬?"

우리는 주춤주춤 일어섰다.

"날도 춥운데, 대합실 안에 들가서 기다리라카이."

민망해진 우리는 랜턴 불빛을 피해 인도로 내려섰다. 그리고 어두운 거리를 무단횡단했다. 희수가 편의점에 들어갔다 나왔다. 내게 오렌지 향 자일리톨 껌 한 통을 주었다. 희수의 껌은 아카시아였다. 나는, 아니 우리는 우리들의 껌을 보며 피식 웃었다. 걷다 보니 어느새 다시 해변에 와 있었다. 결국 우리는 호감을 가진 젊은 남녀라면 마땅히 해야 할 일련의 행위를 궁극의 목적으로 두고 여기로 돌아온 것임에 틀림없다. 껌 껍질을 까서 하나씩 씹으며 해변을 걸었다.

"야, 뱉자."

하나 둘 셋, 구령에 맞춰 부걱거리는 바닷물에 껌을 뱉고 도망치는 유치한 짓을 다섯 번 반복했다. 모래밭에 앉았다. 다시 희수의 거친 숨소리가 내게 다가왔다. 담배 냄새 섞인, 아카시아 비누냄새 같은 껌 향기가 내 입술에 묻었다.

"에이, 비린내 난다니까!"

나는 또 순간을 견디지 못하고 소리쳤다.

희수야 있지, 키는 삼십에서 육십 센티미터로 자라며, 잎은 어긋맞게 붙었으며, 깃꼴겹잎으로 갈라지고, 낱낱의 잎과 줄기에 독특한 향기가 있는, 미나리과에 속하는 여러해살이풀 조각이, 희수 너의 교정기 철사와 송곳니 사이에 끼어 있어서, 너랑 키스 못 하겠어, 차마 이렇게 말할 수 없었다. 도대체 왜, 왜 그 질긴 미나리를 집어넣었어야 했냐고, 매운탕 집 아줌마만 원망할 수밖에 없었다. 희수가 벌떡 일어섰다.

"아직도 나? 나는 안 나는데? 에이, 잠깐 기다려."

희수는 나를 백사장에 남겨 놓고 도로 쪽으로 달리기 시작했다. 슈웅.

"야, 나만 혼자 남겨두고 어디 가? 무섭단 말야."

"잠깐이면 돼."

"또 껌 사러 가는 거야?"

도로를 건너 글로리콘도 쪽으로 달려간 희수의 모습이 더 이상 보이지 않았다. 나는 발등을 찍으며 후회했다. 순간의 어색함을 참지 못하고 밀쳐내다니. 턱관절이 아파 더 이상은 껌도 씹지 못할 텐데.

〈총알 탄 사나이〉처럼 슈웅 돌아온 희수는 내게 칫솔을 내밀었다. 나와 희수는 껌을 뱉던 바닷물의 포말에 이번에는 치약 거품을 뱉었다. 십분간쯤 닦았을까? 잇몸이 아플 지경이 되었다. 손바닥을 표주박처럼 오므리면 밀려오는 바닷물을 뜰 수 있을까 고민하는데 희수가 또 달려갔다. 돌아온 희수가 이번에는 생수병을 내밀었다. 나는 생수 양칫물을 바닷물에 보탰다. 그리고 미나리과에 속하는 식물의 섬유질이 내 이 사이에도 끼어 있는지 꼼꼼하게 점검했다. 양치질하는 희수를 힐끗 보았다. 기우제 지내기 직전의 제사장만큼이나 진지해 보였다. 이 코믹한 상황에서 과연 로맨틱한 키스를 성공적으로 해낼 수는 있을까?

저 멀리 바다에 누적된 밤은 짙고, 해변은 주변 건물들에서 내쏟는 불빛에 불야성이었다. 준비를 마치고도 희수는 실행에 옮기지 못했다. 아무도 없는 해변에서 내 손만 잡은 채 달만 쳐다보며 걷는 희수가 안쓰럽다는 생각도 들었다. 달이 밀물과 썰물을 조작하는 거야 어쩔 수 없다지만, 삼십팔만사천 킬로미터나 떨어져 있다는 달 따위가 나와 희수의 사이까지 간섭하게 내버려둘 수는 없었다. 인간도 아닌 달 따위가, 보름달도 아닌 이지러진 달 따위가 말이다.

'호젓한 산골길서 마주친 그날, 우리 왜 인사도 없이 지나쳤던가.' 하고 어느 시인처럼 무덤 속에서 후회하고 싶지는 않았다. 역포아이 잔영은 아까 씹어 뱉었던 껌과 양칫물과 함께 바닷물에 털어버리기로 했다. 어색하고 감질 나는 순간을 통과하기 위해 내가 먼저 희수에게 다가가야겠다고 결심했다. 지구의 강력한 중력을 두 발로 흡입한 나는 희수와 마주섰다. 녀석, 왜 이렇게 키가 큰 거야? 점프는 하지 않아도 되는 점에 안도하며, 까치발로 희수의 윗몸을 끌어당겼다. 타액에 녹아 건너 온 치약 냄새에 내 이성은 더 이상 이성적으로 작동되지 않았다. 미나리의 섬유질도, 교정기의 금속성도 문제되지 않았다.

"영린아, 너무 춥지?"

"추워!"

실제로 정말 추웠다.

"우리 어디든 들어가서 몸 좀 녹이자."

마비된 감각으로 희수의 손에 이끌려 자잘한 모텔들이 모여 있는 골목으로 향했다. 내 영화는 삼류 에로물로 전락하고 있었다.

＊

대전역에 정차한다는 역무원의 안내방송이 졸고 있던 나를 깨웠지만, 나는 눈을 뜨지 않았다. 아니 조는 척했을 뿐, 의식은 날카롭게 깨어 있었다. 기차가 대전역 플랫폼을 미끄러져 나가는 느낌을 온 몸으로 느끼며, 눈을 뜨지 않고도 그려지는 대전역을 외면했다.

이제까지 내가 읽은 모든 소설들이 내 스승이었다.
그 모든 소설들에게 감사한다.

이건 어느 소설공모에서 신인상을 탄, 바다의 왕자 마린보이 박태환과 일촌을 맺었다는 말도 안 되는 소문의 주인공, '마린'이라는 사람의 당선소감이다. 나는 장난삼아 이렇게 바꿔 낭독했다.

내가 본 모든 멜로영화는 내 연애의 스승이었다.
모든 영화들에게 감사한다.

넘쳐나는 소설 혹은 영화를 텍스트 삼아 많은 연애의 기술을 습득했으므로 앞으로 나는 연애를 멋지게 해낼 거라고 자신감에 들떠 있었다. 내 또래들이 국영수에 올인하고 있을 때 나는 영화와 소설에 심취했으니까. 〈물고기자리〉의 애련처럼 먼저 사랑을 고백하고 집착하고 상처받는 사랑법은 절대사절. 〈오만과 편견〉의 엘리자베스처럼 도도하게 턱을 치켜들고 오만 모드를 채택하리라 마음먹었다.

하지만 현실에서의 나는 오만과는 거리가 멀었다. 달의 인력과 맞장을 떠보겠다고 희수의 입술을 덮치는 순간부터 망가지기 시작했다. 오만할 겨를도 없이 희수의 손에 이끌려 노스텔지어인지 노스트라다무스였는지 헷갈리는 제목의 장소에 끌려들어가고 말았다.

결정적인 순간에 주저하지 않은 건 아니었다. 희수를 향한 내 감정조차도 확실한지 가늠되지 않았고, 어른도 아이도 아닌 어중간한 인격이 감정과잉으로 행동한다면 후회할 것 같다는 걱정도 되었다. 곽여사의 눈을 피해 나쁜 짓을 저지르고 있다는 죄책감이 들기도 했다. 하지만 보름밤이면 늑대로 변해 울부짖는, 〈나자리노〉를 텍스트로 선택했음에 틀림없는 희수의 파워가 훨씬 우세했으므로 나는 어쩔 수 없었다. 나는 달의 힘에 반항을, 희수는 순응의 길을 갔으나 아이러니하게도 결과는 같아졌다. 이제 앞서 말한 신인 소설가의 당선소감 패러디를 일부 수정할 시점이다.

내가 본 모든 멜로영화가 내 연애의 스승이 되지는 않았다.
특정 영화들에게만 감사를 표한다.

이 또한 탐탁하지 않다. 아무래도 다시 수정해야 할까 보다.

내가 본 멜로영화는 내 연애의 스승이 되지 않았다.
영화들에게 감사를 표할 정도가 되려면
더 많은 영화를 섭렵한 뒤라야 하겠다.

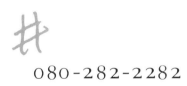

080-282-2282

열차가 대전역 플랫폼을 빠져나가는 순간 후회했다. 하지만 말 그대로 기차는 떠났다.

잠을 청하는데 누군가 다가와 섰다. 내 자리를 이어받을 승객이었다. 나는 주섬주섬 일어서서 출구로 나갔다. 신탄진역에서 내려 대전으로 되돌아왔다. 저지른 일에 대해서는 수습해야 한다는 미련 맞은 책임감이 발목을 잡은 것이다. 어쩌란 말인가, 달리 방법이 없는데.

〈다이하드 4.0〉에서였다. 네트워크 전산망을 파괴해 미국을 접수하려는 범죄자를 퇴치하기 위해, 버지니아로 향하던 형사 브루스 윌리스에게 매튜 패럴이 묻는다. 왜 이런 일을 하느냐고. 이런 일이란 자신과는 관계없는 사람들을 구하고 나라를 위해 일하는 걸 말한다. 컴퓨터 해킹이나 일삼던 매튜에게는 이해되지 않는 일이었을 것이다. 그때 브루스 윌리스는 이렇게 푸념한다.

영웅 되면 뭘 얻는지 알아? 아무것도 없어.

그저 등을 토닥거려주면서 블라블라블라…….

이혼하게 될 테지. 마누라는 성도 기억하지 못하고,

애들은 말도 하려고도 하지 않을 테지.

혼자 식사하는 게 좋겠어?

매튜 패럴은 다시 묻는다.

"그러니까, 왜 이런 일을 하냐고요?"

왜냐하면 지금 아무도 하려는 사람이 없으니까.

믿어줘. 다른 사람이 한다고 하면 그 사람한테 맡길 거야.

결국 범죄자였던 매튜 패럴은 브루스 윌리스의 딸을 구하고 영웅이 되어버린다. 자신이 가담했던 악당의 무리를 처단하는 데 일조한 것이다. 매튜는 거들먹대며 이렇게 말한다. 달리 어쩌겠어요!

달리 어쩌겠는가, 간병할 사람이 없는데! 틀니까지 잃어버린 시점에 내 알 바 아니라며 도망쳐버린다면 얼마나 비열한 짓인가. 나도 영웅이 되고 싶었던 게 아니다. 달리 어쩔 도리가 없었을 뿐이다. 게다가 해운 대 백사장에서 희수가 한 부탁은 내 발목을 잡기에 충분했다.

"영린아, 영화 찍을 때까지만 순정씨 도와줘. 순정씨는 이 영화에 꼭 필요한 배우거든. 이번 영화 잘돼야 나 부모님한테 영화하겠다고 말할 수 있을 것 같거든."

병원에 돌아갔다. 할머니는 노발대발했다. 나는 바닷바람과 아카시아 껌 향기의 여운에 취해 있었다. 머릿속과 가슴속은 온통 희수 생각으로 가득 차서, 할머니의 잔소리쯤은 해운대에서 끼룩거리는 갈매기 소리처럼 들려왔다.

틀니를 마련해야 하는 현실이 허우적거리는 나를 정신 차리게 했다. 치과과장이 병실까지 올라와 치아 상태를 검사하고 비용을 알려주고 내려갔다. 할머니는 야매 틀니를 하겠다고 우겼다. 치과의사 딸인 나로서는 용납할 수 없었다.

국민구강건강 위협하는 돌팔이, 신고하여 포상받자!
치과돌팔이 신고 전용전화 : 080-282-2282 (수신자 부담)

아빠 치과에서 이런 표어를 수없이 보아왔던 내가 부정 의료행위자에게 틀니 만드는 일을 하게 하는 건 있을 수 없는 일이다. 하지만 거금을 지불해야 하는 상황에 처하니 귀가 솔깃해졌다. 아니, 그 부정 의료행위자가 눈앞에 있다면 '둘팔이에 이둘팔이'로 신고하여 포상금이라도 챙기고 싶은 심정이었다.

틀니 본을 뜨겠다고 자청해서 호랑이굴로 걸어 들어올 부정 의료행위자는 없었다. 대퇴부 골절 수술을 받은 할머니가 병원 밖으로 나가는 것 또한 무리였다. 화장실도 내 도움 없이는 가지 못하는데, 공연히 외출했다가 잘못되기라도 한다면 더 큰 낭패를 보게 될 것이다. 통장의 잔고로는 틀니 값을 충당할 수 없는데, 그렇다고 아빠한테 도움을 청하기도 싫었다. 어떻게 해서든 내 힘으로 마무리 짓고 집에 돌아가고 싶었다. 해운대의 추억은 내게 얼마간의 위로가 되어주었다.

"아이구, 소화가 안 되네그려. 아이구, 월마짜린디."

할머니는 된장국에 밥을 말아 먹은 뒤 주먹으로 가슴을 치며 불평했다. '이가 없으면 잇몸'이라는 속담은 할머니에게는 적용되지 않았다. 죽을 신청하면 맛이 없다며 밥을 먹겠다고 하는 바람에 할머니의 비위를 맞추는 게 여간 힘든 일이 아니었다.

내색은 하지 않았지만 마사루가 배우가 되는 데 도움이 되고 싶은 심정으로 시작한 일이었다. 또한 희수의 부탁도 들어주고 싶었다. 그런데 경솔한 실수로 일이 어렵게 된 것이다. 나는 틀니 계약금을 수납하기 위해 캐시카드를 들고 현금자동출납기로 향했다.

*

틀니 본 뜨는 날이었다. 휠체어를 몰고 치과로 가기 위해 엘리베이터 앞에 서 있었다. 문이 열렸다. 타고 있는 두 사람을 보자 욱 분노가 솟구쳤다. 오른팔로 남자의 허리를 감싸고 있는 사람은 마사루였고, 감쌈을 당한 쪽은 희수였다. 희수는 나를 보자 마사루의 손을 밀어냈지만 이미 내가 봐버린 뒤였다. 나 혼자 동동거리며 사태를 수습하러 다닐 때 전화도 잘 받지 않다가, 뒤늦게 야릇하게 얽혀 나타나다니!

"어, 영린아!"

나는 대꾸 없이 휠체어를 밀어 엘리베이터로 들어갔다.

"할머니, 괜찮어?"

"누구신, 디? 날 알어요?"

"우리 할머니가 눈도 나뻐졌나, 하나밖에 없는 외손녀두 못 알아보네? 할머니 이거 몇 개여?"

마사루는 검지와 중지를 펴서 월마짜린디 할머니 눈앞에 흔들었다.

"이런 되먹지 못헌 지지배! 핼미를 생전 보지두 못헌 년헌티 맽겨 놓구 코빼기두 안 보이다 이끔에야 나타나?"

"어, 멀쩡하네. 우리 할머니 치매 걸렸나 해서 깜짝 놀랐잖어. 내가 뭐 놀러 다니느라 그랬남? 바뻤다니께."

엘리베이터 문이 열리자 마사루는 휠체어를 몰고 나가려고 했다. 나는 마사루의 손을 뿌리쳤다. 할머니가 치과에 들어가 있는 동안 그동안의 경위를 말했다. 괘씸하기는 했지만 할머니의 보호자는 그녀이니 알려는 주어야 할 것 같아서였다.

"어? 이 병원 정형외과 과장님이 우리 아빠 동창이신데."

희수의 아버지와 이 병원 정형외과 과장이 동창이라는 게 내게 어떤 도움이 될지는 모르겠지만, 어쨌든 한 줄기 빛이 비치는 것 같았다.

"정형외과 과장님이라는 분, 희수씨 알아보지 못하면 어떻게 해요?"

"그러게요."

"점 같은 거 없어요?"

"엉덩이에 북두팔성이 있긴 한데 솔직히 어떻게 보여줘요?"

북두팔성이라면 북두칠성보다 점 하나가 더 있다는 뜻일 텐데.

"의사 선생님 앞인데 뭐 어때요? 급하면 까서 보여야지."

〈포레스트검프〉도 아니고, 무슨 엉덩이를! 희수가 자리에서 일어섰다.

"이영린! 희소식이다."

돌아온 희수가 말했다.

"수술비랑 입원비도 직원가로 해주신다고 했어. 정형외과 과장님이 치과 과장님한테 부탁하니까 틀니 값이 삼십 퍼센트나 할인되더라고."

기쁜 소식임에 분명했다. 그런데 허탈했다. 희수의 한 마디에 파격할인을 받다니! 아무 연고도 없을 때는 청구액을 거의 내야 하지만, 정형외과 과장과 친분이 있다는 것이 알려지자 대접이 백팔십 도로 바뀐다는 사실을 알고 나니 억울하고 화가 났다.

"북두칠성인가 팔성인가 보여주었어요?"

"어렸을 때 머리 찢어져서 아저씨 병원 가서 꿰맨 적 있는데, 그 상처 보여주니까 기억하더라고요."

"우핫핫, 거의 남북 이산가족 찾기 수준이네요."

"그러게요. 걱정되는 건 내 소재가 노출되었다는 거 아니겠어요. 설마 아저씨가 아빠한테 전화하지는 않겠죠?"

"걱정하지 마요. 종합병원 의사 선생님이 얼마나 바쁜데 그깟 일로 전화까지 하겠어요?"

"솔직히 전화해도 상관은 없어요. 엄마하고는 며칠 전 통화했으니까."

"근데 이영린, 울긴 왜 우냐?"

"이영린, 그렇게 힘들었어? 너희 아빠 치과의사시잖아. 이럴 때 힘 좀 빌리면 좋을 텐데."

사고나 치고 다니는 딸의 모습을 보이라고?

"어, 아빠가 치과의사였어? 이영린 부르주오 맞네!"

병원을 나와 버스를 탔다. 은행으로 가기 위해서였다. 지난번 틀니 계약금을 뽑을 때는 병원에 있는 인출기를 사용했으니. 곽여사가 내가 있는 장소를 알게 되는 건 시간문제일 것이다. 이번에는 병원에서 한참 떨어진 아파트 단지 같은 데로 가서 잔금 치를 돈을 뽑을 생각이었다. 나름의 위치교란 방법이라고나 할까. 나는 에프비아이에 쫓기는 〈본 얼티메이텀〉과 〈본 슈프러머시〉의 맷 데이먼처럼 신중을 기하기로 했다.

현금지급기 버튼을 눌렀다. 잔고 부족이라는 메시지가 떴다. 그럴 리가? 잔액조회를 했다. 남아 있는 돈이 별로 없었다. 이게 무슨 일이지?

"손님, 삼 일 전에 손님 계좌에서 이백만 원 인출되었는데요."

맷 데이먼이 찾아간 스위스은행 여직원처럼 날카로운 눈매를 갖지 않은, 상냥한 표정의 창구직원이었는데도 내게는 위압적으로 느껴졌다.

"그럴 리가요? 전 뺀 적 없는데요."

"잠시만요. 확인해드릴게요."

창구직원은 이틀 전 서울 목동지점에서 현금자동인출기가 아닌 창구에서 직접 인출되었다고 했다. 당혹스러웠다.

"이 통장 계좌 개설한 본인 맞아요?"

순간 〈본 아이덴티티〉의 맷 데이먼처럼 내가 누구인지조차 모를 지경이 되어버렸다. 이제 대전 은행 직원이 스위스 은행 직원보다 더 노골적으로 내 정체를 의심하기 시작했다. 나는 그 행원이 벨이라도 눌러 나를 체포할 것 같은 두려움에, 그녀가 시키지도 않았는데 주민등록증을 꺼내 보이며 내 정체를 증명하기에 급급했다.

"본인 맞네요. 혹시 통장 만들 때 부모님이 만들지 않으셨어요?"

그런 것 같다. 아마도 내가 어렸을 때 만들었을 테니까. 통장 만들 때 부모 도장을 썼을 경우 부모가 인출할 수도 있다는 거였다. 나는 카드만 사용했을 뿐 통장과 도장은 곽여사가 가지고 있었으며 용돈을 타서 썼으니 카드도 거의 사용하지 않았다. 치사하게 가출한 딸에 대한 응징으로 잔고를 비워버린 것이다. 또 다시 막막해졌다.

마사루는 애초부터 간병비를 챙겨 줄 마음이 없었을 테고, 아무리 생각해도 도움 청할 곳이 없었다. 민정이한테 꿔볼까? 민정이 핸드폰 번호도 생각나지 않았다. 병원으로 돌아와 로비에 있는 피씨로 민정이 자매가 운영하는 사이트에 들어갔다. 사이트 홈에는 민정이가 각종 스카프와 가방을 매고 들고 찍은 사진들 속에서 웃고 있었다. 대학생 민정이는 사업까지 하는데 나는 그런 민정에게 돈이나 꾸려들다니. 전화번호를 찾아내어 전화를 걸었다. 다행히 민정이가 받았다.

"잘 지냈어, 친구?"

"영린, 나야 잘 지내지. 핸드폰이 불통이던데, 택배는 받았나, 친구?"

그러고 보니 선물을 받고도 고맙다는 인사문자도 보내지 못했다.

"어, 잘 받았지. 고맙다고 하려고 전화했지. 진짜 고마워, 친구."

"근데 지금 공중전화로 거는 것 같은데?"

"어, 밖이야. 근데 민정아."

돈 좀 꿔줄 수 있냐고 입이 떨어지지 않았다. 쭈쭈바 나눠먹고 외상값 갚아주는 친구 따원위는 필요 없다고 핏대를 세우던 내가 민정에게 그런 허접한 친구가 될 수는 없었다.

"영린아, 뭐 할 말 있어?"

"아니. 선물 정말 고맙다고 한 번 더 말하려고……."

"별것도 아닌데 뭘."

공중전화 카드 잔액이 바닥났다는 신호음이 울렸다.

"그래. 언제 한번 보자. 민정아, 또 전화할게."

민정의 반응으로 봐서 내 부모는 내 행방을 알아내기 위해 민정에게 전화 한 통 하지 않은 것 같았다. 마사루가 빼앗아간 스카프 생각이 나면서 화가 또 부걱부걱 치밀었다. 무슨 일이 있어도 마사루의 머리통에서 스카프를 벗겨내고 말겠다고 다짐하며 병원에 돌아왔다. 병실 안에서 할머니의 호통 소리가 들려왔다.

"이년아, 내가 돈이 워딨다구 그 비싼 틀니 값을 낸단 말여?"

"할머니 통장에 돈 있잖여. 장롱에 금반지도 많구. 내 돌반지만 팔아도 틀니 값은 될 거 아녀. 꼭 영린이한티 덤터기를 씌워야 허는 겨?"

"허이쿠, 시절 없는 년의 지지배. 이년아, 통장에 있는 돈 이끔 허물면 니년 대학은 워떻게 갈겨? 니년 새엄만가가 대준다고 허담?"

"대학이야 내가 벌어서 가면 될 거 아녀어?"

"때려죽여봐라 그 돈을 허무나. 그리구 이년아, 김대중 선생 시절 금 모으기 할 때두 안 내놓구 묻어뒀던 금댕이여. 나 죽으믄 송장 치를 때 쓰란 말여."

"뭐 벌써부터 죽은 다음을 걱정하구그려, 할머니는?"

"늙은 목심은 밤새 안녕이라구, 원제 끊어질지 모른단 말여. 내 당장 네 년 대학 졸업헐 때꺼정만이라두 살아 있으려믄 잘 먹지는 못혀두 처먹은 건 소화시킬 수 있으야 할 거 아녀."

"그래두 이건 내 친구헌티 불공평헌 처사여. 대학 등록금 헐자니께."

"나두 어린 것헌티 변상허게 허는디 왜 미안허지 않겄어. 허지만 워떡 혀. 걔는 그리두 웬만큼 사는 집 자석 같으니께 내라구 허는 거지."

"걔네 집이 잘사는지 워떻게 알았어? 허긴 걔 아빠가 치과의사랴."

"그려? 친군디 그것두 여적까정 몰렀어?"

"친해진 지 얼마 안 된단 말여."

"그러니께 신세 좀 져두 괘엔찮다니께에."

"그런감?"

신세를 져도 된다고? 아빠가 치과의사 되는 데 보태준 거 있나? 아빠 가 치과의사라고 하면 빌붙으려는 인간이 꼭 있다니까!

"근디 희수라는 늠 하구는 워떤 사이여?"

"이이, 사이가 읎는 사이! 할머니 손녀 사윗감 맘에 드남?"

"내 스타일은 아녀."

"할머니가 데꼬 살 껴?"

나는 병실 밖으로 나왔다. 마사루와 그렇고 그런 사이가 되었다고? 지조라고는 도롱뇽 귓구멍에 눌어붙은 귀지만큼도 없는 녀석!

치아 교정을 결심하다

월마짜린디 할머니가 퇴원하는 날이다. 이 주 동안 입원한 다음 할머니 집 근처 병원으로 통원치료를 다닐 계획이었지만 그건 마사루가 할머니 옆에 있을 때나 가능한 일이었다. 그녀가 촬영장소에서 먹고 자는 바람에 할머니가 퇴원해 집으로 가는 일 자체가 어려워진 것이다. 결국 입원기간이 늘어났고, 그에 따른 간병이 온전히 내 몫이 되었으며, 내 고통의 날들은 연장되었다. 될 대로 되라는 심정으로 펼쳐지는 상황에 저항하지 않았다.

마사루는 퇴원수속을 밟느라 원무과로 내려갔다. 희수가 병실로 들어와 할머니에게 인사했다. 할머니는 희수에게 흐뭇한 표정을 날렸다.

"웬일이야?"

기대를 버리지 못한 탓에 내 말투는 제법 부드러웠다.

"으응, 촬영지에 같이 내려가려고. 순정씬 어디 갔나?"

녀석은 내 시선을 외면하며 안절부절못하다가 원무과에 가보겠다고 병실을 나갔다. 희수를 쫓아 나가서 마사루와 정말 그렇고 그런 사이가 되었느냐고 묻고 싶었지만 그만두었다.

그깟 녀석 버리기로 마음먹었잖아. 쿨하게 보내주지 뭐.

눈물이 고였다. 도르래꼬마라도 볼까 봐 눈을 비벼 말렸다.

마사루가 원무과에 내려가 있는 동안 나는 할머니의 서랍장을 정리하며 시름을 달랬다. 옷과 수건, 밥그릇, 대접, 일회용 수저 묶음, 종이컵, 먹다 남은 과자, 손톱깎이, 귀지파개, 이쑤시개, 스트로, 빗, 로션, 주스 박스, 돋보기안경 등 고분 출토를 방불케 했다. 나는 고고학자가 된 기분으로 발굴 작업에 박차를 가했다. 왕관이나 금귀고리가 묻힌 왕족 고분이면 기분 좋을 텐데 서민적인 물품들만 쏟아져 나오는 바람에 짜증이 일었다. 그때였다. 옷갈피에서 휴지로 싼 뭔가가 툭 하고 떨어졌다.

"이게 뭐야?"

틀니였다. 새 틀니는 분명 할머니 입속에 장착되어 있는데? 나는 풀어헤친 휴지 속 틀니를 들고 할머니를 바라봤다. 할머니는 나를 외면했다.

"입 벌려봐요."

할머니는 입술을 입 안으로 오므리고 앙다물었다.

"아이 씨. 입 좀 벌려보라니깐요."

할머니는 아예 돌아누워 얼굴을 침대에 파묻었다. 나는 필사적으로 할머니 얼굴을 돌리고 입술을 잡아당겨 열었다. 입속에도, 내 손 안에도 틀니가 있었다. 호러보다 더한 공포의 반전이었다. 아아! 내 몸에서 총알이 쏟아져 나올 수만 있다면, 나는 수천수만 발의 총알을 쏘아 할머니를, 하얀 맨이 득시글거리는 이 병원을 부셔버리고 싶었다. 나는 정말이지 영군이가 되고 싶었다.

"이게 얼마짜린데!"

나는 울상이 되어 외쳤다. 월마짜린디는 끄응 소리를 낼 뿐이었다.

"아이 씨바, 졸라⋯⋯."

염통이 옥죄여 와서 나는 애꿎은 가슴만 펑펑 때렸다.

"아그야, 건 니 잘못이잖어."

"그게 왜 제 잘못이냐고요?"

나는 이곳이 절대안정을 취해야 하는 병실이라는 것도 잊은 채 도리어 내게 역정내고 있는 월마짜리인데에게 발악했다.

"잘 찾아보았으야지. 건성건성 찾는 척만 허더니 자알 됐구먼그려!"

왜 더 꼼꼼히 찾아보지 못했을까? 아니, 그때는 정말 이 잡듯 뒤졌다. 사이보그 소녀 영군이처럼 다리에서 화염이 나와도 시원찮을 마당에, 내 다리는 하염없이 후들거리기만 할 뿐이었다. 마사루와 월마짜린디, 잔인무도한 악녀 세트! 난 남자도 아닌데 왜 그녀들은 나를 파탄시키려 하는가? 나는 틀니를 들고 부들부들 떨다가 휴지통으로 다가갔다. 던져 넣으려는 찰나 월마짜린디가 몸을 일으켜 내 손 안의 틀니를 낚아챘다.

"인 내. 됐다 쓸겨."

그리고는 가방 속 깊이 쑤셔 넣었다. 분노는 쉽게 잦아들지 않았다. 나는 씩씩거리며 월마짜린디 가방을 빼앗아 뒤졌다. 그리고 흉물스러운 틀니를 꺼내 내 주머니에 넣었다.

"아따, 그느무 화상 승질머리 한번 드럽구먼그려. 이리 줘어."

"싫어요."

"어차피 가지고 있어두 쓰지두 못하잖어. 인 내. 뒀다 쓸 거니께."

"나두 뒀다 쓸 거예요."

"네 년이 그걸 어떻게 쓰냔 말여?"

"쓴다니까요!"

나는 울먹이며 소리쳤다.

"우리 아빠 치과의사라니까, 아빠한테 부탁해서 이 틀니에 맞게 내 이빨 교정이라도 해서 꼭 쓰고 만다니까."

나는 월마짜린디가 누웠던 침대에 엎어져서 떠나는 월마짜린디 가족을 배웅하지도 않았다. 희수는 변변한 인삿말도 하지 않고 마사루의 손에 팔을 잡힌 채 함므파탈(팜므파탈＝여자, 옴므파탈＝남자, 함므파탈＝할머니)의 가방을 들고 병실을 나갔다. 또 한 쌍의 후천성 샴쌍둥이가 내 곁에서 멀어지는 순간이었다. 나는 간호사가 일회용 비닐장갑을 끼고 시트를 갈러 올 때까지 월마짜린디의 채취가 남은 침대에 엎드려 시트를 움켜잡고 머리를 쥐어뜯으며 버르적거렸다.

"학생, 일어나야지. 새 환자가 올 거거든."

*

퇴원을 며칠 앞둔 아침이었다. 티셔츠 입은 거대한 수탉 한 마리가 치킨 봉투를 들고 현란한 꽁지를 흔들며 뛰어 들어왔다. 수탉의 티셔츠에는 '내다리치킨'이라는 어설픈 로고가 붙어 있었는데, 비닐 봉투 속에

든 것은 비비큐치킨이었다.

"치킨 시킨 적 없는데요."

"으흐흐, 이영린, 나야."

수탉 목 부분, 가로로 난 구멍으로 마사루의 얼굴이 나왔다.

"코스프레 갔다가 갈아입지도 못하고 지금 막 서울에서 내려오는 길이거덩. 쪄 죽는 줄 알았다. 수탉 캐릭턴데, 멋있지?"

도르래꼬마는 수탉을 보고 좋아라 하기는커녕 멀뚱멀뚱 쳐다보다 게임에 다시 몰두했다. 수탉은 아이에게 치킨 봉투를 주고 게임기를 빼앗아 조작하기 시작했다. 아이는 다리 한 짝을 든 채로 치킨 봉투를 열었다. 아이가 와앙 하고 울었다. 봉투 속에 치킨은 없고 지갑과 화장품 같은 잡동사니가 들어 있었기 때문이다.

"히히힛. 어이, 속았지롱. 그냥 설정이야."

아무튼 도움 안 되는 인간이다.

"뭐하러 왔냐?"

"위문공연 차원이지. 너 퇴원 얼마 남지 않았잖아."

빨간 버슬 아래 오토바이용 고글을 두른 수탉이 게임을 하며 대답했다.

"됐거든! 나, 너 보면 머리가 지끈거리고 아파지는 게, 진짜로 입원해야 될 것 같으니까 제발 가라."

"지난 일 갖고 꽁할 건 뭐냐? 다 털어버려."

"꽁하다고? 그게 나한테 할 말이냐? 너 같으면 털어지겠냐고?"

"못 털 건 뭐냐? 이 게임 뭐가 이렇게 어려워?"

수탉은 게임오버된 게임기를 아이에게 돌려주며 투덜거렸다.

"나 참! 누군가가 이렇게 성의 있는 복장을 하고 찾아오면 나 같으면 팔십육 배는 힘이 날 것 같은데, 넌 좋지 않냐?"

"그 누군가가 너일 땐 절대 아니거든! 그리고, 왜 팔십육 배야?"

"아, 팔십육 배! 너 〈보물섬〉도 안 봤냐? 그거 완전 멋진 김성호 감독 오빠가 만든 〈보물섬〉에 나오는 에이코라는 여자 대사야. 지금 어떤 남자가 내 앞에서 노래를 불러준다면 팔십육 배는 힘이 날 텐데! 멋있지? 내가 요즘 독립영화에 심취해서 팔십육 배로 즐겁거든."

"그러니까 왜 백 배도 아니고 팔십육 배냐고?"

"글쎄, 그 여자배우가 팔륙년생인가? 아, 몰라! 감독한테 물어보지 왜 나한테 신경질이냐? 근데 이건 또 뭐냐?"

수탉이 간의의자에 펼쳐 놓은 내 공책을 들어 올리며 물었다.

"왜 남의 공책을 보고 그래? 이리 내!"

"시나리오잖아. 직접 쓴 거야? 꼴에 재수생이 별 짓을 다 해요."

나는 필사적으로 내 창작노트를 빼앗았다.

"아, 새끼. 뭐 대단한 거라고 유별을 떨어요."

수탉은 치킨 상자 속에서 검정색 비닐 봉투를 꺼냈다. 비닐 봉투는 기름진 음식을 쌌던 봉투인지 번들거렸다. 참기름 냄새도 나는 것 같았다.

"할머니가 너 주라더라."

할머니들. 무엇이든 꼬깃꼬깃한 비닐 봉투에 모아두는 종족이다.

"이게 뭐야? 소주병 뚜껑이잖아!"

비닐 봉투를 열어 보고 난 또 신경질이 났다.

"이걸 나한테 왜 주냐고? 니네 할머니 고철 수집도 하냐?"

"뭐?"

"〈맨발의 기봉이〉 촬영장에 가서 수거해왔냐?"

"뭔 소리야?"

"탁재훈이 캠프파이어하면서 소주병으로 하트 도미노 만들어서 쓰러뜨리잖아."

"뭘 좀 제대로 알고 말해라."

"모르긴 뭘 몰라? 병뚜껑 개수도 비슷하구만."

"〈맨발의 거봉이〉에서 나온 소주병은 이 메이커 아니고, 그 왜 있잖아, 손예진이 선전한 산 그림 그려 있는 소주, 그거였다니까."

"맨발의 거봉이가 아니라 기봉이거든. 무슨 포도도 아니고!"

"이영린, 따지냐? 원래는 충청도 지역 소주는 따로 있거든. 그냥 협찬받은 소주로 촬영했을 거야."

"지역 소주?"

"넌 시험이 코앞에 다가왔는데 사탐공부도 안 했냐? 우리나라 소주전쟁이 얼마나 치열한데. 한국 근현대 삼대 내란 중에 하나로 꼽히잖아, 소주전쟁! 대따 무식하구만."

장미전쟁이라는 말은 들어봤어도 소주전쟁은 금시초문이다. 아편도 아니고, 무슨 소주 따위 때문에 전쟁까지 치른단 말인가. 동양의 베니스라는, 중국의 소주(蘇州) 쟁탈전이라면 모를까.

"할머니가 주방일할 때 손님들이 마신 소주병에서 모은 거야. 가자, 비행기 타러!"

웬 비행기? 월마짜리와 그녀의 손녀딸이 참회한 나머지 나를 제주도 여행이라도 보내주기로 한 걸까? 비닐 봉투를 들고 수탉을 따라갔다.

소주병 뚜껑을 보면서 〈맨발의 기봉이〉 생각을 하다 보니 틀니에 얽힌 안 좋은 기억이 되살아나면서 또다시 화가 치밀기 시작했다. 기봉이가 마라톤대회에 나간 이유가 늙은 어머니의 틀니 값을 마련하기 위해서였기 때문이다. 동병상련이랄까, 대회 출전을 앞두고 죽을 동 살 동 마을 길을 달리던 기봉이의 모습에 틀니를 마련하기 위해 허둥대던 내 모습이 겹쳐졌다.

이 영화를 단순히 상금 타서 틀니를 만들어 드리려는 순수 총각 기봉이의 효성에 포커스를 맞춘 휴먼드라마로 보았다면 그건 잘못 본 것이다. 마라톤대회의 상금을 노려야 할 정도로 틀니 값이 거금이라는 암담한 현실을 비판하고자 한 영화인 것이다. 대부분의 노인들에게 필요한 게 틀니인데 의료보험도 제대로 적용되지 않는다니! 이 부조리를 어떻게 타파해야 한단 말인가 하고 고뇌하던 감독이 급기야 이런 작품을 탄생시킨 것이다. 치기공소 소장들과 치과의사들과 보건부 장관과 의료보험법 입안자들을 모아놓고 반드시 이 영화를 보게 하여 반성하게 만들어야 한다고 본다.

틀니 이야기가 나와서 하는 말인데, 틀니에 대해 심층 고찰한 영화는 또 있다. 〈사이보그지만 괜찮아〉가 그것이다. 할머니에서 영군이, 영군이에서 일순이, 일순이에서 다시 영군이, 이렇게 틀니의 공용화를 부추기는, 비판적이기보다는 계몽적인 영화라 하겠다. 아니, 틀니의 프리사이즈화의 비전을 제시하는 에스에프영화라 하는 게 나을지도……. 아니면 말고.

우리는 꿈돌이랜드에서 놀이기구를 탔다. 월마짜린디가 모아서 내게 준 소주병 뚜껑은 놀이기구 쿠폰이었던 셈이다. 다른 사람들이 현금으로 구입한 자유이용권을 손목에 차고 다닐 때 우리는 참기름 냄새 나는 '축 당첨 꿈돌이랜드 입장권＋1기종 이용권'이라 쓰인 소주병 뚜껑을 주고 후룸라이드와 범퍼 카를 탔다. 껑충거리고 뛰어다니는 수탉이 놀이동산 자체 캐릭터인 줄 안 아이들이 사진을 찍자고 매달렸다. 수탉이 깻잎머리 소녀들을 불러 세웠다.

"니네들 수업 째고 왔지? 공부 좀 해라, 공부 좀!"

어쭙잖게 충고하며 깻잎이 째질 정도로 가열차게 알밤을 먹였다. 깻잎들은 왁스 발라서 널어 놓은 깻잎이 상할까봐 자지러지며 방어했다.

"내가 누군지 아는 사람? 알아맞히면 이 병뚜껑 다 준다."

꺅! 환호성을 지르는 깻잎들 앞에서 수탉은 영화 속에서 했던 여러 포즈를 잡는 데 열중했다. 아무도 영화배우인 걸 알아채지 못하자 수탉은 씩씩거렸다.

"수탉 옷 입어서 못 알아보나? 야, 이 무식한 깻잎들아! 영화 좀 보면서 살아라!"

수탉은 깻잎들에게 화장실까지 뛰어갔다 오라고 했다. 속없는 깻잎들이 좋아라 하며 수탉이 시키는 대로 뛰어갔다 뛰어왔다. 헐떡거리며 선착순으로 병뚜껑을 받아 챙긴 깻잎들이 수탉 아랫볏을 잡아당겨 부비부비를 하고 사진을 찍고 법석 떨다 사라졌다. 스낵코너에 앉아 수탉은 양념치킨을, 나는 참치 샌드위치를 먹었다.

"안 쪽팔리냐?"

"뭐가? 아, 코스? 왜 쪽팔려?"

"코스프렌가 뭔가, 니네들 그건 뭐하러 하냐?"

"밥은 왜 먹냐고 묻는 거랑 똑같이 개념 없는 질문이야."

"밥이야 먹지 않으면 살 수 없으니까 먹는 거고."

"코스도 안 하면 살 수 없다니까! 가수가 좋아서 노래 따라 부르고 춤 따라 추는 거랑 똑같은 거야. 애니 주인공 되어보는 게 얼마나 기분 업 되는 일인 줄 알지도 못하면서. 카메라 세례 받으면서 포즈 취할 때의 희열이란 말로 할 수 없다니까! 같은 취향을 가진 사람들과의 영혼의 교감이라고나 할까."

"교감씩이나! 초딩들하고 교감하냐?"

"아, 이 새끼는 몰매 맞을 말만 한다니까. 이승환도 토끼옷 입고 티비 출연했는데, 못 봤냐? 이승환이 초딩이냐?"

"초딩 마인드인가 보지."

"승환 오빠 펜클럽 누나들한테 몰매 맞을 소리 하고 있군. 승환 오빠가 입고 나온 토끼옷은 마이클 라우라는 세계적인 피규어작가 작품이야. 그리고 또 일본 작가, 거 머시냐, 마루야마 겐진가, 그런 사람 소설에도 등장한다고. 물론 색깔은 다르지만."

"네가 그렇게 어려운 소설도 읽나?"

"이 인간이 날 뭘로 보는 거야? 말만 들었지. 내가 입은 이 옷은 〈사랑은 단백질〉이라는 영화에 나오는 닭사장 캐릭터야. 닭사장이 자기 아들 튀겨서 배달시키고 슬퍼하는 내용의 애니거덩."

"자기 아들을 튀기다니, 뭔 엽기야?"

"치킨가게 사장이 닭인데, 먹고는 살아야 하니까 자기 새끼 닭돌이를 튀겨서 팔거든! 남은 계란들도 부화시켜야 되고, 병아리들도 먹여 살려야 하니까. 가장이잖아!"

"그러니까 왜 자기 새끼를 튀기냐고, 비인간적이게?"

"야, 닭사장은 인간이 아니라니까. 비인간적이 아니라 비닭적이지. 아무튼 그게 은유고 풍자라잖아."

"말이 되어야 말이지. 닭 어른이 자기 아들을 왜 튀기냐고!"

"아, 진짜 말 안 통하네. 시시콜콜 따지고 들어가면 참신한 이야기를 어떻게 만들어내냐? 쫌 억지가 있어도 봐주고 넘어가야지. 고지식하게 만들면 또 식상하다고 난리칠 거면서. 일단 〈사랑은 단백질〉이라는 영화를 봐. 다 이해가 되니까. 그 영화 만든 감독 오빠도 얼마나 멋있는데. 나 이제부터 일본 애니 보지 않고 우리나라 애니 볼 거다. 말리지 마라."

"새로 찍는 영화는 잘돼?"

"열 받아서 그만뒀지."

"왜? 그 감독 오빠도 멋있다고 난리를 떨더니?"

"술 먹는 장면이면 술 먹으면서 찍어야 리얼리티가 살 거 아니냐? 근데 소주잔에 생수 붜서 마시라는 거야. 말이 되냐?"

"술 마시지 않고도 술 마신 연기를 해내야 배우 아니냐?"

"그게 사기지, 예술이냐? 내 생각엔 술 먹는 씬은 스탭이고 감독이고 배우고 할 것 없이 마시면서 찍어야 한다고 봐."

"촬영기사가 취하면 화면 흔들려서 어쩌라고?"

"흔들려야 진정한 예술이라니까!"

마사루의 궤변에 내 머리가 흔들릴 지경이었다.

"대책 없이 너무 많이 마셨나 보지."

"어, 어떻게 알았어?"

그러면 그렇지!

"캐릭터 자체가 대책 없이 마시는 캐릭터라니까! 내가 무슨 에스엠에 전속 계약된 보아냐? 월급 많이 주는 것도 아니면서 웬 이수만 사장처럼 쪼아대느냐고, 독립영화 감독이!"

마사루는 생각하면 할수록 화가 나는지 계속 핏대를 올렸다.

"땀띠 안 생기냐?"

"생기지. 하지만, 인생 뭐 있냐. 꼴리는 거 하고 그때그때 즐기며 사는데, 땀띠쯤이야 대수롭지. 근데 너의 그 삐딱한 태도는 뭐야? 고마워해야 되는 거 아니냐? 친구를 위해서 염천더위에 정장 갖춰 입고 찾아와 줘, 놀이동산에 데리고 와 놀아주기까지 하는데."

"아주 눈물겹다 못해 눈이 짓무른다! 병뚜껑으로 간병비 퉁치려는 생각은 마. 지구 끝까지 쫓아가서라도 받아낼 테니까."

"누가 안 준대? 돈 벌면 준다니까 그러네. 만화는 다 봤냐?"

"네가 오늘 왜 왔는지 알고 있거든. 만화 가방 찾으러 온 거지?"

"눈치 한번 완전 빠르네."

"간병비 청산 안 하면 절대 못 줘."

"내가 얼마나 아끼는 건데……. 이영린 무쟈게 독하네."

"누가 날 이렇게 독하게 만들었는데?"

"니네 부모도 어지간히 독하다. 아니 어떻게 딸이 이 고생을 하고 있는데 찾아오지도 않냐? 하여간 있는 집이 더 무서워요."

"내가 어디 있는 줄 알고 찾아오냐?"

"왜 몰라, 희수씨가 니네 엄마한테 전화했는데."

"아이 씨. 울 엄마한테 전화를 왜 해?"

내 부모가 내 예금을 인출한 바람에 나는 생애 최초이자 최대의 역경에 부딪치고 말았다. 희수가 용돈을 털어 주었지만 틀니 값은 터무니없이 모자랐다. 나를 가엾게 여긴 병실 환자들이 나를 간병인으로 채용하겠다고 했다. 월마짜린디와 옆 침대 아줌마의 수발을 들어주고, 틈틈이 도르래꼬마의 간병을 하기로 한 것이다. 그들이 선불을 해주어 월마짜린디의 틀니를 해줄 수 있었다. 월마짜린디가 퇴원하고 나서도 한 달 이상을 더 병원에 머물러야 했다.

아빠가 찾아왔을 때는, 병원 인출기에서 돈을 찾는 바람에 소재지가 노출된 걸로만 알았다. 희수가 전화했으리라는 생각은 하지 못했다.

가족과의 상봉이 그렇게 어색한 일인지 그때까지는 몰랐다. 나는 내 용물이 가득한 휴대용 변기를 들고 아빠를 맞았다. 복도에 한참을 서서 아빠를 바라보다 오물처리실로 들어갔다 나왔다. 아빠와 나는 병원 로비의자에 말없이 앉아 있었다. 가슴이 타들어갔다. 왜 이렇게 뜸을 들이지? 차라리 주먹을 날리시던가.

"언제 집에 올 거냐?"

이십여 분 만에 아빠가 내게 던진 한 마디였다.

"한 달 반 뒤요."

"그래? 그럼 그때 보자."

아빠는 일어서서 병원을 빠져나갔다. 아픈 데는 없냐거나 내가 도와줄 일 없고 같은, 모름지기 부모라면 했을 법한 말 같은 건 한 마디도 없었다. 전후 사정도 묻지 않았다.

"아빠."

병원 현관문을 열고 나가던 아빠가 돌아보았다.

"왜?"

"……."

"왜? 할 말 있으면 빨리 해. 가야 해."

"마, 만 원만 주세요. 샌드위치 사먹게."

"만 원?"

아빠는 지갑을 꺼냈다. 그리고 정말 딱 만 원만 꺼내서 내게 주었다. 만 원만 달란다고 달랑 만 원짜리 하나 던져주고 가는 몰인정한 아빠가 어디 있단 말인가, 생리대 살 돈도 없는데! 나는 주차장을 빠져나가는 검정색 체어맨에서 반사되는 광택에 눈살을 찌푸리며 중얼거렸다.

젠장, 비둘기! 이만 원 달라고 할걸.

생각할수록 서운했다. 가네시로 카즈키의 소설을 영화화한 〈플라이 대디〉. 이 영화에서의 아버지는 복싱선수에게 폭행당한 딸의 복수를 위해 유급휴가를 얻는다. 그리고 아들뻘밖에 안 되는 남학생들에게 싸우는 법을 배운다. 체력단련을 위해 평소 출퇴근 때 타던 팔십사 번 버스를 타지 않고 따라간다. 매일 달리고 달려 팔십사 번 버스도 따라잡는다. 그리고 짱가처럼 날아서 복수한다.

딸이 어딘가를 두드려 맞아야만 발휘하는 게 부성애는 아니라고 생각한다. 새우잡이배에 잡혀 가야만 심각한 게 아니란 말이다. 틀니 값에 잡혀 있는 재수생도 수렁에 빠진 딸임에 틀림없다. 적어도 아버지는 문제를 해결하고 딸을 데리고 귀가해야 하는 존재여야 한다.

딸아, 고생 많았구나! 얼마면 되겠니? 아빠가 해결해줄게. 집에 가자.

이렇게 말했다면 난 못 이기는 척하고 따라나섰을 것이다. 그런데 아빠는 언제 집에 들어올 거냐고 묻고는 곧바로 가버렸다. 나는 오기로라도 버텨내고 말겠다고 이를 악물었다.

이를 악물었다 해서 샌드위치의 유혹마저 뿌리칠 수 있었던 건 아니다. 만 원짜리를 헐어 생리대를 샀다. 생리대를 사고 난 나머지 돈으로 참치 샌드위치를 샀다. 그리고 비싼 치즈는 첨부하지 못한, 누액만 가미되었음에도 치즈 첨부 못지않게 짭짜름한 참치 샌드위치를 먹었다.

마사루와 놀이동산에 와서도 평소 잘 먹던 빅맥세트는 거들떠보지 않고 한 맺힌 참치 샌드위치를 먹었다. 역시 치즈는 첨부하지 못한 채.

"난 그것도 모르고……. 왜 우리 집에 전화하느냐고, 쪽팔리게?"

후룸라이드를 탈 동안 가졌던 월마짜린디와 그녀의 손녀에 대한 너그러웠던 마음은 다시 강퍅해졌다.

"왜 나보고 지랄이야? 희수씨가 했다니까."

"둘이 사귀면 일심동체니까 네가 한 거나 마찬가지잖아."

"말이 되는 소리를 해라. 니네 부모한테 알리면 어떻게든 해결해주고 집으로 데려갈 줄 알았지. 너 수능 준비해야 되는데 시간 허비하고 있다고 희수씨가 얼마나 걱정했는데. 알지도 못하면서!"

생각할수록 기막혔다. 희수가 전화까지 했다면 그동안의 사정을 알았을 텐데, 그런데도 날 구출하지 않았단 말인가, 우리 부모는?

"이영린. 경고하는데 더 이상 희수씨한테 꼬리치지 마라."

"꼬리를 쳐? 희수와 나 사이에 끼어들은 거 너 아니었어? 남에 밥에 침 뱉은 거 너 아니었냐고?"

"누가 뺏기래?"

"야, 역포아이 따윈 관심 없어. 너나 다 가져. 난 침 뱉은 밥에 물 안 말거든!"

"아, 짜식! 희수씨가 무슨 밥이냐, 물 말게?"

"희수 네 밥이잖아!"

"어쨌든 희수씨와 나는 그 뭣이냐, 십구금 사이가 되고 말았으니까 관심 끊어줘."

"끊고 자시고 할 것도 없다니까!"

나는 신경질적으로 소리쳤다.

"너, 그때 해운대 왔을 때 말야. 너도 잤냐?"

얼굴이 홧홧해져 와 신경질을 부리지 않고는 어떻게 할 수도 없었다.

"내가 너 같은 줄 알아? 부디 끝까지 사귀어서 결혼도 하고 이세도 출산하기 바란다. 친구 덕분에 원판 불변의 법칙, 그거 체험할 수 있게."

"아주 악담을 해라. 근데 니가 쓰고 있는 시나리오는 무슨 내용이냐?"

마사루는 흘러가는 말처럼 슬쩍 물었다.

"모범적인 재수생이 인간 말종을 만나면서 인생 허비하는 이야기다."

"어째 쫌 껄쩍지근한데. 그 영화가 주고자 하는 교훈은 뭐냐?"

"교훈 같은 거 얻으려고 영화 보냐? 굳이 말하라고 한다면 '첫째, 해봤자 고생만 한다, 가출하지 마라. 둘째, 질 안 좋은 친구는 절대 사귀지 마라, 인생 망친다.' 다."

"질 안 좋은 친구? 맞아, 너 땜에 내가 이 모양 이 꼴이잖냐. 완성되면 보여줘. 그나저나 무쟈게 덥다."

육수를 줄줄 흘려대던 닭사장은 노란색 부리를 벌려 손을 넣고 얼굴을 벅벅 긁어대다가 갑자기 생각났다는 듯 일어섰다.

"더 이상 못 참겠다."

쉰내 나는 닭사장이 땀에 젖은 궁둥이를 실룩거리며 스낵코너 카운터 앞으로 가더니 식가위를 빌려 왔다. 닭사장은 티셔츠를 벗고 수탉 복장 지퍼가 끝나는 허벅지 윗부분부터 가로로 싹둑싹둑 자르기 시작했다.

"어어? 무슨 짓이야?"

한 마리의 수탉이 윗도리와 아랫도리로 반 토막 났다.

"이영린, 뒤쪽 좀 잘라라. 더워서 도저히 못 참겠다."

앞자락이 반쯤 잘린 수탉이 내게 가위를 건네주면서 뒷몸을 들이댔다.

"벗으면 되지 아깝게 그걸 왜 자르냐? 애써서 만들 땐 언제고."

"벗는 거하고 윗부분 남은 거하고는 완전 다르지. 그리고 한번 입었으면 그만 입어야지 식상하게 또 입냐? 이렇게 획기적인 라인으로 자르면 재활용할 수 있잖아. 수탉은 벼슬이랑 꽁지가 생명이니까, 꽁지 손상가지 않게 조심해라."

나는 엉망으로 마구 잘랐다. 마사루는 윗몸은 수탉, 아래는 반바지 입은 사람, 반인반수의 우스꽝스러운 물건이 되었다.

"아랫도리로 바람이 들어오니까 시원하구만! 역시 영화나 옷이나 인간과의 소통이 중요해. 야, 이거 너한테만 특별히 주는 선물이다."

닭다리 없는 닭사장은 잘라낸 자신의 다리들을 내게 던졌다.

"고무줄 넣어서 입고 다녀라."

"아이 씨. 쪽팔리게 그걸 어떻게 입고 다니라고!"

나는 투덜대며 닭다리를 내 다리에 끼웠다. 척척했다. 닭사장 윗몸통의 마사루, 닭다리의 나. 이렇게 세트로 코스프레장에 나타나면 완전 히트칠 거라고 예감하면서.

"천 쪼가리 남은 거 없냐?"

깔끔하게 자를걸 괜히 엉망으로 잘랐다고 후회하며 나는 물었다.

"그건 왜?"

"고무줄 넣어서 바지로 입으라며? 허리랑 궁뎅이 부분이 많이 모자라는데 덧대 올려야 할 거 아냐. 그리고 나도 꽁지 필요하거든."

# #
도롱뇽 피규어

다른 모든 것을 잊게 하는 달, 팔월.

다른 모든 것을 잊고 싶어하며 서울행 기차에 올랐다. 마사루의 만화 가방들과 테니스 라켓 케이스는 고스란히 내 어깨와 손에 들려졌다.

영등포역에 되돌아왔다. 감개무량한 마음으로 역사를 둘러보았다. 음, 내가 없는 동안도 칙칙한 분위기를 유지하고 있었군. 나 없는 동안에도 지구는 돌고 있었고, 은하철도999는 운행되고 있었던 거야.

무거운 짐을 패대기치며 내가 살던 아파트로 갔다. 지금의 심정은 뭐랄까, 사고다발 지역을 벗어나 잔잔한 호숫가로 오픈카를 모는 기분이랄까, 〈광복절 특사〉로 풀려나는 차승원이나 설경구의 기분이랄까. 기쁘기도 하고 가족들의 눈총이 두렵기도 했다. 어서 빨리 집으로 들어가 샤워하고 한숨 푹 자야겠다는 마음으로 도어락 버튼을 눌렀다. 개 짖는 소리가 들려왔다. 내 대신 개를 키우게 된 건가? 문은 열리지 않았다. 설마 내가 번호를 잊어버린 건 아닐 테고. 다시 눌렀다. 두 번 잘못 누르면 도어락은 작동을 멈추어버린다. 앙칼진 개소리에 마음이 조급해졌다. 기다렸다 다시 눌렀다. 열리지 않았다.

"누군데 남의 집 자물쇠를 자꾸 눌러?"

인터폰으로 짜증 섞인 목소리가 들려왔다. 아무리 증폭된 기계음이라 해도 나를 낳아준 엄마 목소리를 구별하지 못할 리는 없었다. 분명 곽여사의 목소리가 아니었다. 가사도우미 아줌마일까?

"저, 이집 딸인데요."

"딸? 우리 집에 딸 없는데."

딸이 없다니. 내가 딸인데?

"저, 혹시 이정호씨 댁 아닌가요?"

문이 열렸다. 슈나우저를 안은 아줌마가 나타났다.

"우린 얼마 전에 이사 왔는데."

가출한 사이 이사가는 부모라니! 아빠가 대전으로 찾아왔을 때도 힌 트조차 주지 않았다. 내가 정신이라도 멀쩡하니 망정이지 폭행이라도 당해 기억상실증이라도 걸렸다면, 이정호 치과도 기억나지 않아서 길거 리를 떠돌게 된다면 그때는 어쩌자는 건지!

멍하니 계단에 앉아 있다가 내 몸집보다 더 큰 짐을 삐그덕 삐그덕 몰 고서 이정호 치과로 갔다.

"영린아, 너 가출해서 병원에 있었다며?"

김간호사 언니였다. 간호사 보조들도 흘긋거리며 킬킬댔다.

"원장님이 열 받으셔서 네 통장에 있는 돈 다 빼라고 하셨거든."

그렇게 빼앗을 거였다면 통장은 왜 만들어주고 자산 소유의 희열에 몸서리치게 만들었단 말인가? 구강경으로 환자 입속을 헤집던 아빠가 나를 발견했다. 나는 소파에서 벌떡 일어서 치과의사 선생님을 알현하는 빳빳한 자세로 서 있었다. 아닌 게 아니라 왼쪽 아랫잇몸이 욱신거렸다. 불규칙한 객지 생활 탓에 이가 썩은 것 같았다.

"왔나? 왜, 더 놀다 오지 않고?"

마스크 쓴 입으로 아빠는 덤덤하게 말했다. 그리고는 그만이었다. 나는 치과가 문 닫을 때까지 기다렸다가 아빠와 함께 귀가했다.

페인트 냄새가 남아 있는 새집에 들어갔다. 〈나 없는 내 인생〉의 사라 폴리라도 된 것처럼 눈물이 핑 돌면서 목마저 매캐해졌다. 내가 없어도 내 가족은 잘 먹고 잘살고 있었으며, 마이 홈은 평수까지 불어나 있었다. 곽여사가 나를 흘긋 바라보았다.

"엄마, 이 집 몇 평이에요?"

되도록 발랄하게, 존대까지 하며 물었다. 곽여사는 한심하다는 듯 보다가 마지못해 대답해주었다.

"육십이 평이다, 왜?"

"지난번 아파트가 사십팔 평이었으니까 열네 평이나 는 거네?"

"계산력은 좀 늘어서 돌아왔군. 그래서 어쩌라고?"

"그럼 틀니 몇 개를 해주고 늘린 거야? 틀니 하나에 삼백만 원만 치고, 열 개에 삼천만 원이니까 팔십 개 만들어 팔아서 이 집 산 거네?"

"뭐야?"

"아니지, 리모델링 비용도 있을 테니까 백 갠가?"

"아빠가 만두 빚어서 파시냐?"

"만두를 빚어 파나 틀니 만들어 파나 그게 그거지, 직업에 귀천이 있나?"

"니 아빠가 종일 썩은 내 나는 환자들 입속 들여다보면서 어렵게 벌어들이시는 돈으로 밥 먹고 옷 사 입고 학교 다닌 주제에 그게 딸이 되어가지고 할 소리야? 그것도 집 나갔다가 돌아와서?"

내 딴에는 우스갯소리로 눙쳐보려던 것이었는데 결과는 최악이었다. 솔직히 그냥 한 농담은 아니었다. 영국의 수필가 가드너의 글 〈모자철학〉을 염두에 둔 풍자였다. 그에 따르면 모자가게 주인은 모자 크기로 사람들의 머리가 좋고 나쁨을 판단한다고 한다. 요즘 머리 크면 얼큰이나 큰바위얼굴이라고 무시당하는데, 그 당시에는 그렇지 않았나 보다.

재봉사는 사람들 옷의 재단과 윤기를 보고, 구두장이는 신발의 질과 상태를 보고 지적, 사회적, 경제적 정도를 측정한다고 한다. 세상 사람들 모두가 제각각의 특수한 창구멍을 통해 인생을 바라본다는 것이다. 치과의사는 그가 들여다보는 입속의 치아로 사람의 성격이나 습성, 건강 상태, 심지어 지위마저도 파악한다고 하는데, 치과의사 딸이 틀니 값으로 아파트 평당 가격을 어림짐작해보는 게 뭐가 잘못이란 말인가. 아프가니스탄 난민 어린이를 살릴 수 있는 수액 값이나, 아프리카 아동들에게 콜레라나 설사병 예방에 필요한 수분보충용 소금을 제공할 수 있는 값. 이런 것에 대한민국 서울의, 그것도 강남 다음으로 비싸다는 목동의 중대형 아파트 값을 비교한다는 건 그 얼마나 비현실적인 일이겠는가. 또한 기부문화에 익숙하지 않은 부모가 얼마나 부끄럽겠으며, 부모에게 수치심을 안겨주는 딸이란 그 얼마나 불효자인가!

나는 그날 정말 엄청 보대꼈다. 아빠는 뉴스만 보고 있었고, 곽여사의 자랑, M외고에 다니는 동생은 학원에 갔는지 보이지도 않았다. 질타의 늪에서 나를 구해준 건 종횡무진 거실을 날아다니던 모기 한 마리였다.

"몇 달 만에 집에 돌아와서는 모기까지 끌고 들어와? 아무튼 도움이 안 돼."

곽여사는 빨갛게 부풀어 오른 목덜미를 긁어댔다. 잠입했던 모기가 곽여사의 목을 문 것이다. 에이 씨, 나만 미워해. 나만 들어왔나? 아빠도 들어왔는데 왜 나만 보고 뭐라고 해!

"엄마를 위해 준비했어. 우리 곽여사님, 말라리아모기한테 물려서 돌아가시면 고품격 인류의 손실이잖아. 아무렴 대재앙이고말고."

"말라리아 걸려서 죽으라고? 이느무 지지배, 말을 해도 꼭……."

나는 마사루에게 양도받은, 아니 복잡한 채무관계로 압류한 태니스채를 휘두르며 거실을 헤집고 다녔다. 모기 한 마리와 실랑이를 벌여 십여 분 만에 드디어 잡았다. 모기 타는 냄새에 곽여사는 코를 벌름거렸다. 나는 짐짓 청국의 신문물을 배워온 영선사의 유학생처럼 의기양양하게, 테니스채에 걸려든 모기 사체를 확인사살까지 시켜 그녀에게 보여주었다. 그녀는 내색은 하지 않았지만 딸이 귀향하면서 가져온 혁신적인 메커니즘에 넋을 빼앗긴 눈치였다. 거실에서 텔레비전을 보던 아빠가 일어서서 주방 쪽으로 가면서 내게 말했다.

"영린아, 치과 일이 그렇게 만만치는 않아. 세금에 재료비에 인건비, 치기공소에 지불해야 하는 대금도 있고, 건물관리비에 임대료도 내야 하고 말이지. 팔구십 개 만들어선 턱도 없는 일이야."

"맞아. 주부생활, 여성동아 같은 거 비치해야지, 스포츠신문에 경제신문 구독해야지, 어린이 고객을 위해 만화도 준비해야 하고, 커피에 녹차까지 경비가 장난 아니겠네요."

내포된 빈정거림의 기미를 눈치 챘는지 아빠는 한참동안 나를 바라보았다.

"배고픈데, 밥 안 줄 거야?"

다음날 곽여사에게 먹살이 잡히다시피 하여 다시 재수학원에 나갔다.

"엄마, 그 학원 별로란 말야. 딴 데 가면 안 될까?"

"공부 못하는 것들이 꼭 학원 탓을 해요."

곽여사의 미간이 순간 구겨졌다.

"이느무 지지배, 다른 집 애들은 가출 같은 것도 안 하고 공부 열심히 하더구만, 넌 꼭 내 속을 썩이고 싶냐?"

그녀는 생각났다는 듯 분통을 터뜨렸다. 끝도 없이 이어질 잔소리가 예상되었다.

"엄마가 몰라서 그렇지 다른 집들도 다 그러고 살아. 애들은 부모 속 썩이려고 태어나는 거잖아. 희수 봐, 범생이 희수가 의대 때려치울 줄 누가 알았겠어."

"말이나 못하면."

"엄마, '고통 총량 균등의 법칙' 몰라? 부모들이 자식 때문에 평생 겪어야 할 고통의 총량은 서로 같다. 그런 말이잖아. 나는 한 번 가출로 왕창 썩힌 거고, 다른 애들은 찔끔찔끔 나눠서 썩히니까 그게 그거라니까.

한 방 지르고 끝내는 내가 차라리 효녀지."

"효녀어?"

나는 내 머리 쪽으로 향하는 그녀의 손을 가드하며 느물거렸다.

"앞으론 절대로 속 썩히지 않고 잘할게, 엄마아."

계속 느물거렸다가는 후환이 두려운 관계로 바로 애교를 떨어댔다.

"너, 고통 총량 균등의 법칙인가 뭔가, 그거 지키지 않고 또 속 썩이면 '고통 기하급수적 증가의 법칙'을 적용해서 내가 널 고통스럽게 만들어 줄 테니까 각오해라."

학원은 내가 없어도, 마사루가 없어도, 사탐만이등급이 없어도 건재했다. 도대체 이 땅에 재수생은 왜 이리 넘쳐나는지, 낯익은 얼굴은 거의 없고 새로운 애들이 들어와 자리잡고 있었다.

턱 깎아내는 수술을 받았는지, 중괄호턱의 턱은 뾰족턱으로 바뀌어 있었다. 아이 씨, 별명 바꾸기 귀찮게 왜 인간들 얼굴이 볼 때마다 바뀌는 거야?

중괄호가 뾰족이 된 비결을 알게 되었다. 죽비 대신 볼 마사지기를 들고 다니며 턱 선을 비벼댄 결과였다. Y자형의 양쪽 끝에 로울러가 달린 플라스틱 기구였는데, 학생에게 약탈한 노획물임에 분명했다.

야자시간, 나는 《신의 물방울》 열두 권 위에 들러붙어 잠을 청했다.

"와, 니 살 빠졌네! 어데 갔다 인자 왔노?"

보리뻥튀기가 다짜고짜 반말이었다. 남이사.

"공부는 좀 했나? 안 했제? 니 인자 열심히 해야 될 끼다. 알았나?"

하이고, 지가 무슨 내 남친이라도 되는 것처럼 간섭은! 그때 제법 착하게 생긴 여자애 한 명이 야자실로 들어와 보리뻥튀기 옆에 앉았다. 시간이 흐를수록 둘에게서 느껴지는 분위기가 묘했다. 다정하게 소곤거리기도 하고 함께 책을 들여다보기도 하다가 야자가 끝나기가 무섭게 손을 잡고 나갔다. 그들도 후천성 샘이었다. 우쒸, 샘노므쉬키들!

학원에 들어가면서 가장 먼저 한 일은 조리를 사는 일이었다. 어렵사리 구한 도롱뇽 피규어를 본드로 붙여 신고 다녔다. 발바닥을 때리고 바닥을 때리는 리듬감이 퍽 괜찮았다. 무엇보다도 신발 바닥을 땅바닥으로 튕겨주고 난 뒤, 엉덩이 고관절근육이 수축될 때의 실룩거리는 기분! 도롱뇽이 살아서 스멀거리는 것 같은 느낌도 좋았다. 역시 조리는 발 사이즈보다 삼, 사 센티미터는 큰, 삼촌 사이즈가 제격이다.

튜닝해봤자 간지 나지 않는 삼선슬리퍼는 제아무리 명품이라도 사절한다. 루이비통 핸드백에 사족 못 쓰는 몰개성 아줌마가 된 기분이기 때문이다. 이제 삼디다스가 평정했던 발바닥 네트워크는 튜닝이 자유로운 조리에게 패권을 내어줄 시점이 된 것이다. 피규어를 마음대로 붙일 수도 있고, 두 짝의 발바닥은 무한한 상상을 그려 넣기에 얼마나 넓은 캔버스인가!

날씨가 추워져서 발이 시리면? 뭐가 걱정인가, 발가락 양말도 있는데. 더 추워지면? 내가 한겨울에도 조리를 신고 다닐 만큼 바보는 아니다. 집으로 돌아가는 길, 누군가가 생각나 마음이 시려지기도 했다.

바야흐로 가을, 부산국제영화제의 계절이 되었다. 윤성호 감독의 〈은하해방전선〉이 초청작이 되었다는 소식을 듣자 내 마음은 다시 달뜨기 시작했다. 민정이 자매는 앞으로 부산국제영화제 공식 머천다이징 제품

공급업체가 되기 위해 미리 부산에 내려가 홍보에 열을 올리고 있다는 소식도 들려왔다. 나는 노트북으로 부산영화제 티켓 예매를 시도했다. 핸드폰에 인증번호가 전송되기를 기다려 다시 시도하기를 수차례. 겨우 은하해방전선 맨 뒤쪽 구석자리를 잡고 결재버튼을 클릭하려는 찰나 곽여사가 방문을 열었다.

"학원 안 가?"

"오늘은 집에서 하려고."

"오늘은 웬일로 잠을 안 자냐? 너 또 영화 보는 거 아냐?"

"아냐. 수학강의 듣던 중이었어. '기적 만들기!' 엄마도 이기홍 쌤 강의 좋다고 그랬잖아."

"진짜야?"

"속고만 살아왔나?"

"나, 너한테 말도 못 하게 속고 살아왔지. 어디 봐."

곽여사는 내 노트북을 열어 잠금으로 넘어가 있는 버튼을 클릭했다.

"왜 남의 노트북을 함부로 만지고 그래?"

"이게 뭐야. 부산국제영화제? 이느무 지지배. 수능 며칠 남았다고! 고통총량균등의 법칙? 더 이상 속을 썩히지 않는다고?"

나는 잽싸게 방을 뛰쳐나가 현관문을 열고 도망쳤다. 이번에는 계단 위층으로 올라갔다.

"〈은하해방전선〉 꼭 봐야 하는데. 민정이도 도와주어야 하는데."

백씨, 네가 시키는 대로 다할 줄 알았나

'지난달과 별 차이 없는 달' 또는 '모두 다 사라진 것은 아닌 달'이라는 이름으로 불리는 십일월이었다. 기막히게 맞아떨어지는 이름이라는 생각이 들게 했다. 마지막 모의고사 성적이 지난달과 별 차이 없었기 때문이다. '모두 다 사라진 것은 아닌 달'도 맞아떨어졌다. 희수가 찾아왔던 것이다. 아, 회한 섞인 어색함이라니. 녀석은 내게 합격엿을 건넸다.

"한 방에 붙어라."

"작년에 이미 한 방 날려버린 내게 어울릴 덕담은 아닌 것 같은데?"

초콜릿 묻힌 찰떡도 있고 몰랑몰랑한 호박엿도 있는데, 하필이면 딱딱한 엿 방망이라니! 망치의 도움을 받거나, 콘크리트 벽을 가열차게 가격하지 않고서는 부스러기마저 얻을 수 없는 갱엿을 말이다. 엿 깨부수다 시험도 보기 전 녹다운될 것 같았다. 이도 몽땅 빠져서 월마짜린디의 틀니를 진짜로 써야 할지도 모르고.

"수능 볼 거지?"

"봐야지. 영린이는 나를 위해 준비한 거 없어?"

"합격기원 선물 같은 거 필요 없잖아. 엉터리로 봐도 올 일등급이라면서."

집에 들어갔느냐고 내가 물었다. 그렇다고 했다.

"부모님은 너 영화하는 거 뭐라고 안 그러셔?"

"엄마는 밀어주는 분위긴데, 솔직히 아빠가 못마땅해하시지. 이 오빠 수능 끝나고 미국 다녀온다."

"맨날 미국 간대지."

"이번엔 진짜야."

"영화과 실기는 어쩌고?"

"실기시험 전에는 돌아올 거고, 출연한 영화가 포트폴리오니까 굳이 실기시험 보지 않아도 될 것 같기도 해."

나는 녀석이 안겨준 엿 몽둥이로 허공을 갈겼다.

"영린아, 미안했어."

"뭐가?"

"그날 해운……"

"희수야, 부탁이 있어."

나는 반사적으로 희수의 말을 막았다. 해운업이라는 업종이거나 해운항만청이라는 관청에 대해 말하고 싶은 건 아닐 테다. 녀석의 입에서 해운대임에 틀림없는 '해운'이 흘러나오자 얼굴이 닳아 올라 견딜 수 없었다. 도대체 지금 뭘 사과하겠단 말인가.

"미국 가거들랑……."

"선물 사다 줄까?"

"오버하지 마. 그딴 거 주고받을 사인 아니잖아? 내가 하고 싶은 말은, 마이클 잭슨이나 파라 포셋이 단골인 성형외과는 가지 말라는 거야. 아참, 파멜라 앤더슨하고 케니 로저스도 실패했다더라."

"그렇게."

너스레를 떨지도 웃지도 않았다. 녀석은 축 처진 어깨로 짧게 대답할 뿐이었다. 계속 걸었다. 뭔가를 정리하는 말을 내가 먼저 해야 할 시점인 것 같았다.

"희수야."

녀석의 회한 가득한 눈이 내 눈을 응시했다. 순간 녀석의 손을 한 번만, 딱 한 번만 잡아보고 싶은 마음이 간절해졌다. 잡지는 않았다. 내게도 자존심이라는 게 있다.

"너, 일본 애니 〈초속 5센티미터〉 봤어?"

"아니."

"대충 스토리를 설명해야겠군. 여자애와 남자애가 있었어. 여자애가 전학 가는 바람에 편지로만 애틋함을 주고받았거든. 이번엔 남자애가 더 멀리 전학을 가게 되었쥐. 둘 사이의 물리적인 거리가 더 멀어지게 된 거쥐. 전학 가기 전날 남자애는 여자애를 찾아가기로 했쥐. 자꾸 쥐, 쥐 하니까 쥐 나올 것 같쥐?"

반응이 없었다. 나름 어색해하는 녀석을 편하게 해주려는 의도였는데.

"건방지게 내 조크 씹는 거쥐?"

"씹는 게 아니고, 어디서 많이 듣던 말투라서."

"풋, 눈치 챘어? 말이지 감독 성대모사였는데."

"마리지 감독?"

"황감독 말이쥐. 그분은 잘 있쥐?"

"요즘 편집작업 막바지라서 바쁘지 뭐. 서울독립영화제 출품 마감일이 며칠 남지 않았거든."

"그래? 요새는 안 울쥐?"

나는 입술에 쥐가 날 정도로 '쥐'에 집착했다.

"술 마시면 울쥐."

희수도 웃으면서 쥐했다.

"그날따라 폭설로 기차는 연착에 연착을 거듭했쥐. 다섯 시에 만나기로 했는데 밤 열두 시쯤 되어서야 남자애가 기차역에 내렸단 말이쥐."

내 말장난에 내가 먼저 지겨워졌다.

"여자애가 기다리고 있었게 아니게?"

"글쎄?"

"기다리고 있었어. 오차를 넣은 보온병에 도시락까지 싸들고. 둘은 기차역을 나와서 눈 오는 들판을 걷다가 벗나무 앞에서……."

그 다음 장면을 어떻게 설명해야 할지 난감해졌다. 입술을 나누었지로 할까, 아니면 입을 맞추었지? 뭐 알 거 다 알면서 이렇게나 난감해하는 거지? 위험하지만 적극적인 방법을 쓰기로 했다. 나는 두 아이의 부둥켜안은 장면을 희수에게 보여주기 위해 아이팟을 꺼냈다. 그리고 눈보라 속, 앙상한 벗나무 아래 두 아이가 있는 장면을 찾아 건넸다.

"불법 다운로드한 거잖아? 이영린, 강도짓이나 마찬가지야."

"거금 든 거라서 지우지 못한 거니까, 따지지 말고 그냥 봐."

"무슨 소리야?"

"아이 씨, 경찰서에 잡혀가서 벌금 물고 나왔다니까, 추적조사에 걸려서. 밥 먹듯이 다운받는 애들은 안 걸리더구만, 딱 한 번 했는데 재수 없게 걸렸다니까."

"그럼 뉴스에 모자이크 처리로 나오는 애가 영린이 너였어? 으허허, 영상 데뷔 한번 거창하게 하셨군!"

그 순간 영원이라든가 마음이라든가 영혼 같은 것이

어디에 있는 건지 안 것 같은 기분이 들었다.

십삼 년간 살아온 모든 것을 함께 나눈 것 같은

그런 생각을 하고,

그리고 다음 순간 견딜 수 없이 슬퍼졌다.

아카리의 그 따스함을,

그 영혼을 어떻게 다루면 좋을지

어디에 가져가면 좋을지

그것을 나는 몰랐기 때문이다.

동영상은 흐르고 있었고, 희수는 화면을 보며 묵묵히 걸었다.

우리는 앞으로도 계속 함께 있는 것이 불가능하다는 것을 확실히 알 수 있었다.

우리 앞에는 아직도 너무나도 큰 인생이,

막연한 시간이,

어찌할 도리도 없이 가로놓여 있었다.

나는 희수에게 이렇게 말했다.

그날, 그날 말야, 희수야,

우리에게도 우리의 따스함이 있었어.

영혼이 어디에 있는 건지

알 수 있던 시간이었다고까지 말하기는 곤란하지만…….

미안? 적절한 표현이 아니야.

미안이라는 말은 그때의 우리의 따스함 같은 걸

무위로 만들어버리는 거거든.

아니, 이렇게 말하고 싶었지만 그만두었다. 그냥 나는 내 갈 길을 계속 갔다. 교훈이나 날리는 독후감식 마무리는 내 취향이 아니다.

"우리 다시 사귀자."

뜬금없이 나는 소리쳤다. 희수가 나를 보았다. 말도 안 된다는 표정으로.

"이딴 개소리하려고 왔다면 하지도 마!"

"그딴 개소리하러 온 거 아닌데……."

웃음기어린 대답과 함께 아이팟이 돌아왔다. 맥이 빠졌다. 빈말이라도 다시 시작해보자고 말하면 안 되나. 설마 내가 기다렸다는 듯 덥석 그래라고 할까봐?

"다시 사귀자고 하면 받아줄 것도 아니면서."

해보지도 않고 단정은!

"헛소리 그만하고, 벌써 다 왔네. 잘 가. 시험 잘 보고."

"영린아, 잠깐만!"

악수를 하고 돌아서는 나를 희수는 놓아주지 않았다.

"사실, 변명 같지만, 솔직히 순정씬 같이 작업하다 보니 가까워졌을 뿐이야. 나름 끌리는 점도 아주 없진 않았지."

희수는 괴로운 표정을 지어보였다.

"역포아이라고 비웃기나 했지 거들떠보기나 했니? 너도 그랬고. 고치고 나니까 갑자기 다들 잘해주더라. 내게 이런 날도 오는구나 싶기도 하고. 고치길 잘했구나 생각도 들고. 그러다 보니 자만심 같은 게 생겼다고 할까, 헤퍼지더라고. 처음 본 날 먼저 다가와서 팔짱을 끼더라, 순정씨가. 아찔한 게, 한동안은 정신 못 차리겠더라고. 변명 같지만."

"같지만은 빼라. 변명 맞는 것 같다."

"그래, 인정한다. 변명이다. 허접한 변명 따위나 늘어놓는 내가 정말 싫다."

"자학하지는 마. 변명에 위안 받는 모자란 인간도 있게 마련이니까."

"나 때문에 마음 많이 다쳤구나. 내가 나빴어. 하지만 영린아, 니 마음에 내가 조금이라도 남아 있다면……."

남아 있다면? 가슴이 쿵쾅거리기 시작했다.

"너에게 돌아오고 싶어."

"선우희수, 너 무슨 생선이냐?"

나는 혼란스러워지는 마음을 가다듬으려 애쓰며 대꾸했다.

"은어냐고? 내가 강물도 아닌데 씨, 왜 자꾸 돌아온다고 그래?"

"강물처럼 넓은 마음 가졌잖아, 이영린."

"나 마음 안 넓거든! 밴댕이거든! 아이 씨, 내가 무슨 말을 하고 있는 거야? 은어에 밴댕이에, 무슨 횟집도 아니고……"

희수가 아주 잠깐 웃었다. 그리고 정색했다.

"역시 무리겠지? 그래, 그럴 거야. 충분히 그럴, 거야."

"아주 혼자서 질의응답을 다 해치우면서 잘난 척을 해요, 생선이!"

"미안. 하지만 안 되는 거 알고 있으니까."

"알고 있다니 다행이다."

"진짜 안 되는 거니?"

"여행 잘 다녀와!"

우리는 잡은 손은 그대로 두고 다른 손으로 악수했다. 엿방망이가 걸리적거렸다. 나는 크로스된 채로, 희수를 외면한 채로 한참을 서 있다가 손을 풀었다. 그리고 헤어졌다. 몇 발자국 걷다 돌아보았다. 희수는 그 자리에서 움직이지 않은 채였다. 다행이었다. 내 뒷모습을 지켜보고 있지 않았다면, 나처럼 가고 있었다면 뛰어가서 한 방 휘두르고 말았을 것이다. 녀석이 준 방망이로. 그래, 내가 저 아파트 모퉁이를 돌아 보이지 않을 때까지는 날 보고 있으란 말이야!

"빨리 가!"

마음과는 다르게 소리쳤다. 희수는 그래도 그대로였다.

"죽을래?"

다시 한 번 소리쳤다.

"네!"

희수는 풀 죽은 목소리로 대답하고 돌아섰다.

"으이구, 저 포레스트 검프스러운! 야, 선우희수!"

"?"

"누가 네 엉덩이에 있다는 북두팔성 보고 싶다고 하면 재까닥 보여주지, 너?"

"북두, 팔성을 왜?"

베트남전에서 전우들을 살려내고 훈장을 받게 된 〈포레스트 검프〉. 그가 총알 자국이 보고 싶다는 대통령의 농담을 진담으로 알아듣고 텔레비전으로 생중계되는 중에 기꺼이 바지를 내린 것처럼 말이다. 가란다고 진짜 가버리냐? 이제는 이영린의 주체할 수 없는 반어본능을 파악할 때도 되지 않았느냐고! 가려거든 문 워킹으로 가라고오!

"야, 선우희수!"

아쉬운 마음에 나는 다시 희수를 돌려세웠다.

"궁금한 게 있는데, 어디 붙어 있는 거니?"

"?"

"손잡이 쪽이니, 국자 쪽이니? 북두칠성보다 하나 더 많다는 네 점 말이야."

"그게 궁금해?"

"알아둬야 신원확인할 거 아냐? 다음번에 만나면 또 엄청 고쳤을 텐데, 어떻게 알아봐?"

"보여줘야 해?"

으이구, 진짜 포레스트 검프보다 더 포레스트 검프스러운 녀석!

"내가 변태냐? 그냥 말로 설명하라고, 포지션만!"

"국자 속에! 아주 큰 걸로!"

*

'태양이 북쪽으로 다시 여행을 시작하기 전에 휴식을 취하기 위해 남쪽 집으로 여행을 떠나는 달'이라고도 불리고 '칠면조로 잔치 벌이는 달'이라고도 불린다는 십이월이었다. 희수는 휴식을 취하기 위해 여행을 떠나 있었고, 마사루에게는 잔치 벌일 일이 생겼다. 마사루와 선우희수가 주인공을 한, 해운대에서 촬영했던 영화가 서울독립영화제에서 최우수작품상을 받은 것이다. 영화 제목마저도 〈장대소녀〉가 되었다. 특히 원피스 자락을 휘날리며 펼쳤던 해변에서의 장대높이뛰기와 쌍절권 코믹무술 장면은 독립영화 마니아들을 열광케 했다는 후문이 들려왔다.

마사루가 두 번째 출연한 영화는 맨 정신으로는 도저히 못 찍겠다고 하여 수정된 부분, 그러니까 진짜로 과음하며 촬영한 부분 때문에 결과적으로 영화가 살았다는 평가를 받았다. 마사루라는 인간 자체에는 신물이 나지만, 그 애가 가진 감각은 높이 살 만했다. 희수와 마사루가 각종 인디영화제의 엔딩 크레딧 앞에 선 사진들이 인터넷과 잡지에 실렸다. 마사루의 인터뷰는 가관이었다. 영화란 무엇이라고 정의하겠느냐는 기자의 물음에 마사루는 이렇게 대답했다.

"글쎄요. 물까치라켓벌새가 가진 두 개의 깃털이라고나 할까요. 페루의 우트쿠밤바라는 강 둔치에 사는 새죠."

마치 자기 생각인 양 우아 떨며 대답하는 통에 나는 또 씩씩거렸다. 하지만 내 발상이라고 부르짖은들 무슨 소용인가. 그녀가 나보다 앞서 영화계에 입문했는데! 영화 두 편으로 유명해진 둘은 나란히 전통 있는 대학의 연극과에 입학했다. 특별전형으로 합격한 것이다.

사탐만이등급은 서울대 의대가 아닌 약대에 들어갔다. 수능 막바지에 다시 학원에 나오는 바람에 그녀는 이 재수학원에서 배출한 서울대생이 되었다. 사탐만이등급의 이름 '최소라'가 인쇄된 현수막이 학원 담벼락에서도, 아파트 단지를 누비는 학원 셔틀버스 차창에서도 휘날렸다.

보리뻥튀기도 대학에 들어갔다. 아파트 앞에서 보리뻥튀기를 만났다.

"나 서울대 약대 갔다 아이가."

"그럼 사탐만이등급이랑 동창 되는 거네? 가만, 너 문과 아니었냐?"

"거참, 니 어느 나라 사람이고? 서울대보다 약간만 몬한 대학교가 서울대 약대 아이가."

"아이 씨. 썰렁하게 그딴 게 조크라고……. 그러니까 서울대보다 약간만 못한 대학, 어디?"

"Y대 겡엥!"

"경영을 겡엥으로 발음하는 인간이 무슨 경영을 제대로 하겠다고!"

"뭐라카노?"

"너, Y대 경영대를 서울대 약대에 비교하면 Y대생들한테 맞아 죽어. 가만 있어봐, 혹시 이캠 아니냐?"

"이캠퍼스으? 신촌이라카이. 영린이, 니는 지방대 갔다메? 국으로 옐심히 학원만 다녔으마 니도 좋은 데 갔을 꺼 아이가."

"어쩌라고? 니 여친은 어디 갔는데?"

"우리 씨씨 됐다 아이가!"

"뭐라고라고라? 씨씨, 캠퍼스 커플이라고라? 아이 씨!"

나 또한 영화과에 들어갔다. 아니 영화 관련과에 들어갔다. 구체적으로 무슨 과라고는 말하고 싶지 않다, 자존심 상해서. 들어감과 동시에 일시적으로 분가를 했다. 가출해서 시간을 허비하는 바람에 지방대에, 그것도 이년제에 들어갔다는 후회가 밀려오곤 한다. 그럴 때마다 마사루와 월마짜린디에 대한 원망도 불처럼 일어난다. 김경수 감독의 상당히 양호한 독립다큐멘터리로, 가수 한대수가 대한민국 주부들을 위해 '치즈를 곁들인 참치 샌드위치 만드는 법'을 그다지 양호해 보이지도 않는데 양호하다고 부르짖으며 가르쳐주는 〈웨이 홈〉. 하긴 한대수는 '양호하다'는 단어를 즐겨 쓰는 가수다. 그의 첫사랑이 양호선생님 아니었나 의심될 정도로. 하지만 나는 이 영화를 보면서도 부르르 떤다. 아이 씨, 치즈는 왜 첨부하시는 거야, 재료비 많이 들게! 그것도 두 장씩이나!

각종 공모에 응모할 시나리오를 쓰면서 그나마 마음을 다스리고 있다. 뭐, 영화도 엔딩이 중요한 거니까 자위하면서. 시나리오가 잘 풀리지 않을 때면 거울 앞에 쭈그려 앉아 맞지도 않는 틀니를 낀다. 그래도 풀리지 않으면 동전지갑을 들고 밖으로 나간다.

거리를 헤맨다. 〈무림일검의 사생활〉에서처럼 혹시나 환생한 자판기라도 만나면 대화라도 나눠볼까 해서. 한적한 곳, 자판기를 찾아냈다.

"그럼 율무차로 부탁해볼까나아?"

나는 〈사이보그지만 괜찮아〉에서의 영군이처럼 커피자판기와 대화를 나눈다. 자신의 몸속에 손을 집어넣고 컵이 있나 없나 휘젓는 바람에 화가 났는지, 한때 무림지존이었다는 커피자판기는 율무차를 뱉어내지 않는다.

"육실할 놈! 너도 빠떼리가 떨어졌냐?"

동전을 꿀꺽 삼키고도 모르쇠로 일관하는 자판기에게 나는 다시 영군이가 되어 소리친다. 아, 나 이렇게 거친 애 아니었는데! 다시 삼백 원을 넣고 커피를 누르자 자판기가 정신을 차렸는지, 이번에는 커피를 내려보냈다. 아니, 커피 잔 설거지한 것 같은 구정물만 나왔다. 맥빠진 나는 집으로 돌아왔다. 머리를 쥐어뜯으며 다시 시나리오에 몰두했다.

곽여사가 내 방문을 열었다.

"뭐 하냐?"

"집필! 다음 달에 공모 있거든."

"집필씩이나! 시나리오랍시고 써서 공모하면 개나 괴나 당선되냐?"

"엄마가 되어가지고 격려는 못 해줄망정! 내가 게면 엄마도 게야."

상류사회 계급으로 인식되고 선망받는, 치과의사 부인 마인드가 도대체 아니다, 우리 엄마는.

"나 게자리 맞아. 칠월생이잖아. 열심히 해라."

열심히 해라! 무뚝뚝한 곽여사로서는 최상의 격려였다. 괜히 울컥했다.

개나 괴(게)나 공모에 당선되는 건 아니라는 걸, 어쩌면 내 생에 단 한 번도 찾아오지 않을지도 모르는 일이라는 걸 나는 안다. 〈게이샤의 추억〉에서 사유리의 독백처럼 아무리 끌려가지 않으려 발버둥쳐도 끌려가는 게 인생일 수 있음을 몇 달의 방황에서 알게 되었으니까.

나는 태어날 때부터 게이샤는 아니었어.
내 이상한 삶처럼 그저 밀물과 썰물처럼
알 수 없는 힘에 이끌려 그곳에 다다랐을 뿐이야.

하지만 지레 겁먹고 체념하지 않을 줄 아는 깜냥도 아주 없지는 않다. 사유리는 이렇게도 말했으니까.

엄마는 내게 물과 같다고 말했어.
물은 나아갈 길을 새기면서 가거든.
돌을 뚫고서라도 한 방울씩 뚝뚝 떨어져
새로운 길을 만들어 가거든.

하지만 나는 좀 더 솔직해져야 할 필요가 있다. 끌려가지 않으려고 발버둥친 적은 별로 없었기 때문이다. 마사루와 싸우지 않았다면, 집을 나오지 않았다면, 대전에 가지 않았다면, 간병을 떠맡지 않았다면 등등의

'않았다면' 이 붙을 수 있는 시점에서 돌아섰다면 나는 시간낭비는 하지 않았을 것이다. 충분히 우회할 수 있었음에도 하지 않았던 것이다.

풤리처상을 받은 소설이며, 천구백사십구 년에 영화가 되었고, 최근 리메이크된 〈올 더 킹즈 맨〉의 한 구절은 내게 이렇게 말한다.

당신이 모르는 일은 당신을 파멸시키지 않는다.

문제는 내 안에 있었다. 알면서도 끌려가는 내 성향 말이다. 꼴에 끌려가면서도 태클 걸고 불평불만을 터뜨리곤 한다. 그게 바로 나다. 후회하지 않는다고 말할 자신도 없다.

다만 후회할 짓조차도 이익 창출에 이용하려 한다. 하찮고 치졸한 모든 행위와 경험이 창작에는 재산이 된다는 걸 영악한 내 유전자는 이미 알고 있는 듯하다. 나는 어쩌면 일부러 불편한 상황으로 빠져드는 계산된 자아를 가지고 태어났는지도 모른다.

*

황소가 짝짓기하는 달, 유월이었다. 서울 집에 올라와 기말고사 준비를 하고 있는데 마사루에게서 전화가 왔다.

"요즘 피씨가 쫓아다녀서 귀찮아 죽겠다."

"요즘 발 달린 피씨가 개발됐나, 어떻게 널 쫓아다니냐?"

"썰렁한 건 여전하군. 피제왕이 이영린 전화번호 알려 달라고 난리라는 거 아니냐. 너랑 사귀고 싶은가 보더라."

"그래서?"

"맨입으론 안 된다고 했지."

아무튼 일생에 도움 안 되는 피플이다.

"헛소리하지 말고, 왜 전화했는지나 말해."

"틀니 좀 택배로 부쳐라. 할머니가 변기에 빠뜨려 떠내려 보냈댄다."

"말이 되냐? 그 큰 게 어떻게 변기에?"

"그러게 말이다. 변기 구멍이 그렇게 큰지 이번에 알았다."

"고것이 월마짜린디?"

"내 말이! 그러니께 좀 보내라 잉?"

"월마 줄 건디?"

"얼마는 무슨, 우리 사이에! 가지고 있어봤자 쓸 데도 없잖아?"

"왜 못 써? 너 〈사이보그지만 괜찮아〉도 안 봤냐? 영군이가 할머니 틀니 끼고 말하는 거?"

"그건, 자기 할머니니까 구강구조가 비슷했겠지."

"영군이랑 키스 한 방으로 자기 입에 장착한 일순이는 어쩌고?"

"그건 판타지니까 가능한 거고."

"걱정은 하덜덜 마라. 너 우리 아빠 치과의산 거 모르냐? 틀니에 맞게 내 이빨을 교정해서 꼭 쓰고 말 거라니까."

"우하핫! 너 그러면 우리 할머니처럼 떡판 면상에 돌출구강돼!"

죽어도 보내지 않겠다고, 내가 아는 모든 신들에게 맹세한 지 두 시간 만에 우체국으로 달려가 특급으로 부쳤다. 다음날 또 전화가 왔다.

"틀니 잘 받았고, 시나리오 좀 써주라. 시나리오 써내는 걸로 기말시험 대체하거덩."

"지랄! 내가 니 시다바리냐?"

"야 이영린, 왜 그렇게 난폭해졌냐? 무서워 죽겠다!"

"누구 땜에 내가 이렇게 됐는데, 씨바!"

거칠어져버린 내 어휘생활에, 혹시 마사루가 내게 빙의된 건 아닌가 나 역시 깜짝깜짝 놀라곤 한다.

"내가 언제 욕했나? 요즘 내가 얼마나 조신한 연기자로 생활하는데! 레니 브루스처럼 되고 싶지는 않거든."

"난리 브루스?"

"나 참, 레니 브루스! 몰라?"

"모른다. 어쩔래?"

"넌 〈그것에 관하여〉라는 다큐도 못 봤냐? 천구백오십년대에 맹활약했던 미국 코미디언이잖아! 미국 방송 역사 최초로 심한 욕설을 썼다가 감옥살이한 사람이라니까. 그 사람 나중에는 자살했나 그랬을걸. 새로 써주기 어려우면 써 놓은 거라도 보여주라."

"너 내 꺼 그대로 베껴서 내려고 그러는 거지?"

"내가 그렇게 인간성 더러워 보이냐?"

"보여."

"말을 해도 꼭! 완전 베끼는 건 아니고 샘플링 좀 하겠다는 거지. 스케줄이 빡빡해서 쓸 시간이 없다니까!"

"야, 새꺄. 됐거든! 끊어."

그때 곽여사가 내 방문을 열었다.

"너 지금 욕했지?"

"아, 아냐, 엄마. 전화에서 나오는 욕이야."

"누군데?"

"있어. 싸가지 좀, 매우 없는 애."

"나와서 밥 먹어."

곽여사는 석연치 않아 하며 문을 닫았다. 다시 마사루가 애걸했다.

"됐거든! 간병비는 언제 정산할 건데?"

"내 만화책 몽땅 가져갔잖아? 그거면 되는 거 아니냐?"

"중고 만화책하고 내가 똥오줌 치우면서 고생한 값하고 퉁친다니 말이 되냐? 됐어, 끊어. 아 참, 스카프나 빨리 택배로 부쳐."

"스카프? 그거 잃어버린 지가 언젠데……."

며칠 후 또 전화가 왔다.

"이번에 내가 출연하는 영화 제작사 실장님한테 보여 보게 시나리오 내 이메일로 보내라. 회식자리에서 플롯 대충 설명했더니 보자고 하더라. 너 공모에 당선되어봤자 영화로 제작되기도 어려워. 이 바닥은 그냥 알음알음으로 커야 한다는 거 알고 있지?"

"제작사 실장 전화번호랑 이메일 나한테 줘. 내가 보낼 테니까."

"메일로 보내는 것보단 내가 프린트해서 들이대는 게 훨씬 낫지."

어? 인생, 이렇게 쉽게 풀리는 거 아닌 것 같은데……. 내가 시나리오 작가로 등극할 수도 있다는 말이지? 설마 마사루가 표절하려는 건 아니겠고…….

나는 얼떨떨한 기분으로 시나리오 파일을 마사루에게 보냈다. 기회가 왔으니 어쨌거나 부딪쳐보는 거다. 아니면 말고. 결국 백씨가 시키는 대로 다하고 말았다.

에필로그

엔딩 타이틀이 오르며 작은 화면으로 영상이 흐른다.

— 동영상이 흐르고 있는 뷔페. 돌상에는 연필, 책, 실 따위는 없고 장난감 청
진기만 잔뜩 진열되어 있다. 청진기에는 관심 없는 돌쟁이가 피제왕이 들고
있는 카메라를 빼앗으려 달려든다.

백순정 : (돌쟁이를 저지하며) 내 딸아, 대를 이어 노가다 뛰련?
　　　　연약한 네가 어떻게 카메라를 잡겠다는 거니?
피제왕 : (촬영을 하며) 영화계 현실은 시궁창이란다, 딸아.
　　　　아빠엄마 소원대로 의학도의 길을 가주면 안 되겠니, 내 딸?
　　　　어, 어! 카메라 망가지면 밥줄 끊긴단다.
　　　　(선우휘수에게 핸드 헬드 카메라를 넘기며) 야, 안 되겠다. 네

가 찍어라.

선우휘수 : 행사 비디오는 네 전문이잖아!

— 피제왕 품에 안긴 딸. 카메라를 달라고 떼를 쓰며 울어댄다.

백순정 : 명문 영화과 나온 사람이 환갑잔치 비디오나 찍고 다닌다니 말
      이 돼요? 도대체 동문 좋다는 게 뭐냐고요?
선우휘수 : (카메라를 돌리며) 솔직히 자리 마련해주면 뭐해요.
      삼 일 만에 그만두는걸. 제왕이 팩하는 성질이나 고쳐보던가요.

— 백순정이 만삭인 배를 부여잡고 힘겹게 자리에 앉는다. 과거 장면으로 오
  버랩되며, 타이프 소리와 함께 타이핑 자막이 뜬다.

십 년 후. 충무로는 물론 공중파에도 진출하여 각종 연예프로그램에서
인기를 누리던 백순정은 막말 방송으로 출연정지를 당했다. 결국 그녀
는 레니 브루스처럼 되어버렸다. 엎친 데 덮친 격으로 남편 피제왕이 주
식투자에 실패하는 바람에 그동안 백순정이 벌어들인 돈을 모두 날리
고, 피제왕이 행사 비디오를 찍고 받아오는 돈으로 연명하고 있다. 쌍둥
이 출산을 앞둔 백순정은 돌잔치를 흥행시켜 병원비라도 모아보겠다고
사람들을 불러 모았다.

*

― 1번 테이블. 월마짜린디 할머니가 인절미를 우물거리고 있다가 틀니를
꺼낸다. 틀니에 눌어붙은 인절미를 뜯어먹는다. 갑자기 생각난 듯 옆자리에
앉은 중년여자의 멱살을 잡는다.

월마짜린디 : 너 이년, 내 틀니 내놔!
백순정 새엄마 : (당황하며) 할머니 틀니를 제가 왜?
월마짜린디 : (벌떡 일어서 백순정 새엄마의 입술을 벌리며) 언능 내놔!
백순정 새엄마 : (입술을 최대한 오므리고) 이건 제 진짜 이예요. 틀니
              는 할머니 손에 있잖아요.

― 사탐만이등급이 뜯어말리자 월마짜린디가 이번에는 사탐만이등급의 입
을 겨냥한다. 베이징의 한 아파트 단지 공원에서 아들, 남편과 함께 붉은 도
복을 입고 우슈를 단련하고 있는 장면으로 전환.

사탐만이등급은 조카의 돌잔치 참석차 귀국했다. 동네에서 쌍화탕과 물
파스, 티눈고 같은 걸 팔다가 지겨워진 그녀는 어느 날 문득 중국행을
결심했다. 베이징에서 중의학을 전공하던 중, 우슈 칠 단 소유자인 소림
사 출신 중국남자를 만나 결혼했다.

*

― 2번 테이블. 선우휘수가 말이지 감독 옆자리에 가서 앉는다.

선우휘수 : 어휴, 바쁘신 몸이 여기까지 행차하셨네.

말이지 감독 : 한번 내려오지?

선우휘수 : 영린이 귀국하면 한번 가지 뭐.

말이지 감독 : 올케 어디 갔는데?

선우휘수 : 유타 주.

말이지 감독 : 그래? 지난번엔 폴란드영화제에도 초청되었다던데, 같은 작품인가?

선우휘수 : 그렇지 뭐. 팝핀댄스하는 영린이 친구 있잖아. 이 년 전부터 그 친구 다큐에 매달리더니 기어이 해내네.

말이지 감독 : 공동작업이니?

선우휘수 : 편집할 때만 잠깐 봐줬지 뭐.

말이지 감독 : 영린이 작품 디비디나 보내줘. 손님들한테 틀어주게.

선우휘수 : 차에 있는데, 가져가.

말이지 감독 : 충무로로 입성한 기분이 어때?

선우휘수 : 눈치 보느라 솔직히 골 아프지 뭐.

말이지 감독 : 입봉은 언제 할 거야?

선우휘수 : 이제 조감독 시작인데 입봉은 무슨! 누난 영화엔 미련 없어?

말이지 감독 : 전혀.

― 말이지 감독의 얼굴이 클로즈업된 뒤, 바다가 보이는 펜션 앞 정원에서 말이지 감독이 밀짚모자를 쓰고 잔디 손질을 하고 있는 평화로운 장면으로 전환.

말이지 감독은 자신이 만든 작품마다 '사람을 찾습니다'라는 전단지를 붙인 전봇대 장면을 넣었다. 사람들은 영화 자체보다 숨은 전봇대 찾기에 혈안이 되었고, 영화는 입소문을 타고 퍼져나갔으며, 급기야 관객들이 나서서 '말이지 감독 남친 찾아주기 프로젝트'를 주도했다. 극적으로 재회하게 된 초등학교 동창과 결혼하고 그녀는 영화감독을 그만두었다. 지금은 남편과 함께 안면도에서 'Sea & Movie'라는 펜션 그룹을 경영하고 있다. 독립영화를 틀어주는 작은 영화관도 가지고 있으며, 여름에는 야외에서 '바다, 영화, 그리고 바비큐'라는 영화 페스티벌을 열기도 한다.

*

— 3번 테이블. 보리뺑튀기가 허겁지겁 음식을 먹고 있다. 보리뺑튀기가 셔틀버스로 아파트 단지를 누비며 어린이들을 실어 나르는 장면으로 전환.

엠비에이까지 취득한 보리뺑튀기는 진정한 시이오가 되겠다고 입사한 지 삼 개월 만에 만인이 부러워하는 대기업을 그만두었다. 그리고 부인이 경영하는 동네 어린이집 셔터맨이 되었다.

*

— 4번 테이블. 곽여사와 선우휘수의 엄마가 앉아서 수다 떠는 장면에 이어 연습실에서 방송댄스를 연습하고 있는 장면으로 전환.

곽여사와 그녀의 사돈 선우휘수의 모친 역시 이영린 사단이다. 학창시절

과 결혼생활에 이어 독립영화계에서도 라이벌이 된 것이다. 영린과 선우 휘수가 만드는 독립영화에 무보수로 가끔 출연하는데, 그녀들은 배우라면 모름지기 만사에 능통해야 한다며 요즘은 방송댄스를 배우러 다닌다.

*

— 비행기 속. 영린과 민정이 나란히 앉아 자고 있는 장면에서 민정이가 국제영화제 개막식에서 팝핀댄스를 추고 있는 무대 장면으로 전환.

영린은 잘나가는 시나리오 작가가 되었지만 삼 년 전부터는 직접 독립영화를 찍고 있다. 민정이 자매가 만드는 스카프, 가방, 우산, 티셔츠 등이 온라인에서 인기를 끌면서 전주국제영화제 공식 머천다이징 제품이 된 지도 어언 오 년. 전공을 살리겠다고 마음먹은 민정은 경영에서 손을 떼고 팝핀댄스 그룹을 결성했다. 이영린이 찍은 다큐멘터리와 함께 선댄스국제영화제 개막식에 초청된 민정은 자신의 댄스그룹을 데리고 미국에 가게 되었다.

(END)

"야, 너 무슨 엔딩을 그 따위로 만드냐, 완성도 떨어지게?"
"뭐 어때서?"
"왜 왕재수하고 나랑 결혼시키냐고?"

"흥분하지 마. 다 널 위해서 한 거야."

"뭘 날 위했다는 거야?"

"희수랑 결혼해봐라, 원판 불변의 법칙이 실현되잖아."

"그런 넌 왜 선우희수랑 결혼하는데?"

"희생봉사정신의 발로라고나 할까. 내가 옛날부터 제삼세계 난민들 구호에도 관심이 많았잖니."

"짐바브웨 아그들만 신경 쓰지 왜 희수씨를 넘보냐고! 그리고 또, 희수씨랑 너랑은 잘나가고, 피제왕이랑 나는 완전 망하게 만들고⋯⋯. 음모 아니냐?"

"선우희수가 아니라 선우휘수잖아. 픽션일 뿐이라니까."

"나머지 인물은 다 실명이잖아."

"그랬나?"

"그런 스토리라인으로는 절대 채택될 수가 없어. 피재왕이 왕재수이긴 해도 주식투자해서 망하게 하는 건 말이 안 돼. 나 참, 장래 촉망받는 영화학도를 지 마음에 안 든다고 칠순잔치 비디오나 찍는 인간으로 전락시키다니! 차라리 피씨방을 시키던가!"

"그럼 행사 비디오 너가 찍으러 다닐래?"

"말도 안 되는 말 지껄일래?"

"그럼 한번 말이 되게 해보시든가."

"피재왕이 환경다큐나 노동운동현장 다큐에 필 꽂혀서 자금 꼴아박는다는 설정이라면 모를까."

딴은 일리가 있다.

"그렇게 잘난 네가 쓰지 그랬냐?"

"안 그래도 내가 손 좀 봐서 실장님한테 보냈으니까 걱정 마라."

"무슨 손을 봐?"

"피제왕하고 선우희수 역할을 완전 바꿨지. 희수씨는 나랑 결혼하는 걸로. 막말해서 출연정지 먹는 건 이영린 너고."

"뭐? 누구 맘대로? 너 미쳤냐?"

아무래도 백씨한테 또 당하고 만 것 같다.